LA DAME BLANCHE DES HABSBOURG

J'AI LU

PAUL MORAND | *ŒUVRES*

TENDRES STOCKS
OUVERT LA NUIT
FERMÉ LA NUIT
LEWIS ET IRÈNE
FLÈCHE D'ORIENT
ROCOCO
FRANCE-LA-DOULCE
LES EXTRAVAGANTS
L'HOMME PRESSÉ
MONTOCIEL
À LA FLEUR D'ORANGER
LE FLAGELLANT DE SÉVILLE
HÉCATE ET SES CHIENS
L'EUROPE GALANTE (Europe)
BOUDDHA VIVANT (Asie)
MAGIE NOIRE (Afrique)
CHAMPIONS DU MONDE (Amérique)
FIN DE SIÈCLE
LA FOLLE AMOUREUSE
NEW YORK
LONDRES
BUCAREST
AIR INDIEN
LA ROUTE DES INDES
LE NOUVEAU LONDRES
MIL NEUF CENT
LA DAME BLANCHE DES HABSBOURG — *J'ai Lu* 1619***
L'ALLURE DE CHANEL
VENISES

PAUL MORAND

de l'Académie française

LA DAME BLANCHE DES HABSBOURG

J'ai Lu l'histoire

CHAPITRE PREMIER

L'ILLUSTRE FANTÔME

Elle traverse à gué le Styx, sur la pointe des pieds, mouillant à peine ses chaussons à la Fanny Elssler, faisant la navette d'un trépas à l'autre, enjambant les siècles. Sans lampe ni bruit de chaînes, cette morte toujours ressuscitée n'exige ni messes ni réparations à son mausolée, discrète même dans ses indiscrètes récurrences, toujours exacte comme un réveille-matin de l'autre vie, obéissant à on ne sait quel protocole espagnol d'outre-tombe ; vêtue d'une robe à traîne de soprano, elle reste le spectre le plus familier des Viennois. Elle a ses entrées à la Hofburg, bien qu'elle n'en ait pas besoin, puisqu'il lui suffit de traverser les murs ; elle est aussi perce-frontières, partout présente, à Yuste, au chevet de Charles Quint, présente aussi à Genève, quand elle attend, à l'entrée de la passerelle du bateau à vapeur, une autre de ses victimes, l'impératrice Elisabeth, cette colombe poignardée. « A Vienne elle apparaît lorsqu'un membre de la famille impériale va mourir », confie Marie-Louise à Darlincourt, pendant une visite de celui-ci à Ischl ; elle ajoute : « Ma mère était mourante : soudain, ma jeune sœur Léopoldine aperçoit, derrière le fauteuil de la malade, le fantôme de la Dame Blanche – Qui est cette dame ? demande la petite. – C'est la Dame Blanche qui vient me chercher », répondit ma mère.

On raconte encore que l'archiduc Antoine, recevant les sacrements, vit la Dame Blanche agenouillée près de son lit. Le duc de Reichstadt l'avait aperçue aussi pendant son agonie, plus blanche que la cascade de Schönbrunn.

Les Viennois savent qu'un rabatteur l'a surprise, lors de sa tournée, la veille de la célèbre expédition de chasse, dans les fossés de Mayerling.

La Dame Blanche annonce les mauvaises nouvelles, comme les Rothschild viennois annoncent à la Hofburg les bonnes nouvelles, Waterloo, ou la mort du captif de Sainte-Hélène, qui fait monter la rente de deux thalers.

Les Habsbourg ne sont pas une famille d'assassins comme les Atrides ; plutôt une famille d'assassinés : rien qu'autour de l'impératrice Elisabeth, on ne compte plus les morts : Maximilien fusillé à Queretaro ; sa femme, l'impératrice Charlotte, morte folle ; la duchesse d'Alençon, sa sœur, est brûlée au Bazar de la Charité ; l'archiduc Jean de Toscane (Jean Orth) perdu en mer, l'archiduc Guillaume qui se tue à cheval ; l'archiduchesse Mathilde brûlée vive ; l'archiduc Ladislas, fils de l'archiduc Joseph, tué à la chasse, etc.

Voilà, entre cent exemples, le prix du sang que paye, à la Dame Blanche, « cette fière et implacable Maison d'Autriche » (Louis Blanc).

Jamais la Dame Blanche ne chôma. Dès qu'elle paraissait, dans cette Cour où tout était exactement minuté, les capucins barbus savaient qu'il leur fallait, dans leur crypte, ouvrir un nouveau sarcophage, et les chanoines de Saint-Etienne préparaient une urne d'argent pour y recevoir un cœur impérial.

Tous les historiens des Habsbourg, en épiloguant sur tant de siècles, se repassent cet illustre fantôme, comme la musique de la garde descendante léguait la *Marche turque* ou le *Militär Marsh* à la garde montante rangée en cercle devant des pupitres de bois, dans la cour intérieure de la Hofburg ; ils sortent la Dame Blanche de la crypte impériale, le moment voulu, comme un accessoire. Suivons cette ravageante beauté, obéissons à cette tradition infernale.

Nulle part l'unité de la Maison d'Autriche, l'Archimaison, au passé long comme le Danube, n'apparaît mieux au visiteur qu'à la *Kaisergruft,* cette crypte lugubre des Capucins viennois de la Neue-Markt, où Napoléon vint, une nuit, rêver au néant. Ils sont là, tous les Habsbourg, sauf Charles, le dernier empereur, oublié dans son exil de Madère : les Ferdinand, les François, les Léopold, les Maximilien, les Joseph, dans leurs mausolées ou leurs sarcophages (les empereurs seuls ont droit au mausolée), sarcophages de cuivre verdi, d'un rococo qui, avec ses falbalas et ses anges tordus comme des enfants chatouillés, semblent sous terre prolonger la vie. Par une température de chambre frigorifique, sous les voûtes chaulées, éclairées à l'entrée par le seul jour de deux lanternons, plus loin, par des lumignons qui répandent une lueur sinistre de restaurant russe, tous ces découronnés dorment, tandis que la Vienne d'aujourd'hui leur passe sur le corps, avec sa ruée d'autobus, de camions et de fiacres à deux chevaux.

Dans la première partie de ce charnier règne Marie-Thérèse ; elle domine tout, comme sa civilisation dominera en Autriche, non seulement le XVIIIe siècle, mais aussi le XIXe ; elle dort avec son mari, François de Lorraine, entourée de quatre Vertus qui pleurent ; d'autres sépultures sont plus émouvantes : celle de Marie-

Louise, toute seule, en pénitence, en face d'un Maximilien retour du Mexique ; les cercueils d'archiducs enfants ; la place vide du Roi de Rome ; ou les restes de François-Joseph, ayant à sa droite son épouse adorée, l'impératrice Elisabeth (cette agitée enfin clouée sur place) et, à sa gauche, l'archiduc Rodolphe. Mais Marie-Thérèse reste la Reine de la crypte impériale, au milieu de tant de morts illustres, comme la réussite parfaite de la plus grande Autriche, avec son style immuable, qui est celui de Schönbrunn, du Belvédère, de la Hofburg ; après elle, il n'y aura plus que des Habsbourg qui s'efforceront de conserver son héritage, de colmater les brèches, d'empêcher que ne s'écroule cet édifice féodal, en porte-à-faux sur le vide d'un autre monde, le nôtre.

CHAPITRE II

LES HABSBOURG ET L'AMOUR

Quel amour ? Chez eux, toutes les variétés : l'amour du mâle chez Marie-Louise, l'amour filial chez le duc de Reichstadt, l'amour de soi-même chez l'impératrice Elisabeth, l'amour du devoir chez François-Joseph, l'amour de la mort chez l'archiduc Rodolphe.

Mais chez eux tous, ou presque, l'amour conjugal. Si l'on ne fait pas de bonne littérature avec de bons sentiments, on peut écrire de la bonne Histoire. Ce sont les conquêts, et non les conquêtes, qui, beaucoup plus que les guerres, ont construit l'Autriche. Les Habsbourg, en ce domaine, ont surpassé les Cobourg, pourtant recordmen de la nuptialité au XIXe siècle. Le premier Habsbourg, Rodolphe Ier, demande à l'Electeur de Bavière passage pour ses troupes : comment va-t-il payer ce passage ? Il donne sa fille. Cette exploitation féminine sera suivie de beaucoup d'autres. Le premier triomphe matrimonial des Habsbourg date du XVe siècle, lors de l'illustre mariage du fils de Frédéric III avec le plus beau parti de l'époque, Marie de Bourgogne, fille unique de Charles le Téméraire, qui lui apporte les Pays-Bas en dot. C'est ensuite le mariage de Philippe le Beau avec Jeanne de Castille ; à sa mort, les couronnes d'Espagne et d'Autriche se trouvent réunies sur la tête de Charles Quint. Charles Quint, son empire devenu trop grand, cédera à son fils Philippe II l'Espagne et les Pays-Bas, et à Ferdinand Ier, son frère, les États allemands.

Les Habsbourg fourniront seize empereurs à l'Allemagne, quatre rois à l'Espagne, quatre reines à la France (la femme de François Ier, Eléonore d'Autriche ; Elisabeth d'Autriche, petite-fille de Charles Quint, fille de Maximilien II et femme de Charles IX, roi de France ; celle de Louis XIII, Anne d'Autriche ; celle de Louis XIV, Marie-Thérèse d'Autriche ; puis, au XVIIIe siècle, quand la Maison de Lorraine viendra ajouter son nom à la dynastie des Habsbourg, cette Maison donnera encore à la France Marie-Antoinette et Marie-Louise).

Fidèles de nature, les Habsbourg furent d'excellents maris, des maris appliqués. On ne les imagine qu'avec leurs femmes, comme sur ces intailles ou ces camées qui portent deux profils jumelés, l'un à peine en retrait sur l'autre. Pour ne les prendre qu'au début du XIXe siècle, de François II à François-Joseph, tous sont des mâles sans exaltation, mais solides et patients. Chez eux, ni maîtresses dilapidatrices, ni passions scandaleuses, ni passades, ni mignons, ni bâtards. Princes d'un empire illimité, ils savent sentimentalement se borner ; jamais ils ne tomberont dans les excès baroques des principicules allemands, dans les nœuds illicites des Bourbons, dans les mœurs de harem des Ottomans si proches, ou, comme leur voisin et parent Louis de Bavière, dans les bras de quelque chevalier-garde. Reclus, l'hiver, dans la Burg, l'été venu ils deviennent campagnards en famille et leur histoire n'est plus qu'un chapitre de la *Maison Rustique.* Les femmes de la Maison d'Autriche préfèrent ne pas faire parler d'elles ; Marie-Louise se cache pour faire l'amour, et l'impératrice Elisabeth, qui a la publicité en horreur, met toujours un éventail entre elle et les photographes ; il peut leur échapper parfois un éclat, mais elles ne sont pas voyantes ; leurs passions ne mettent en mouvement qu'un tout petit cercle et l'ordre n'en est pas bouleversé.

Ce que l'amour a fait parfois perdre aux Habsbourg, ils l'ont toujours récupéré en territoires ; du mariage ils sont toujours sortis gagnants et l'Autriche avec eux, même dans les unions les moins bien assorties ; du moins jusqu'à François-Joseph ; en épousant Elisabeth de Bavière, il boira le malheur jusqu'à la lie et l'Autriche avec lui.

L'amour conjugal fait le désespoir des auteurs de biographies croustillantes et de leurs éditeurs. Le respect, la tolérance, l'union dans l'honneur et dans la confiance, l'harmonie d'une association intégrale, la fixité des sentiments, une vraie association chrétienne enfin, risquent d'être autant de déceptions pour un public habitué à voir ouvrir toute grande la cage de la sexualité, attendant, comme l'Anglais devant la cage du lion, avec un plaisir inavoué, le moment d'assister au pire ; et un pire, à Vienne, particulièrement savoureux puisqu'il aurait pour théâtre la plus royale des familles royales. Cette revanche populaire n'ira d'ailleurs pas très loin, comme le prouve le goût permanent des foules contemporaines pour les grands mariages princiers, pour le trousseau ou le lit nuptial, pour la cathédrale ou même la mairie, badauds admirants, las des amours des stars, et qui préfèrent transférer sur des têtes couronnées leurs plus intimes frustrations.

C'est surtout chez les Habsbourg que l'amour conjugal est admirable, presque mythique, presque héroïque ; on peut s'en étonner, car les Habsbourg ne sont pas des héros : pas un grand capitaine (à part un bâtard, Don Juan d'Autriche) ; pas de Henri IV, pas de Pierre le Grand, ni de Frédéric II. Pour vaincre militairement, les Habsbourg ont dû prendre aux autres nations leurs hommes de guerre : Tilly, Wallenstein, le prince Eugène. Mais une seule vertu cardinale, jusqu'au dernier d'entre eux, l'application au travail, et au plus difficile des travaux, à la vie conjugale. L'aigle bicéphale ne séduit pas, il n'amuse pas, il ne transporte pas ; son labeur forcené, c'est une immense puissance matrimoniale, dont le bénéfice le plus clair fut une colossale accumulation de dots, d'Alsace en Suisse et de Souabe en Bohême.

Les Habsbourg ont la force de tout ce qui dure par son propre poids, par le poids du Temps ; là où l'homme seul se brise contre les siècles, une famille résiste. Ils sont moins une dynastie qu'un langage commun, dans une Babel dont ils expriment l'unité, dont ils traduisent l'âme. A la fragilité des doctrines, ils opposent la solidité des rites, dont leur fameux cérémonial est l'expression. C'est ce qui explique que si longtemps il n'y eut, dans leur empire, aucune haine. Ces peuples divers de l'Autriche, agrégés, au cours de l'Histoire, par bourgeonnement ou parthénogénèse, risquaient, surtout après les efforts centrifuges de 1789, de se séparer par fragmentation. Ils ne restèrent maintenus en cohésion que par le rayonnement de l'institution conjugale, dont les Habsbourg leur donnaient l'exemple ; un ordre moral politique semblait irradier d'eux et sa sanctification gagnait leurs sujets. Ces peuples, ce qui les tint liés, ce fut une famille, une seule ; et cette famille se ramenait finalement à un homme et à une femme, que soudait l'amour ; de cette association intime naissait l'association de leurs Etats ; de cette conjugaison se dégageait un principe de sacralisation qui empêchait les nations de se dissoudre, de divorcer ; le discrédit que le romantisme devait jeter sur le conjungo n'arriva pas à mordre sur les Habsbourg, du moins jusqu'à Rodolphe...

Mais là...

Là, la Maison d'Autriche perd soudain son aplomb et pousse au vide ; là, le cérémonial devait abandonner ses droits ; l'amour romantique devient une sorte de plastic posé sous les trônes. Il semble que, par un curieux parallélisme, lorsque Rodolphe, prince héritier, se jugea maître de sortir du mariage et de la vie, les peuples sur lesquels il ne devait pas régner se jugèrent à leur tour maîtres de sortir de l'association qui les liait à la personne de l'empereur. Aussi les successeurs de François-Joseph, l'empereur Charles, puis l'archiduc Othon, choisissent-ils d'être exemplaires : mais il sera trop tard.

Au-dessus de l'amour conjugal, il est, chez les Habsbourg, même chez les révoltés comme Rodolphe, un amour plus haut encore, c'est l'amour de leur Maison, avec ses dix siècles sans mésalliances, sans divorces, sans répudiations, sans ce grouillement de bâtards dont Versailles offrait tant d'exemples et qui – les *Mémoires* de la Palatine en font foi : « Madame était d'une nation allemande qui abhorrait la bâtardise et les mésalliances » (Saint-Simon) – épouvantaient les races germaniques, fidèles à la tradition bourguignonne et féodale, où toute société repose sur le pedigree.

Après François-Joseph, ce sera la chute de la Maison d'Autriche, comme dans Edgar Poe : « Je vis les puissantes murailles s'écrouler, fendues en deux, et l'étang croupi se refermer sur les ruines de la Maison Usher »...

Que « l'Autriche n'ait pas d'entrailles », la France toujours l'affirma, et, avec la France, la Russie, la Prusse, l'Allemagne, l'Italie, les Balkans. Dans leur vie privée, les Habsbourg ont eu des entrailles. Cette vie-là, on la connaît peu ; ils cachaient la leur, devinant que c'est sur l'intimité des princes que s'exerce toujours la vengeance d'une littérature rapetissante. S'ils ont connu la passion, les Habsbourg l'ont tuée. Chez eux, la tradition et l'unité familiales dominent tout. Ce n'est pas une monarchie comme les autres, mais un jeu de la nature, indéfinie et indéfinissable, née d'un équilibre intérieur entre le principe fédératif et le principe centralisateur, une réussite empirique et baroque. A la veille de 1914, l'Autriche connaît encore le morcellement économique et politique du Moyen Age, les divisions confessionnelles de la Renaissance ; le XIXe viendra y ajouter la dislocation de ses nationalismes bigarrés et contrastants. (Les billets de banque y sont parfois imprimés en douze langues !) A tous ces fractionnements superposés, l'Autriche a résisté, grâce à sa dynastie et à cette centralisation sentimentale. Les Habsbourg peuvent être des chasseurs, des alchimistes, des voyageurs, ou, plus rarement encore, des soldats, mais ce qu'ils seront toujours : des âmes de souverains. Ce sont les gros quartiers du soubassement, les pierres fondamentales. Joseph II, au cours d'un voyage à Paris, sous Louis XVI, rencontre une femme du monde aux idées avancées, qui lui demande s'il est « pour les insurgents d'Amérique ? – Madame, répond Joseph II, mon métier à moi, c'est d'être royaliste. » Le réformisme de cet ami des Lumières n'était pas un article d'exportation. Détestés et aimés plus que quiconque, les Habsbourg ne sont pas des rois parasites ; ils ne sont pas nés de l'Autriche ; c'est l'Autriche qui leur doit la vie. Ils ne sont pas une monarchie comme les autres, mais les chefs traditionnels, élus à vie, chefs d'une alliance de peuples. Tant qu'ils existèrent, il n'y eut pas d'Autrichiens, il n'y eut que des sujets des Habsbourg.

Etre impériaux, être mariés, c'est là le double métier des Habsbourg. Le mariage morganatique peut détruire en eux la majesté, non le majestueux. Ceux qui, par exception, sortent du mariage de raison restent inébranlables dans leurs liaisons clandestines ; ils y apportent leurs traditions d'honneur, leur ténacité, leur méticulosité, leur amour-propre, leur horreur de la lâcheté, la simplicité de leurs mœurs, leur innocence. Héroïques ou nigauds, ils restent eux-mêmes, jamais antipathiques et souvent à plaindre. Ils abandonneront tout, s'il le faut, mais pas leur orgueil de caste, ce *punto de honor* qui leur vient de l'Escorial ; ils peuvent être sots, simples d'esprit, mais leur passion force le respect ; le café au lait matinal que François-Joseph prend, à six heures du matin, chez sa vieille amie Mme Schratt, nous touche beaucoup plus que le café de la du Barry ; il est plus doux, avec de la crème dedans.

« Il y a des femmes légères partout, écrit Stendhal, mais en général les Viennoises sont fidèles à l'amant de leur choix. » Les Habsbourg aussi sont fidèles à leur choix. « Ce mélange de solitude ennuyeuse et de quelques bals rares » si favorables, d'après Beyle, à la naissance de l'amour, à cette cristallisation qui aura pour décor la grotte de Salzbourg, justement au cœur de l'Autriche des montagnes, n'est-ce pas le climat même de la Hofburg ?

L'amour à Vienne est une chose, l'amour chez les Habsbourg une autre. Là, ce n'est que la mousse du cœur ; ici, c'est l'amère figure du destin. Les Habsbourg mettent de l'ordre dans tout, même dans le désordre de l'amour. Ils le concilient avec le respect de soi. (D'ailleurs, tout est ordonné chez eux, même les guerres, même les déroutes.) Ils sont une de ces rares familles qui permettent de prendre une vue cohérente d'une époque, d'une société. Leur stabilité les fait ressembler à l'étalon-or.

Parmi diverses versions explicatives du nom des Habsbourg, que nous donnent les généalogies, on peut préférer celle qui fait dériver le mot du verbe *haben* : posséder.

A une des têtes de pont de la vaste arcature montagnarde qui sort des Carpathes et les prolonge par les Alpes, protégeant des invasions du Nord le Sud de l'Europe, les Habsbourg firent de Vienne, de la *Vindobona* romaine, la ville impériale. Landgraves d'Alsace et comtes de Zürich, devenus ducs, puis archiducs d'Autriche, ils oublièrent vite leur donjon carré du canton de Glaris, le château des Vautours, au pied du Wulpelsberg. Ils ne furent d'abord que des archiducs comme les autres ; des archiducs, le Moyen Age en a un peu partout, jusqu'en Lorraine et à Naples, mais les archiducs d'Autriche finirent par faire prime, surtout sur le marché matrimonial. Les vautours s'habillèrent désormais en aigles.

Aux quatre points cardinaux, de Madrid à Vienne, d'Italie aux Pays-Bas, ils finirent par tenir toute l'Europe. La France avait, pendant des siècles, tenté d'échapper à ce garrot, étranglée d'un côté par la Maison d'Aragon, et de l'autre par les ducs de Bourgogne. Il fallut les victoires de Louis XIV pour qu'elle respirât ; et, le danger étant passé, pour qu'une alliance entre la France et les Habsbourg devînt possible, un siècle plus tard. Il est vrai qu'en voulant respirer à son propre rythme, et non plus à celui de l'Europe, la France, depuis les Capétiens, depuis Philippe le Bel, empêcha l'unité du continent. Ce fut sa grandeur ; c'est peut-être sa petitesse, aujourd'hui.

L'Histoire est pleine de majestés individuelles, mais les Habsbourg, c'est la majesté dynastique. S'élever de la possession d'un donjon suisse jusqu'à la domination du monde, savoir durer dix siècles, réussir à prolonger la féodalité jusqu'à nos jours, ce fut une extraordinaire aventure. Etre, non plus une famille, mais un pays, représenter non plus un pays, mais un agrégat de nations, être maîtres de la moitié de l'Europe et d'une grande partie de l'Amérique, porter une couronne plus lourde encore que celle de l'Empire britannique et se promener, en même temps, au Prater, avec un parapluie sous le bras, c'est un spectacle qu'on ne reverra plus. Il y avait chez eux un merveilleux équilibre entre la majesté et la simplicité. Ils se tiennent à l'entrée de l'Histoire comme les portiers viennois, jadis, à la porte des palais, l'été, avec leur pantalon blanc et leur canne de sergent-major. Disparus, les Habsbourg ont emporté leur pays dans la tombe. Sous nos yeux, il ne reste plus qu'une tête sans corps : Vienne. Les Habsbourg, c'était l'Autriche.

La Vienne d'aujourd'hui n'a plus rien de la capitale bigarrée de la fin du siècle dernier, où, dans les palais à cent serviteurs qui baisaient la main de leurs maîtres *(Küss die Hände),* les jardiniers étaient tchèques, les caméristes dalmates, les précepteurs triestins, les pâtissiers transylvains, les marmitons polonais, et hongrois le maître d'hôtel (qui ne quittait pas le dossier du fauteuil de son maître). La Vienne d'aujourd'hui n'est qu'autrichienne.

Les Habsbourg ne surent pas choisir. « Ils ont été internationaux trop tôt, et nationaux trop tard » (Gaston Shepherd). Ils vécurent, aimèrent, durèrent dans cette fausse quiétude du Congrès de Vienne qui leur avait synthétiquement reconstitué une Europe d'avant 1789 ; ils continuèrent jusqu'au bout à régner dans une sorte de Musée Grévin. Quand un choix leur fut imposé, ils préférèrent jouer leur dernière partie en Occident, et au Sud de l'Europe ; ils essayèrent alors de reprendre une politique française qui, après avoir été malheureuse avec Marie-Antoinette et avec Marie-Louise, ne leur réussit pas mieux avec Napoléon III ou Briand ; puis ils se lancèrent dans une politique italienne, pire encore, qui devait consommer leur perte, de Solferino à l'Isonzo. Si la France ne leur a pas réussi, l'Italie aura été leur tombeau.

Tout ce que les Habsbourg ont été, tout ce qu'ils ont fait, s'explique par l'amour de leur Maison, inséparable de leur amour de l'Autriche. Ce sentiment devait traverser les siècles, jusqu'au dernier empereur Charles, que l'on verra, en 1920, quitter brusquement la Suisse où il est en exil, pour se jeter follement en Hongrie, comme à une aventure d'amour.

Il y a là une investiture morale, aussi frappante que la retransmission, pendant mille ans, du profil Habsbourg, de ce nez Habsbourg, de ce menton Habsbourg, toujours reconnaissables à travers la broussaille des barbes, des moustaches et des favoris. Lorsqu'on regarde leurs statues, leurs portraits, on y trouve deux types : celui de la fameuse pierre tombale de Spire, figure toute en longueur, des rides en accent circonflexe, des parenthèses de chaque côté de la bouche : ce fut la figure de Philippe le Hardi, de Philippe le Bon, de Maximilien, de Charles Quint, de Don Carlos, de Philippe IV, de Marie-Antoinette, de François II, de Marie-Louise, de l'Aiglon, d'Alphonse XIII et de sa mère Marie-Christine. Il existe aussi un second type, rubicond, au nez arrondi, à trois mentons, qui est celui de Charles VI, de Marie-Thérèse, de François-Joseph, de l'archiduc Rodolphe, de François-Ferdinand et de l'empereur Charles[1].

Metternich disait : « Le vrai chef-d'œuvre est de durer » : ce chef-d'œuvre-là, les Habsbourg l'ont réussi. Ils ont duré mille ans, confinés dans le milieu le plus fermé qui ait jamais existé, que ce soit à Vienne ou à Madrid, aussi fermé que la Cité Impériale des empereurs mandchous. A quoi attribuer pareille perennité, sinon à cette *limpieza de sangre* qui finit d'ailleurs, à force de consanguinité, d'orgueil, de traditions, de claustration raciale et d'hérédité protocolaire, par succomber sous le poids d'une ségrégation mortelle ?

1. Voir *Le rôle des femmes dans la transmission des caractères familiaux chez les Habsbourg,* par W. Stromayer, et *Blut und Rasse des Hauses Habsburg-Lothringes,* par Julius Wolf.

CHAPITRE III

FRANÇOIS II, BEAU-PÈRE DE NAPOLÉON

L'Autriche repose sur une armée de soldats debout, de fonctionnaires assis, de prêtres à genoux et de dénonciateurs à plat ventre.

(RICHTER.)

Suivre les Habsbourg depuis leur origine serait remonter dans la nuit carolingienne. Le XIXe siècle suffit à les expliquer, car il contient tous leurs drames ; le XXe ne fera qu'y mettre le point final.

Il faut les situer en Europe, en Allemagne. La Marche orientale *(Osterreich)* dont ils sont d'abord les margraves, pour le compte des descendants de Charlemagne, face aux Huns, devait ressembler à un de nos petits postes sahariens, face aux Arabes nomades. Avant les Habsbourg une autre famille, les Babenberg, avait commandé cette citadelle avancée, avec titre de ducs héréditaires. Ils s'étaient éteints au XIIIe siècle, après avoir fait de Vienne leur capitale. Leur beau-frère Ottokar, roi de Bohême, en hérita, mais fut vaincu et occis par Rodolphe de Habsbourg qui lui avait déjà soufflé le trône impérial. Seigneur en Alsace, sur le Rhin, en Autriche, ce Rodolphe Ier, « l'ancêtre, le grand homme », filleul du grand empereur Frédéric II de Hohenstaufen, fut élu, en 1273, à Aix-la-Chapelle. Depuis cette date, et à quelques interruptions près, tous les empereurs du Saint Empire Romain Germanique ont été des Habsbourg. Rien d'étonnant à cela ; l'Autriche était de loin le plus important des neufs cercles en lesquels était divisée l'Allemagne, depuis Charlemagne.

Charles VI sera le dernier empereur de la pure lignée Habsbourg. En vertu de sa Pragmatique Sanction, sa fille héritera de toutes ses possessions ; mais, évidemment, son sexe féminin lui barre le trône impérial où, profitant d'un interrègne, l'Electeur de Bavière s'était installé. Marie-Thérèse mit promptement fin à cette incongruité et fit élire empereur son époux François-Etienne de Lorraine, qui devient ainsi chef du Saint Empire, sous le nom de François Ier.

Depuis ce mariage de Marie-Thérèse, les Habsbourg s'appelleront Habsbourg-Lorraine et leur maison sera la Maison d'Autriche-Lorraine. A son interrogatoire d'identité devant le tribunal révolutionnaire, Marie-Antoinette répondra : « Je m'appelle Marie-Antoinette de Lorraine d'Autriche ».

Le fils de Marie-Thérèse est Joseph II, frère de Marie-Antoinette, souverain libéral et réformiste, à qui succède son frère Léopold II, de la branche de Toscane ; puis vient le fils de ce dernier, François II.

De tous ces empereurs, François II est celui qui pénétra le plus avant dans l'Histoire de France, en guerre avec la Convention, ayant combattu Napoléon, et, après lui avoir donné sa fille, l'ayant finalement jeté bas.

Il avait quelques raisons d'en vouloir à ce futur gendre. Non content de l'écraser à Austerlitz et à Wagram, Napoléon avait démoli le Saint Empire et l'avait remplacé par la Confédération du Rhin, réduisant François II à n'être plus qu'empereur d'Autriche, titre et création tout nouveaux et qui excitaient l'indignation du fort intelligent Gentz, l'homme de confiance de Metternich. Il écrivait à son patron : « Que dites-vous de cette lamentable histoire d'une Autriche érigée en empire ? Un empereur d'Autriche est un véritable solécisme politique, car l'Autriche est une province d'Empire. Pourquoi pas un empire de Francfort ? (Ce mot était prophétique.) Et cette extravagance se greffe sur la plus odieuse usurpation, celle de la dignité impériale par un Bonaparte ! »

Mais François II prit tranquillement le titre, y ajouta celui, assez comique, de « toujours extenseur de l'Empire », coiffa la couronne de l'ancêtre Rodolphe et plaça au-dessus de son trône d'or l'aigle bicéphale. Ce souverain résigné, qui disait avec modestie : « Si Napoléon ne me laisse que mon château de Laxenburg, je me tiendrai pour satisfait », n'était guère rassuré ; après Wagram, l'Autriche perdait de vastes territoires, trois millions d'habitants, quatre-vingt-cinq millions d'indemnité de guerre : Napoléon, s'il l'avait voulu, n'avait plus qu'à souffler dessus pour la faire disparaître.

François II voulut s'assurer de l'état intérieur de son empire et demanda à son frère Charles, beaucoup plus intelligent que lui, de lui en dresser un tableau complet. « Puissance de premier ordre autrefois, aujourd'hui profondément déchue... en retard d'un siècle sur les autres Etats... » ainsi commence le diagnostic de l'archiduc Charles, qui expose les vices du système : désorganisation administrative, prolifération de fonctionnaires incapables (ils sont vingt pour une place et, rien qu'à la Hofburg, il y a cent notaires), décadence des Universités, ministres ignorants se vantant de n'avoir pas ouvert, en trente ans, un seul livre ou une seule gazette, législation judiciaire inextricable, affaires importantes traitées dans le silence du cabinet impérial, cadastres, banque d'Etat, pompiers inexistants, vingt-sept millions de florins de déficit, fuite des capitaux à l'étranger. Bref, l'Autriche était tombée au dernier degré de la décomposition : « Un gouvernement ne doit pas être méprisé, il doit être haï », concluait l'archiduc, réactionnaire superbe, par amour de la grandeur Habsbourg.

Sa maison avait été déléguée par l'Europe pour faire la guerre aux Avars, Lombards, Huns et Turcs. Ce fut sa tâche et son honneur et elle en fut payée par des biens immenses. Les Habsbourg avaient hérité du Moyen Age le morcellement économique, de la Renaissance les divisions religieuses, du XVIIIe siècle l'effritement en nationalités. Cette pulvérisation ethnique commença par les servir et finit par les perdre.

François II est l'empereur aux quatre femmes et aux treize enfants ; ses épouses, il les rompt sous lui comme un cavalier crève ses chevaux, *opprime d'affetto e di sensualità.* A vingt ans, il prend Elisabeth de Wurtemberg, ombre falote dont on ne sait rien ; François II aurait pu chanter, comme le *Barbe Bleue* d'Offenbach :

Ma première femme est morte
La deuxième
et la troisième...

En effet, à peine cette Wurtemberg a-t-elle le temps de se voir impératrice, que déjà la Dame Blanche lui fait signe.

L'empereur est très pressé de la remplacer ; ce Habsbourg, retenu par des scrupules religieux, s'interdit l'amour en dehors du mariage ; minotaure couronné, il lui faut son appoint de vierges princières ; quelques mois à peine séparent une épouse de l'autre.

Voici Marie-Thérèse de Bourbon-Sicile ; elle est la fille de Marie-Caroline, reine de Naples, sœur de Marie-Antoinette et célèbre pour son énergie de souveraine et ses faiblesses de femme (« Messaline et tribade » dira Napoléon, à Milan). L'Histoire a retenu l'étrange amitié qui la lia passionnément à Nelson et à sa belle maîtresse, lady Hamilton.

Marie-Thérèse a hérité de sa mère une robuste santé, et il faut cela. Car son mari l'obsède, la traîne partout avec lui, la fatigue de ses amoureux assauts. Cette Napolitaine avait des goûts bucoliques ; elle adorait la campagne, les vaches, le lait, installait dans ses châteaux de petites fermes modèles, où elle passait la majeure partie de son temps avec l'empereur, heureux de céder à ce trait caractéristique des Habsbourg qu'on a appelé *die Flucht ins Bürgerliche,* la fuite dans la vie bourgeoise.

Marie-Thérèse résista vaillamment à quinze ans de travaux forcés et à treize grossesses ; elle succomba à la dernière, en 1807, laissant neuf enfants vivants, dont l'aînée est Marie-Louise, impératrice des Français.

Impossible d'imaginer contraste plus grand que celui de cette fermière aux multiples enfantements avec la dangereuse petite princesse qui va lui succéder sur le trône d'Autriche.

Maria Ludovica de Modène est la fille de Ferdinand de Habsbourg, duc de Modène, et de Béatrice d'Este-Malaspina. De ses ancêtres autrichiens, elle ne tient que son orgueil et sa ténacité ; ses aïeux italiens l'ont autrement enrichie ; elle descend de ces superbes fauves, despotes et mécènes, dont l'avidité, les fureurs guerrières et le goût raffiné ont fait toute l'histoire de la Renaissance. Ses aïeules ont protégé les poètes, le

Tasse les a aimées ; elle aussi, Gœthe l'aime et l'admire ; l'écrivain La Fontaine (un La Fontaine qui n'a de commun avec le nôtre que le nom) écrit pour elle des romans. Elle est cultivée, artiste ; elle invite Isabey à venir à sa Cour peindre la famille de l'empereur ; aussi possédons-nous son portrait par Isabey ; dans un nuage de dentelles et de tulle, c'est un ravissant visage un peu allongé, une bouche au sourire ambigu et d'immenses yeux, invraisemblables d'éclat et de profondeur. Elle fait penser à une célèbre beauté de 1900, Liane de Pougy. Isabey faisait ressemblant ; il suffit, pour s'en convaincre, de comparer les deux portraits : Maria Ludovica et Marie-Louise.

***

Maria Ludovica avait à peine trois ans de plus que cette pataude belle-fille qui l'appelait *liebe Mama.* Les neuf enfants du précédent lit tombèrent tout de suite sous son charme ; quant à l'Empereur, elle en a toujours fait ce qu'elle a voulu ; cette jolie créature, que la tuberculose guettait, ne craignait pas les ardeurs amoureuses de son époux ; bien au contraire, elle les eût plutôt provoquées ; les lettres qu'elle lui écrivait sont d'un érotisme qui les rend impubliables ; et Méneval affirme qu'on l'entendait pousser des cris d'hystérie.

Une autre passion la brûle : la haine. Ces Français, qui ont chassé son père de ses Etats, qui l'ont pourchassée elle-même jusqu'en Autriche, forcée à fuir sa capitale, elle les hait avec une rage effroyablement concentrée ; pourtant, elle pousse sa belle-fille dans les bras du bourreau de l'Europe ; c'est que – intelligente – elle a compris l'intérêt de l'alliance. Elle pense que l'empire de Napoléon est fragile et qu'il n'y a qu'à attendre son heure.

Que cette heure est lente à venir ! Peu d'années après les noces franco-autrichiennes, c'est encore Dresde, apothéose napoléonienne. Maria Ludovica s'attend à voir arriver une victime à consoler, car les lettres de Marie-Louise sont geignardes ; or, c'est une jeune femme heureuse, amoureuse, radieuse, amincie, embellie, supérieurement élégante et scintillante de diamants qui saute au cou de *liebe Mama.* Devant l'impératrice des Français, l'orgueilleuse impératrice d'Autriche fait figure de parente pauvre, humiliée par la pluie de cadeaux.

En même temps qu'une aigre colère, la convoitise s'allume chez Maria Ludovica ; et l'envie ; elle voudrait tout ce qu'a sa belle-fille. L'Ogre s'ingénie à séduire ses beaux-parents, et d'abord « sa superbe ennemie ». Quand, faible et fatiguée, Maria Ludovica se fait transporter en chaise à travers les interminables salles, Napoléon, le chapeau à la main, s'appuyant de l'autre à la chaise, bavarde, et Méneval voit l'impératrice qui lui répond, souriante et enjouée ; les lettres quotidiennes de Maria Ludovica à sa mère ne laissent rien transparaître du plaisir qu'elle ressent à écouter parler le plus grand génie de son temps ; de nombreuses femmes ont éprouvé la séduction de Napoléon (quitte à lui en vouloir plus tard férocement de son indifférence). Il est peu probable que Maria Ludovica n'ait pas été fascinée. Mais quel chaos dans ce cœur qu'emplissait la haine ! Quelle colère aussi de voir son faible mari définitivement conquis, répétant à longueur de journée : *Das ist ein ganzer Kerl !* « Ça, c'est un bougre ! », tout prêt à donner son armée à la Grande Armée et à entrer en Russie aux côtés de son gendre. C'est Maria Ludovica et ses cris qui l'arrêtent ; elle s'accroche de ses dix petits ongles à la manche de François II, hurlant : « Non, tu ne collaboreras pas ! »

La ruine de l'Empire français consommée, lorsque François II et Metternich envisagent néanmoins de laisser Napoléon sur le trône, ce n'est pas seulement

Alexandre et l'Angleterre qui réclament la déchéance, c'est aussi Maria Ludovica.

La suite a quelque chose de sinistre ; Maria Ludovica attend Marie-Louise, elle l'attire dans la glu autrichienne ; après l'abdication, elle l'entoure de tendres soins, l'isole, la travaille, la détourne de Napoléon et de la France, la prépare pour Neipperg. A Napoléon, on prend son épouse, on l'exile ; elle, on l'avilit, on la salit ; quant au fils de Napoléon, Maria Ludovica a son plan : on en fera un évêque.

Mais pour que cette impératrice d'Autriche, humiliée et offensée, ait sa revanche complète, il faut plus que tout cela, il faut le Congrès de Vienne. Quels beaux jours pour elle, si seulement la maladie lui permettait d'en jouir pleinement. Même dévorée de fièvre, elle trouve la force d'organiser des chasses où elle tire comme un homme, ne manquant jamais son gibier ; « la belle impératrice », comme l'appelle toujours le Français La Garde, invité à ses fêtes, offre banquets et bals ; seules les redoutes sur la glace lui sont interdites. Chez elle, on donne la comédie ; on voudrait penser qu'elle tenait un rôle, par exemple celui de *Marie Stuart,* ou celui de la reine dans *Don Carlos,* mais Schiller est proscrit à la Hofburg, comme jacobin.

Et puis l'impératrice est trop malade ; les lumières éteintes et les violons du Congrès réduits au silence par les Cent Jours, Maria Ludovica vit encore assez pour voir Napoléon relégué à Sainte-Hélène : elle peut mourir. Elle meurt en 1816.

Neuf mois après qu'on aura couché dans la crypte des Capucins ce « corps mince comme une asperge », ce cœur plein de flamme et cette tête ravissante, le veuf, déjà consolé, épouse Charlotte de Bavière et fait cette remarque d'une si touchante sensibilité : « J'espère que celle-là, du moins, tiendra le coup et que je n'aurai pas de nouveau une morte sur les bras ! »

C'est Charlotte de Bavière qui aura sur les bras l'empercur François II, car il mourra enfin avant elle.

L'empereur François II est un famcux père noble, d'une grande dignité de manières, un indifférent avec larme à l'œil ; incomparable dans cette autrichienne union personnelle qui reste un vestige médiéval, il maintient l'Empire par sa seule présence « comme les cercles de fer d'un tonneau disjoint », malgré l'antagonisme des nationalités et l'incohérence de ses peuples ; il les jouait les uns contre les autres, ce qui, à cette époque sans communications rapides, était relativement facile. Il matait la Hongrie avec des régiments italiens, et la Lombardie avec des régiments croates (tout comme, sous notre Troisième République, quand il fallait mobiliser contre les vignerons du Midi, on y envoyait des régiments du Pas-de-Calais).

En 1804, l'ambassadeur de France à Vienne écrit : « Renfermé à l'intérieur, l'empereur n'a d'autre société que sa famille ». C'est que la famille d'un Habsbourg, c'est l'Europe. On verra, au Congrès de Vienne, sans ces bruyants effets de faste caractéristiques de notre premier Empire, François II recevoir tout naturellement chez lui l'Europe entière, en parfait maître de maison. A Vienne, l'Europe était chez elle.

Ce brillant avenir est encore loin ; pour l'instant, François II tremble devant Napoléon. Heureusement, il a une arme secrète, sa fille Marie-Louise.

⁂

Ce père est moins simple qu'il ne semble. Soumis à ses ministres en apparence, mais se reprenant avec une obstination sournoise, il veut bien accepter l'idée follement audacieuse du mariage de sa fille avec l'Ogre, mais sans jamais se commettre, ni se compromettre. Jusqu'au dernier moment, les Tuileries attendront en vain qu'il vienne assister au mariage impérial ; il ne viendra pas ; il ne viendra pas non plus au baptême du roi de Rome ; il ne viendra à Paris qu'en 1814, mais ce sera en vainqueur. A chacun sa résistance ; auprès des autres résistants, des Stein et des Körner, des guerilleros espagnols ou des paysans tyroliens fusillés par Napoléon, François II fera peut-être figure de lâche, mais c'est un lâche qui ne lâche pas. Il blesse son gendre à coups d'étiquette ; ce sont des blessures qui ne guériront pas ; Napoléon en gardera le venin jusqu'à Sainte-Hélène.

Les Habsbourg ont toujours su, sous des formes débonnaires, rester des monstres sacrés ; à les voir se promener à pied dans Vienne, on les prend d'abord pour des bourgeois, des fils de cette riche bourgeoisie qui, depuis le XVIIIe siècle, régnait dans toute l'Allemagne. On s'aperçoit vite de l'erreur. Les Habsbourg travaillent parfois niaisement à corriger les virgules, à poser des cachets, à passer des revues ou à donner des audiences. Mais ils sont défendus par tant de siècles et tant d'antichambres qu'en parvenant jusqu'à eux, celui à qui l'audience aura été finalement accordée croit pénétrer jusqu'au saint des saints, et en sort persuadé qu'ils sont de droit divin. Ils semblent justifier le titre jadis donné à Charles Quint de « plus grand Maître de Cérémonie de tous les siècles ». Même médiocres, ils en imposent. On les salue comme on saluait en Espagne, d'une révérence, ce baldaquin vide qui abritait le trône de Philippe II absent (ou comme, jusqu'à cette dernière guerre, on tombait en génuflexion devant les murailles qui protégeaient le palais du Mikado). Les gardes de la Hofburg possèdent une clé de fer, les chambellans une clé dorée ; l'empereur seul a une clé d'or. L'orgueil, l'arrogance, la froideur, la majesté sont dans la nature espagnole ; Louis XIV en avait hérité et en fit même une méthode de gouvernement, mais c'était une attitude tout extérieure qui n'est pas dans la tradition de nos rois. C'est l'Espagne et non la France qui a hérité du cérémonial bourguignon, l'Escorial où les mets, apportés dans des soupières cadenassées, étaient goûtés avant d'être servis et où les assistants se présentaient à genoux, comme dans les cours asiatiques. Ce cérémonial, assez atténué au XVIIIe siècle, est encore appliqué en Autriche, au temps de François II.

Un pamphlétaire austro-américain, Charles Sealsfield, écrivait en 1828 : *La tyrannie de Napoléon était un jeu d'enfant à côté de l'arbitraire de François II, s'exerçant sous le masque d'une parfaite bonhomie.* Pour n'être pas apparent, cet orgueil impérial n'en était pas moins terrible quand il était blessé. On le sent sourdre à travers trente générations. L'empereur daignait se déclarer le père de ses peuples, mais à son « Tout pour le peuple », il ajoutait : « rien par le peuple ». Chacune de ses proclamations est un mensonge officiel, car, faible, il ne peut survivre qu'en mentant. L'éphémère entente avec Napoléon, il la nomme « une union intime et durable ». « Le monarque a sacrifié ce qu'il avait de plus cher à l'intérêt supérieur de la Patrie. » Cette formule servira deux fois, à la paix avec Napoléon en 1810, à la guerre contre Napoléon en 1813. « Soucieux de délivrer ses sujets de l'appauvrissement », François II dévalue, en 1811, des quatre cinquièmes et ruine son peuple. « C'est Tartuffe sur le trône ! » s'écrie Schen. Sa longue figure à ossature chevaline a la froideur implacable des statues aveugles. *C'était un homme de quelque intelligence, de peu de cœur, et sans aucune justice,* note Lord Holland, dans ses *Mémoires.*

Napoléon, évidemment, inspire à son futur beau-père une profonde antipathie. « Il ressemble à un tailleur », dit-il. « Ma fille dira ce qu'elle voudra, je n'aime pas cet homme-là. » Et quel dédain dans ces simples mots : « N'étant pas né sur le trône, Napoléon croyait aux affections de famille. » A ses yeux, le Corse ne sera jamais qu'un révolutionnaire repenti.

Il oscille entre deux politiques : doit-il s'allier à Napoléon contre la Russie ? Les hurlements de Maria Ludovica l'en empêchent. Doit-il s'allier à la Russie contre Napoléon ? La Prusse l'y pousse et les défaites de la Grande Armée le décident. Mais un revirement se produit dans son esprit, car il dit : « Je ne veux pas détruire mon gendre, seulement le ramener à la raison ». Il se demande s'il n'a abattu le Corse que pour le remplacer par le Russe ? Il ne le verra que trop, en 1825, quand le tzar revendiquera les Bouches du Danube et la protection de l'Hellade. Dès 1814, Napoléon exilé, la grande ombre évanouie, *les gens les plus raisonnables étaient effrayés de cette introduction forcée de la Russie dans l'Europe civilisée* (Bausset).

Pendant les Cent Jours, Napoléon a les yeux fixés sur son beau-père, « ce squelette, dit-il, que le mérite de ses ancêtres a seul placé sur le trône ». Il avait cru jouer les Habsbourg, l'atout Habsbourg, mais il est joué par eux. Il multiplie les émissaires auprès du beau-père, qui ne répond même pas. François II tient Marie-Louise et le roi de Rome, et ne les lâchera pas. Mais, comme il soigne son personnage pour la postérité, l'empereur François déclare : « Je ne ferai pas pression sur l'archiduchesse, elle décidera de son sort ». L'eût-il crue forte tête, il n'aurait pas gardé ce ton détaché. Mais il connaît sa fille et sait qu'elle obéira, qu'il lui fera sans peine réintégrer Vienne et sa famille. Cependant, il sait aussi qu'elle a besoin d'un homme, et il invente Neipperg, dont il dira dévotement : « Dieu merci, j'ai été heureux dans le choix du cavalier ».

Ce beau-père, que Napoléon appelait « un brave idiot », n'est pas si sot ; témoin son mot à son ministre des Finances, comte Zichy : « Après les guerres, les peuples pèsent un grand poids dans la balance ». Il a parfaitement compris l'importance de l'Aiglon et que cet otage rêvé sera toujours entre ses mains une menace contre les Bourbons. Aussi il le garde, le sépare de Marie-Louise, et distribue les rôles pour l'Histoire. Metternich sera le méchant geôlier et lui, le grand-papa gâteau : repas en tête-à-tête avec le petit prince, gronderies souriantes, caresses, larmes d'attendrissement. Cependant, il lui refusera, non seulement Parme et un voyage en Italie, mais les droits héréditaires sur le domaine palatino-bavarois de Bohême et le duché de Reichstadt. Il ne lui donnera pas même un régiment. Il ne le fera qu'altesse sérénissime et ne lui octroiera ni le titre d'Altesse Royale ni la Toison d'Or. Et quand le jeune duc sera très malade, il lui interdira de rejoindre sa mère. « Le gamin restera ici », dit-il ; il l'aime trop pour s'en séparer. Il l'élèvera à la Cour, mais le fera passer après le dernier des archiducs. Jamais prisonnier d'Etat n'aura été plus affectueusement, plus familialement incarcéré et détruit. Pas plus que Marie-Louise, François II n'assistera à l'enterrement de l'Aiglon ; il lui aurait fallu faire quelques lieues.

Borné et retors, âme de rond-de-cuir dans une face de grand seigneur, ce faux bonhomme, d'une sinistre bonté, cet étouffeur de vie, a une excuse. Né à Florence, dans la délicieuse et méprisable Italie décadente du XVIIIe siècle, il est transplanté à Vienne d'un seul coup, et soumis à cette rage d'éducation qui sévissait partout, et surtout à la Hofburg. Pour résister a ce dressage forcené, il fallait une nature vigoureuse ; François II en émergea laminé, desséché à jamais. Metternich l'appelait *Ein Aktenbohrer,* « un perceur de dossiers qui pénétrait dans l'énorme pile par le bas et en ressortait par le haut, sans qu'on en pût voir d'autre effet que le petit trou par où il l'avait transpercée ».

Droit et pâle, avec son crâne en œuf, son teint de vieille cire, ses joues plates hors de la cravate en mousseline blanche à triple tour, François II se promène à pied dans sa ville, un parapluie à la main, et ce parapluie ne fait pas rire. Ou bien, avec son impératrice à ses côtés, dans sa vieille petite barouche attelée d'un cheval dont il tient les rênes, il se montre à ses sujets et leur parle le dialecte viennois, image de cette simplicité bonhomme qui attendrit les foules et qui est tout ce qui lui reste de l'enseignement de son père Léopold II : « Avant tout, que les princes se souviennent que tous les hommes sont égaux ».

Comme Metternich, qui disait : « Je suis venu au monde Premier ministre », François II est venu au monde empereur. Malgré les vicissitudes des guerres napoléoniennes, il sent que l'Autriche ne doute pas d'elle-même, parce que, a dit l'archiduc Charles : « Un colosse tel que l'Autriche ne tombe pas sans ébranler dans sa chute l'Europe entière ».

Plus intelligente, plus sage que l'Europe de 1918, l'Europe de 1814 a su assurer sa survie en consolidant cette très ancienne, très fragile et très utile structure.

Au Congrès, ce « gala de la Paix », Vienne put ouvrir ses portes comme celles du salon intact d'une Europe en cendres, à dix mille étrangers de haute condition.

Comment Vienne, assez petite capitale, et François II, souverain aux mœurs bourgeoises, purent-ils suffire à cette éblouissante féerie, qui dura tout un an ? Où trouva-t-on à loger quatre cent cinquante grands personnages et leur suite ? Comment la Hofburg put-elle abriter à la fois deux empereurs, deux impératrices, quatre rois, une reine et deux princes héritiers, avec leur Cour ? Comment les fameuses « écuries blanches » eurent-elles assez de chevaux et de voitures pour promener les missions diplomatiques de tous « ces rois en vacances » (Prince de Ligne) ? Comment François II put-il suffire à ces énormes frais, trois ans après une banqueroute des quatre cinquièmes ? Les souverains étrangers offrirent de lui rembourser ses dépenses, mais il refusa, d'un geste simple et très royal, et Metternich resta le « ministre de l'hospitalité autrichienne ».

Depuis Maximilien Ier qui, en 1515, avait accueilli chez lui les rois de Bohême, de Pologne et de Hongrie, Vienne n'avait plus vu autant de têtes couronnées. *Ce serait jouer de malheur que de ne pas rencontrer un empereur, un roi, un prince régnant, se promenant à pied comme dans une ville d'eaux, lorsqu'ils ne jouent pas au soldat. Quand il n'y a ni grande revue, ni chasse... ils étincellent de leurs beaux uniformes aux fêtes que leur donne l'empereur d'Autriche, lui si simple, si sobre, si magnifique,* écrit un visiteur français.

Cette magnificence coûte cher : trente millions de florins. La vie viennoise monte en flèche, le bois de chauffage vaut son pesant d'or, les faubourgs se remplissent du trop-plein des auberges de la ville, les loyers atteignent de tels prix qu'en trois mois un propriétaire paye son immeuble. Vienne mettra vingt ans à se remettre des fastes du Congrès, mais Vienne s'était bien amusée. Quelles merveilles que ces files de carrosses dorés, peints par Rubens, escortés de heiduques en caftan et ceinture de cachemire, écartant les curieux avec leur canne à pommeau d'argent, ces équipages précédés de leurs coureurs à pied, soigneusement sélectionnés, car il y avait des compétitions de coureurs où l'on voyait les familles aristocratiques encourager à grands cris les concurrents de leur livrée. Au Prater, les costumes orientaux ou semi-orientaux, polonais ou russes, se mêlent aux stricts uniformes allemands que copiaient les Anglais hanovriens ; les blancs cuirassiers russes croisent les blancs uhlans prussiens. Tous les gens de qualité sont montés par les soins de la Hofburg, et nourris par les officiers et les chambellans de l'empereur, qui tiennent table ouverte. Les souverains s'entrevisitent et s'entredécorent, échangent des cadeaux, robes de chambre fourrées de zibeline russe ou aiguière d'argent prussienne. Chacun d'eux nomme les autres colonels honoraires dans son armée, ce qui entraîne la commande de l'uniforme correspondant et met les tailleurs de Vienne sur les dents. Le format des menus, comme la forme des habits, varie d'heure en heure, suivant les festivités ; l'ordre des décorations étalées sur les tuniques blanches (ces fameuses tuniques que portait encore François-Joseph et que les nazis ont endossées) changent, selon la présence de tel ou tel monarque.

L'empereur offrait à ses hôtes des chasses aux hérons, des exploits de fauconnerie, et ces fermés de gibier derrière des filets venus des âges néolithiques et que l'on peut voir sur les tapisseries des *Chasses* de Maximilien. Aux chasses succédaient les superbes carrousels, dans le manège de Charles Quint, sous ces blanches galeries, aujourd'hui si vides, mais alors bondées de douze cents spectateurs : tournois avec hérauts d'armes, jeux de bague et de tête de More, sous d'immenses lustres à bougies, dont la lumière tombait sur les robes blanches des chevaux dressés en haute école espagnole. Metternich présidait le jour aux séances du Congrès à la Chancellerie d'Etat et, le soir, aux représentations de troubadours amateurs, aux tableaux vivants.

Car ce monde mort raffolait de tableaux vivants où s'affrontaient toutes les belles de l'Europe. Partout des loteries d'objets magnifiques ; mais la plus grande loterie était le Congrès, assailli de princes médiatisés et de comtes médiats, où on pouvait, avec de l'adresse, gagner une fortune... ou un royaume. Tous les mendiants d'Europe étaient là, les émigrés de Condé, les « chiens rampants » *(Stein)*, les rats échappés au naufrage du premier Empire, la « racaille de la Confédération ». Sous les mondanités travaillaient les intrigues des partis politiques. Le parti russe, chez le prince Bagration, qui fit faillite, les fonds secrets qui l'alimentaient ayant tari, s'opposait au parti autrichien du salon de la princesse de Sagan. Le salon Talleyrand leur faisait équilibre. « A Vienne, dit le comte de la Garde, se rencontraient les grands officiers des majestés dépouillantes, avec les avocats des majestés dépouillées. »

L'Auberge *de l'Impératrice d'Autriche,* la plus célèbre des hôtelleries viennoises, abrite le monde des affaires et du journalisme (quelque chose comme le bar du Ritz, à Paris, en 1919). Le publiciste Gentz, l'homme de Metternich, y allait pour donner des mots d'ordre ou recueillir des informations.

Dans cette « Capoue des esprits » (Grillparzer), les divertissements se succédaient, visites à l'atelier d'Isabey, bals costumés des enfants de la noblesse, chanteurs tyroliens, jeux de hasard chez les Russes, où le prince Galitzine perdit en une nuit toute sa fortune, jusqu'à sa calèche, puis, misant sur les harnais, regagna le tout la même nuit. Ce qu'il y avait de plus beau, c'étaient les fêtes nocturnes sur l'étang glacé de Schönbrunn : les traîneaux en forme de cygnes, conduits par des cochers en velours émeraude, clochettes d'argent, chevaux fumants sous leurs peaux de tigre, femmes ravissantes sous leurs aigrettes de diamants couvertes de givre, frissonnant dans leurs pelisses de zibeline (l'hermine étant réservée aux empereurs), escortées de seigneurs patineurs suivis de timbaliers et de trompettes sur leurs chevaux ferrés à glace, dont la queue et la crinière étaient nattées aux couleurs des Habsbourg, jaune et noir.

Toute cette fantasmagorie, ce bal polaire aux flambeaux, contrastait curieusement avec la patriarcale simplicité du maître de maison, qui cheminait tranquillement appuyé sur ses deux béquilles, Metternich et la police.

*
**

Metternich avait réalisé le tour de force de faire passer par l'Autriche, non seulement « la majorité des transports postaux, la malle des Indes, la correspondance vers l'Italie méridionale qui aurait pu tout aussi bien passer par Marseille et le Piémont », dit l'excellent biographe de Metternich, C. de Grunwald, mais encore la valise diplomatique de plusieurs Etats (on se demande comment ces Etats, qui savaient pourtant ce qu'est un Cabinet noir, n'ont pas deviné l'astuce) ; l'Autriche faisait, à travers l'Europe centrale, le service régulier de l'Angleterre, de la Sardaigne, de la Bavière et de la France. Quel butin pour le mystérieux Cabinet noir, « qui décachetait les rapports de tous les ambassadeurs et hauts fonctionnaires, sans excepter les membres de la famille impériale, ni les souverains étrangers ». Certaines de ces lettres n'étaient pas remises au destinataire ; ce fut le sort de celles de Napoléon à Marie-Louise pendant les Cent Jours. Elles se trouvent encore aux Archives de Vienne. Marie-Louise ne les a jamais vues.

Metternich avait toujours eu beaucoup d'admiration pour le système de surveillance politique exercé par Napoléon... il l'avait pris pour modèle. (Si bien que la fameuse police autrichienne, tant incriminée par Stendhal en Italie, n'était peut-être qu'une pâle copie de l'administration napoléonienne...) La police a toujours été l'affaire des Corses.

Le Cabinet noir ouvrait jusqu'à quinze mille plis par an, et les recollait à la perfection. Cette ténébreuse institution lisait les lettres de Napoléon, du pape, du tzar, de Charles X. Eichfeld, le chef de ce service, avait trouvé la clef de quatre-vingt-cinq chiffres, et le chancelier était particulièrement fier d'être maître du code russe, qui avait demandé quatre ans de travail. Les déchiffreurs viennois étaient si réputés que les Etats étrangers s'adressaient au Ballhausplatz pour y faire élaborer de nouveaux chiffriers. En voyage, le chancelier se faisait suivre par ses déchiffreurs, déguisés en domestiques. En 1833, le chiffre français fut dérobé pour quelques heures dans la chambre à coucher du propre fils de l'ambassadeur Saint-Aulaire. Souvent, en recevant des ambassadeurs étrangers, Metternich avait déjà pris connaissance des instructions qui motivaient leur visite et s'amusait à observer la façon dont ils les exécutaient. « Nous avons trouvé dans le dossier *France 1832,* ajouta Grunwald, cent sept documents ; l'impression est hallucinante : on aurait pu se croire aux archives du Quai d'Orsay. »

La censure ne relevait de la police que depuis le début du siècle. Jusque-là, elle était aux mains des Jésuites, serviteurs de l'ordre moral.

Cette police d'Etat dépendait de la police de Cour *(Hofstelle),* véritable ministère. On devine dans quel sens la censure s'exerçait :

Interdiction au phrénologiste Gall de faire des conférences de craniologie, parce qu'impies.

Interdiction du livre des *Lieder,* de Heine. (Metternich pleurait en lisant ces vers, mais les interdisait.) Une inscription tombale ayant été relevée avec les mots *Carpe diem,* toute la littérature des dalles funéraires fut désormais surveillée. Les romans, même classiques, ayant l'amour pour sujet, sont suspects, car l'amour n'élève pas l'âme ; quand Grillparzer, le grand poète autrichien, n'est pas interdit, il est remanié. (« Y a-t-il dans mes œuvres quelque péril inconnu ? » avait demandé l'écrivain au censeur, qui lui répondit : « On ne sait jamais ».)

En art, les trouvailles de la censure tenaient du prodige ; les tableaux étaient repeints, la sculpture surveillée ou habillée, quant à l'instruction publique, dans un discours tenu à l'Université, l'empereur avait dit : « Nous n'avons pas besoin de savants, mais d'honnêtes citoyens ».

Les censeurs dramatiques doivent veiller à ce que,

dans une scène d'amour, les deux fiancés ne quittent pas la scène simultanément. Interdiction de parler de divorce et de divorcés ; un parricide pouvant choquer, dans *Kabale und Liebe,* le père est remplacé par un oncle. Schiller est considéré comme des plus dangereux ; dans les *Brigands,* une canaille qui s'appelle François voit son nom changé, François étant celui de l'empereur ; sa *Marie Stuart,* dont la décollation ferait penser à celle de Marie-Antoinette, est interdite. Le mot de *liberté* est proscrit partout ; Don Juan n'a plus la permission de chanter « Vive la liberté », il chantera « Vive la gaieté », *Wallenstein* est interdit. *La Conjuration de Fiesque* n'est autorisée que si les conjurés tombent finalement aux pieds du Doge, le remerciant de sa clémence, pour bien prouver que le complot a fait long feu. Gœthe est plus rassurant, mais le censeur autrichien reproche à l'ange de *Faust* d'avoir moins de bon sens que Méphisto. *Nathan der Wise,* où trois religions sont mises sur le même pied, devra, pendant des années, être remanié. *O Gott !* ne peut se dire, le nom de Dieu est réservé au Théâtre de la Cour.

Les mœurs sont surveillées ; les vingt mille prostituées de Vienne sont tondues, condamnées à balayer les rues. Quand passe l'empereur, elles se mettent en ricanant au port d'arme avec leur balai ; si des passants les courtisent, on enrôle ceux-ci de force parmi les balayeurs. Marie-Thérèse avait institué une cinquantaine de *Commissions de chasteté,* probablement pour surveiller son mari, François de Lorraine, avec visites domiciliaires et poursuites contre les adultères. Les abus furent si grands qu'il fallut supprimer ces commissions. La police n'en fut pas pour autant affaiblie.

Il est édifiant de parcourir les fiches du système d'information de Metternich ; on y voit apparaître le côté équivoque de la Sainte Alliance, elle-même opération de police internationale et cordon sanitaire politique.

Cependant, à ne l'examiner que sous l'angle de la police, ou dans son attitude impitoyable à l'égard de Marie-Louise et de l'Aiglon, on risque de méjuger le très grand homme d'Etat que fut Metternich. « Le monde tient à un fil », a-t-il écrit à sa mère, vingt-cinq ans avant le Congrès de Vienne. Ce fil, il l'a consolidé. Il est d'accord avec son impérial maître qui, en mourant, dit à son fils : « Gouvernez sans rien changer. » On se représente ces deux hommes, la tête tournée en arrière, comme les damnés du Dante. Si Metternich redoute ce changement, c'est qu'il a tout vu, dans sa vie, et le contraire de tout. Il devine, sous les changements, « cette grande et profonde immobilité » qu'y sentiront Maurras et Paul Valéry, laissant l'événement aux badauds. (« Je hais l'événement », nous disait un jour Valéry.) Beau, spirituel, aimé des femmes, ayant jusque chez l'ennemi des liaisons célèbres (Caroline Murat, la duchesse d'Abrantès, etc.), promenant sur toutes les cours d'Europe, qu'il connaît à fond et dont il parle les langues sans accent, son regard froid, aigu et volontaire, Metternich traitera d'égal à égal avec les plus grands. Est-ce par sa faute que l'Autriche sera, selon le mot célèbre : « en retard d'une idée, d'une armée, d'une année ? » Mais le retard, c'est le vœu suprême de tout réactionnaire.

Aussi froid que son chancelier et plus imperméable encore, François II, au cours de ses quarante-trois ans de règne, ira de Campo Formio à Presbourg, de défaite en défaite, avec une inconscience qui laisse confondu d'admiration. De même qu'il traverse avec indifférence sa Lombardie aux geôles pleines de patriotes, il laissera fusiller avec une même impassibilité les résistants tyroliens. Escamoter les peuples après les avoir appelés à la libération est une entreprise dont il se tirera à merveille. Le patriotisme lui était étranger ; il ne connaissait que le loyalisme vis-à-vis de sa personne. « Qui vous a commandé d'écrire des vers patriotiques ? » a-t-il dit, mécontent, au poète Castelli. Il fera de l'Autriche la dernière plate-forme de l'esprit bien-pensant.

Mais quand il mourut, on vit autour de son cercueil ces visages soudain joyeux que laissent derrière eux les princes idolâtrés.

CHAPITRE IV

MARIE-LOUISE

Elle a contre elle l'Histoire. Ce qu'on peut dire en sa faveur, c'est qu'elle n'a pas sollicité le destin ; son lot lui est tombé du ciel. Déjà choisie par Metternich, et ne s'en doutant pas, elle écrivait innocemment à une de ses amies, en parlant de l'actualité du jour, du divorce de Napoléon : « Je plains la pauvre princesse qu'il choisira. » Ce mot d'oie blanche lui attire la foudre.

Marie-Louise a les défauts ordinaires du sexe, « sans confiance en elle-même » *(Générale Durand)* ; sa seule force est sa faiblesse, et c'est cette faiblesse qui touchera Napoléon : « Si la France connaissait tout le mérite de cette femme, elle se prosternerait à genoux », dira-t-il plus tard à Chaptal. Il l'a aimée pour ses défauts et pour ses qualités, pour ses longs bras ballants d'indifférente, pour son léger parler germanique, pour ses façons empruntées d'étrangère gênée, pour ses gros yeux voilés d'eau qui saisissent mal le monde extérieur, pour ses maladresses, pour sa jeunesse sans défense, dans un milieu français dur comme le roc ; il ne lui en a voulu ni de son père ni de Neipperg. Elle sera toujours « sa bonne Louise ». Dès le début, il lui a ouvert un immense crédit qui durera jusqu'à Sainte-Hélène ; ce compte créditeur ne sera jamais clos, d'abord parce qu'elle lui a donné un fils ; peut-être aussi parce qu'il la sentait, jusque dans ses écarts, innocente. « La chasteté est pour les femmes ce que la bravoure est pour les hommes », disait Napoléon, qui ajoutait : « Je méprise une femme sans pudeur ». Marie-Louise devait être voluptueuse, avec pudeur. Egoïste, bien sûr ; elle s'accusait d'égoïsme devant l'Empereur, qui répliqua, avec une admirable inconscience : « C'est le vice le plus affreux que je connaisse. » Sans folie, sans sagesse, toujours fatiguée, toujours geignante, elle courra après le repos, comme Napoléon après la paix. Statique au milieu d'une société dynamique, à jamais limitée dans ce monde de la France impériale qui vit un rêve illimité, elle apparaît comme une somnambule silencieuse qui gémit d'ennui le jour et de plaisir la nuit. Marie-Louise, c'est un type des plus courants : celui d'une femme mal assurée sur ses jambes, mettant toute sa confiance dans l'homme ; pas frivole, pas légère, mais attachée successivement à tout mâle qui se trouve près d'elle, attachée au sexe comme une chèvre à son piquet (Napoléon le sent, il lui recommandera de ne jamais rester seule avec son beau-frère, le roi Joseph, ni même avec le vieux Cambacérès), polarisée immédiatement par l'homme, ne trouvant son bonheur et son équilibre qu'en lui, indifférente à toute autre vie que la vie profonde de son corps, meilleure reproductrice que bonne mère, toujours passive, humorale, toujours enrhumée et toujours coulante, soumise à l'influence de la température, des saisons, et sans doute à celle de la lune, aimant une bonne petite vie, avec de très petits besoins et un petit homme près d'elle (Napoléon, elle l'appelle *Nana* ou *Popo*), sans mémoire, sans âpreté, facile à voler, mais accrochée à ce qu'elle possède comme une coquille à son rocher, se refermant comme une huître sur ce qui suffira à nourrir sa vie léthargique, fermant les rideaux pour faire l'amour, incapable même de lacer son corset, rhumatisante, gourmande, constipée, adorant le lit et dîner au lit. Moins stupide que limitée, bornée par l'instant, sans curiosité d'aucune sorte, traversant les guerres en se polissant les ongles et passant les révolutions chez le coiffeur ; lisant avec avidité les longues lettres que Neipperg lui envoie du front napolitain, mais n'ouvrant même pas les courts billets pleins de vent et de poudre à canon que lui adresse le Napoléon des Cent Jours, dans sa marche sur Paris. « C'est un ventre que j'épouse », avait dit l'Empereur, expliquant qu'il ne se remariait que pour assurer sa descendance ; il ne savait pas si bien dire : un ventre sans oreilles.

Lorsque Marie-Louise, enfant, jouait aux soldats de bois, elle s'arrangeait toujours pour que les Français fussent battus ; Napoléon, capturé, était soumis à la torture et percé d'épingles : cette anecdote, c'est déjà l'Histoire. Marie-Louise haïssait Napoléon avant de le connaître ; ensuite, elle l'a un peu aimé, elle a même souffert pour lui, puis elle l'a oublié. Ces attitudes contradictoires ont pourtant un trait commun : l'obéissance ; en détestant son futur mari, elle obéissait au goût du jour ; en acceptant de l'épouser, elle obéissait à son père ; en l'aimant, elle obéissait à la séduction du vainqueur ; ensuite, elle dut obéir à Metternich ; enfin, elle obéit à Neipperg.

Marie-Louise aura toujours suivi le plus fort. L'Histoire qui est femme, que fait-elle d'autre ?

⁂

On a vu en Marie-Louise une Némésis, mais étant donné les fautes de Napoléon, à partir de 1808, tout est prêt pour la vengeance, toutes les femmes sont des instruments du Destin : Joséphine à cause de sa stérilité, la Walewska parce que le projet napoléonien d'une grande Pologne lui aliénait à jamais le tzar, Marie-Louise parce qu'elle ne devait être qu'un appât au piège de Metternich.

Les rapports franco-autrichiens, dont Marie-Louise n'est qu'une toute petite partie, portent en eux quelque chose de maudit qui la dépasse et qui dépasse peut-être même Napoléon. De François Ier à Clemenceau, la haine franco-autrichienne aura duré quatre siècles.

Marie-Louise n'est guère qu'un accident. « Les princesses sont des marchandises politiques », dit-elle tristement. (C'est là leur grandeur et leur justification.) Marie-Louise obéit en pleurant ; c'est une véritable fontaine. En passant le Rhin, à son arrivée en France, à Strasbourg, elle est en larmes parce que la méchante Caroline Murat, reine de Naples, venue à sa rencontre, chasse son chien favori et renvoie sa dame d'honneur. Et, quatre ans plus tard, quittant les Tuileries et la France, elle pleurera encore à Rambouillet, *statue de la mélancolie du Nord, dépaysée dans le tumulte du camp* (Lamartine).

Après Austerlitz, Napoléon est tombé sur Vienne en avalanche. La jeune archiduchesse Marie-Louise, avec toute la Cour en fuite, est emmenée à Often ; elle couche dans des lits de fortune, pleins de punaises, qu'elle appelle des *napoléons* ; sa grand-mère, la reine de Naples, dépossédée de ses Etats par les Français, enseigne à la jeune fille à en avoir peur comme du diable ; cette peur ne quittera jamais Marie-Louise, même couverte de cadeaux, de richesse, de gloire et d'amour. En 1805, elle a fait douze cents kilomètres pour échapper au vainqueur, mais cinq ans après il la rattrapera, parce qu'à cette date il s'est concentré sur une idée qui est pour lui comme une fusée à deux étages : d'abord un héritier, puis, si jamais il le faut, un refuge pour cet héritier et pour sa mère auprès de l'empereur d'Autriche.

Une jeune fille en fuite dans son propre pays, pays vaincu, ruiné, écrasé, humilié, réduit à merci, voilà le présent. Le puissant François II, empereur d'Allemagne, n'est plus empereur d'Allemagne, et n'est même plus François II ; il a perdu son séculaire titre romain, il n'est plus qu'empereur d'Autriche et devra s'appeler François Ier. Il s'attend même à être détrôné, à voir son empire devenir un département français.

Après Wagram, le désastre est effrayant ; trois millions d'habitants et d'immenses territoires perdus, plus d'accès à la mer, et un imprévisible avenir qui dépend de l'arbitraire d'un Napoléon encore renforcé par son amitié avec le tzar.

Le génie de Metternich sauvera l'Autriche. Comment va-t-il enfoncer un coin pour faire éclater l'alliance franco-russe ? L'Autriche vaincue n'a plus rien à donner au *Corsican,* qu'une fille ; Metternich s'en servira ; il va offrir Marie-Louise, toute jeune, toute fraîche, rose comme une porcelaine de Vienne.

Que cette union ne fût pas durable, cela n'importait guère à Metternich, convaincu que le règne de l'Ogre ne le serait pas non plus. Il fallait faire vite, d'où sa surprenante précipitation ; cet homme d'Etat, le mieux renseigné de tous les hommes d'Etat de tous les temps, ignorait que le mariage de Napoléon avec une princesse russe, qu'il redoutait par-dessus tout, n'avait que peu de chances de se conclure ; si grande est la peur de ce joueur, d'habitude maître de lui, qu'il jette sur la table tous ses atouts. Lorsqu'il aura réussi son coup et que le mariage autrichien sera décidé, il accourra à Paris réclamer en paiement les avantages escomptés pour l'Autriche ; trop tard : il n'obtient rien, et Napoléon remporte sa dernière victoire diplomatique foudroyante.

C'est que le mariage autrichien était pour Napoléon

un pis-aller ; en plein dans l'alliance russe, ce qu'il souhaitait, c'était un mariage russe ; il voulait Anne, la sœur du tzar, âgée de quinze ans.

Depuis longtemps, Napoléon pensait à divorcer de Joséphine ; il lui était attaché, mais sa stérilité l'aigrissait ; les efforts de l'Impératrice pour lui faire adopter Eugène de Beauharnais l'irritaient. Il lui fallait un héritier de son sang. Celui qu'il avait d'abord choisi, le fils de son frère Louis, était mort à cinq ans, causant à l'Empereur un chagrin si vif qu'on a bien cru que cet enfant était de lui. Il se savait capable d'en avoir ; la comtesse Walewska venait de le lui démontrer. Lorsque, à chaque victoire indécise, à Eylau ou à Essling, il apercevait tout à coup le gouffre prêt à s'ouvrir s'il disparaissait, il craignait pour l'avenir. A Schönbrunn, il avait été manqué de peu par le jeune Allemand Szeps. Il l'avait interrogé : « Un crime n'est donc rien ? – Vous tuer n'est pas un crime, c'est un devoir. » Et Szeps était mort en criant : « Vive l'Allemagne ! » Première révélation d'un fanatisme national. A Essling, Napoléon avait vu agoniser son vieil ami Lannes, et lui-même avait échappé à la mort, à Ratisbonne, où un boulet le frôla. Tout lui montrait avec évidence la nécessité d'un héritier.

Malheureusement, les Russes étaient réticents. La mère du tzar et de la grande-duchesse Anne, fervente orthodoxe comme toutes les tzarines, jeunes ou vieilles, ne voulait pas de ce Français irréligieux ; Allemande et francophobe, elle exigeait pour sa fille « un vrai prince ». En vain Napoléon offrait d'installer un pope aux Tuileries et d'y faire construire une chapelle orthodoxe ! Les affaires russes, comme les affaires chinoises, demandent un temps infini ; Napoléon, toujours pressé, s'impatientait. Alexandre émettait des prétentions difficilement acceptables (Napoléon devait s'engager à ne jamais soutenir la Pologne). Il semble qu'il y ait eu là une sorte de *Comédie des Erreurs*,

Napoléon et le tzar désirant l'un et l'autre cette union, mais chacun craignant un refus de l'autre côté. Napoléon prit brusquement les devants.

En décembre 1809, Joséphine consentit au divorce. En janvier 1810, parlant à Mme de Metternich, elle prononça le nom de l'archiduchesse Marie-Louise.

Ce nom épouvanta les régicides de la Cour de l'Empereur, les Fouché, les Cambacérès ; la nièce de Marie-Antoinette venant régner aux Tuileries, quelle menace... Mais qu'était leur peur auprès de celle de Marie-Louise ! Elle n'a pas pu ne pas penser à la guillotine, ne pas se dire que ce mariage, c'était une guillotine sèche ; elle l'a tout de même accepté, par devoir, par obéissance.

Avisé du bon vouloir autrichien, Napoléon dépêche Eugène de Beauharnais chez l'ambassadeur d'Autriche, prince de Schwarzenberg, et exige un *oui* immédiat, tant il craint que la valise russe ne lui apporte un *non* humiliant.

Schwarzenberg fut obligé de signer le contrat le jour même, sans avoir le temps de consulter Vienne. En s'excusant auprès de l'empereur François II, le diplomate qu'on appellera désormais « l'ouvrier du mariage politique » écrit : « Si l'affaire fut brusquée, c'est que Napoléon n'en fait jamais d'autres. » L'empereur d'Autriche considéra le procédé comme un outrage. Le prince Schwarzenberg, terrifié de sa responsabilité, feignit de vouloir attendre une ratification de François II : c'était mal connaître Napoléon, qui avait déjà commandé le trousseau et la corbeille. Emotion en Autriche, panique à la Bourse de Vienne ; la presse s'agite, et c'est par les gazettes que Marie-Louise apprendra la nouvelle. (C'est aussi par les journaux qu'elle apprendra le retour de l'île d'Elbe ; personne ne pense jamais à la mettre dans le secret.) « Il n'est pas impossible que je puisse être choisie... » écrit-elle, à un moment où elle l'est déjà.

Les Autrichiens prétendaient ne pas avoir pris l'initiative de la négociation. Napoléon savait bien le contraire, puisqu'il dira, plus tard, à Wassenberg : « Metternich peut-il oublier que mon mariage est son œuvre ? »

Metternich avait écrit à Schwarzenberg : « Sa Majesté ne forcera jamais une fille chérie à un mariage qu'elle abhorrerait » ; mais une fille chérie a-t-elle le droit d'abhorrer ? Metternich le croit si peu qu'il se réjouit à la lecture de la lettre de sa femme, laissée à Paris aux renseignements : « Eugène de Beauharnais a eu le courage de conseiller à Napoléon de demander l'archiduchesse ». Deux ans auparavant, Napoléon en avait écarté l'idée : « Pas d'Autrichienne ! cela rappellerait Marie-Antoinette. » Il a changé d'avis.

Qu'allait faire la paisible Marie-Louise, au centre d'un drame immense ? Qu'allaient devenir ses rêves de chanoinesse friande d'entremets, son idéal de femme d'intérieur, condamnée à courir les grandes routes et à coucher sous la tente ? Apprenant le divorce de Joséphine, elle avait dit : « Je n'ai pas envie d'être l'agneau expiatoire ». Marie-Louise traversera l'empire comme un cauchemar, mal éveillée, regardant tout de ses gros yeux, effrayée par les gaillards chamarrés qui l'entourent, par ces Français qui ont tout vu, tout fait, tout atteint ; sous son haut front bombé, borné, quelle sarabande devait danser cette nouvelle vie ! Elle arrive d'une autre planète, de la France elle ne connaît rien, elle ne connaîtra jamais rien. « Je n'ai vu que des maires et des adjoints », dira-t-elle plus tard, à Parme. Son tempérament humide est tout gonflé de petits plaisirs, de petites rêveries, de besoins infimes ; elle a le cou de colombe des sensuelles ; tout en elle est gonflé. Elle est naturellement soufflée, débile. C'est ce que dira plus tard l'Aiglon : « Certes, ma mère est bonne, mais elle est sans force : elle n'était pas la femme que mon père méritait. » Là-dessus, raconte Méneval, le duc de

Reichstadt fondit en pleurs, tandis que Prokesch le consolait d'un mot magnifique : « La femme que méritait votre père n'existe pas. »

Voilà Marie-Louise mariée. Alexandre Mahain, puis Frédéric Masson, ont reconstitué l'horaire de ce film accéléré qui se déroula en trois mois.

26 octobre 1809 : Grande scène entre Napoléon et Joséphine à Fontainebleau ; le divorce est envisagé.
21 novembre : Entrevue à Paris Napoléon-Schwarzenberg. « L'archiduchesse est-elle capable d'avoir des enfants ? »
22 novembre : Napoléon joue la Russie contre l'Autriche et fait des ouvertures à Pétersbourg.
30 novembre : Napoléon décide de divorcer. Seconde scène entre les époux ; évanouissement de Joséphine.
13 décembre : Napoléon relance le tzar.
16 décembre : Le Sénat annule le mariage civil de Napoléon.
9 janvier 1810 : Le Tribunal ecclésiastique déclare nul le mariage religieux de Napoléon et de Joséphine.
25 janvier : Caulaincourt écrit que le tzar continue à hésiter.
6 février : D'après Caulaincourt, la Russie va traîner en longueur.
7 février : Napoléon choisit Marie-Louise. Signature du contrat de mariage.
15 février : Départ du courrier, pour Vienne.
16 février : Echange des ratifications.
21 février : Arrivée du courrier autrichien.
22 février : Départ de Berthier pour Vienne.
28 février : Arrivée de Berthier à Vienne.
11 mars : Mariage par procuration à Vienne.
16 mars : Arrivée de Marie-Louise à la frontière française.

« La Providence m'avait sagement inspirée en me conseillant de me faire chanoinesse, j'aurais bien mieux fait que de venir en ce pays », dira Marie-Louise au duc de Rovigo. Ce qu'il lui fallait, ce n'était pas Napoléon, mais un tout petit ogre, à sa taille. Un ogre comme Neipperg.

Marie-Louise ignorait tout des intrigues dont elle était le centre, s'en étant toujours remise à son père du soin de vivre ; la passivité permet de traverser tranquillement les situations les plus difficiles. Quand la jeune archiduchesse apprit son sort, elle en fut d'abord épouvantée ; puis flattée d'avoir été choisie par l'homme le plus en vue de l'époque.

Son mariage par procuration devait s'inspirer des précédents du XVIIIe siècle et du protocole de 1770, pour le mariage de Louis XVI. Hier, la directrice du voyage était la princesse de Lamballe ; aujourd'hui, ce sera Caroline Murat. Marie-Louise va recevoir de Berthier le portrait de son fiancé : c'est aussi en effigie que Marie-Antoinette devait voir Louis XVI pour la première fois. Le prince de Wagram, qui va épouser Marie-Louise par procuration, passe, par déférence pour l'Autriche, son titre sous silence et s'appelle, pour ce voyage à Vienne, le prince de Neuchâtel ; il est porteur d'une lettre où Napoléon, qui avait écrit à Joséphine de si belles lettres d'amour, répand des grâces d'éléphant à l'usage de la Cour de cette Vienne où Berthier entrera sur un pont de bois, car les ponts que l'armée française avait fait sauter ne sont pas encore réparés. On entend des coups de canon, mais cette fois ces coups de canon sont tirés à blanc.

Suivie de quatre-vingt-trois voitures et de trois cents personnes, y compris des « attachés d'ambassade montés », qualifiés, pour la circonstance, de « cavaliers d'ambassade », Marie-Louise traverse la Bavière, se dirigeant vers la frontière française ; à Sankt Pölten, elle fait ses adieux à son père et quitte à Braunau le sol de sa patrie. Caroline Murat, qui s'est fait désigner pour aller à la rencontre de Marie-Louise (tant elle a peur que les Autrichiens ne reprennent à Murat son royaume de Naples), réserve à Marie-Louise un accueil que celle-ci n'appréciera guère ; Marie-Louise trouve ces Français, qu'elle voit pour la première fois, très incivils ; ils se pressent autour d'elle comme au spectacle. Une baraque à trois corps a été édifiée à la frontière : une section est autrichienne, l'autre française, et celle du milieu, neutre. Dans cette dernière se trouvaient les cadeaux de mariage et les cinq cent mille francs en or, la dot de la nouvelle impératrice. Les Français font des trous dans les cloisons pour mieux voir Marie-Louise ; une construction analogue avait été édifiée pour Marie-Antoinette ; les envoyés de la Cour de Versailles n'avaient pas été mieux élevés ; eux aussi avaient regardé par le trou de la serrure, comme à une foire de village, à la stupéfaction de la suite autrichienne.

Marie-Louise écrit à son père, comme on recommande son âme à Dieu. Il existe, de ce voyage, un récit écrit de sa main ; elle se dit fatiguée et abattue ; toute sa vie elle se dira fatiguée ; mais son style n'a rien d'abattu. Elle voit tout, aucun détail ne lui échappe. *Je désire être bientôt avec mon fiancé. J'aimerais mieux voyager avec lui qu'avec « ces femmes »* (Marie-Louise a déjà pris en grippe Caroline Murat qui, prétendant avoir reçu des ordres de Napoléon, ce qui est faux, va renvoyer d'autorité en Autriche la dame d'honneur de Marie-Louise, la comtesse Lazansky et un petit chien favori.) *Mon fiancé ne pourrait pas me demander un plus grand sacrifice, bien que je soupçonne que ce n'est pas lui qu'il faille blâmer.*

A Kehl, elle s'écrie : « Adieu, Deutschland ! »

⁂

Le nécessaire de toilette en or, à treize cents objets, acheté par Napoléon au *Singe Vert,* éblouit Marie-Louise. Si elle avait, à elle, un nécessaire de toilette, il eût daté au moins de Marie-Thérèse ; celui de Napoléon est tout neuf, il sort de chez le meilleur orfèvre, fondu sans doute avec l'or des ciboires espagnols ; c'est le cadeau d'un parvenu. A chaque étape, Napoléon envoie des billets doux à Marie-Louise, dans un style anacréontique. Il lui expédie des fleurs et même des faisans, redevance à la *souveraine de mes plus secrètes pensées.* La réponse de Marie-Louise est plus spirituelle : *Je voudrais être fleur de laurier pour vous approcher de plus près.* Napoléon s'inquiète du confort de la voyageuse ; l'effet de ses petits soins est immédiat : *Je suis rassurée au sujet de mon sort et convaincue que je serai heureuse,* écrit Marie-Louise à son père. Qu'il faut peu de chose pour convaincre une jeune fille ! Strasbourg fête son passage ; une foule d'uniformes rutilants, des présentations à en perdre la tête. Un officier autrichien vient la saluer ; son nom ne dit rien à personne : le comte Neipperg...

La seule chose que Napoléon n'ait jamais vaincue, c'est son impatience. A Paris, il a déjà préparé pour quatre cent mille francs de robes, *shawls,* dentelles et cachemires ; il va lui-même endosser des habits de douze mille francs. Il apprend la valse en quelques jours, se parfume, fait enlever de Compiègne tous les tableaux représentant des défaites de l'Autriche...

Marie-Louise devait passer la nuit seule, à Soissons ; accompagné de Murat, Napoléon court en berline, sous une pluie battante, au-devant de sa fiancée. Au relais de Courcelles, il se fera passer pour un messager chargé de remettre une lettre, mais son uniforme vert de colonel de chasseurs de la Garde se laisse deviner sous la capote. En l'apercevant, Caroline Murat a poussé un cri, elle saute par une portière, en même temps que Napoléon entre par l'autre. Il saisit Marie-Louise à la tête et la couvre de baisers. (La presse anglaise du temps va jusqu'à affirmer qu'il l'a violée dans la voiture.) Cette rencontre facétieuse a évidemment pour but de mettre l'adversaire hors de combat, avant qu'il n'ait le temps de sauter sur ses armes. Un serviteur ayant, en abaissant le marchepied, cru bon d'annoncer : Sa Majesté l'Empereur ! Marie-Louise sait aussitôt à qui elle a affaire. Elle se laisse entourer par les bras de Napoléon, mais ne perd pas la tête : « Sire, dit-elle, vous êtes bien mieux que votre portrait » (ce qui est flatteur pour Napoléon, mais ne l'est pas pour Isabey). *Il a quelque chose de très empressé,* écrit Marie-Louise, décrivant à son père son fiancé, *à quoi il est impossible de résister.*

La fébrilité de Napoléon est telle qu'il décide qu'on poussera, le soir même, jusqu'à Compiègne. Il ne paraît pas étonné du singulier costume de voyage de l'archiduchesse : toilette blanche, manteau de velours et une toque en plumes d'aras. Il admire ses fines attaches (lui qui déteste « les abattis canailles ») ; il est visiblement très content d'elle : « Je me donne des ancêtres », dit-il fièrement.

Dans la forêt de Compiègne, une tente a été dressée pour une première cérémonie ; la Cour arrive, dans les villages des délégations commencent à s'assembler, mais le cortège, au grand galop, leur gicle au nez la boue des ornières, brûle ces étapes, pour ne s'arrêter qu'au château. Tout l'entourage futur de Marie-Louise est là pour la recevoir, Caroline Murat, la comtesse de Luçay, la duchesse de Montebello, etc ; déjà elles se détestent.

Marie-Louise compte sur une bonne nuit de repos avant les présentations du lendemain, de ce lendemain où doivent arriver Metternich et son oncle, l'archiduc Ferdinand de Brunswick ; ces derniers ne savent pas qu'avec Napoléon, il faut se lever de bonne heure ; quand ils s'arrêteront à Compiègne, les fiancés seront déjà mariés, et la ville aura été prise d'assaut la nuit précédente.

Emportée au grand galop, raptée, conquise, morte de fatigue, car elle s'est levée chaque jour à cinq heures du matin et couchée à onze heures du soir, Marie-Louise cherche à rassembler ses premières impressions. Près de Napoléon, dans ses bras, elle fond comme une cire. Elle se défend encore d'être heureuse, mais déjà elle se sent bien, comme une fille à qui, pour la première fois, un homme fait attention. Son futur devait lui sembler un personnage exotique, très méridional. Elle se voyait prisonnière d'une immense aventure ; elle en était le centre passif, immobile, en route vers l'irrémédiable.

Que Marie-Louise ait été choisie comme future mère, que la procréation soit à l'origine du choix impérial, c'est certain ; les précédents familiaux sont excellents : sa mère a eu treize enfants, sa grand-mère Caroline dix-huit, son arrière-grand-mère Marie-Thérèse, seize. Si le couple impérial n'avait pas été séparé par les événements, la France aurait sans doute une dizaine de petits Napoléon. Physiquement, Marie-Louise plaît à l'Empereur ; cheveux épais, grosses joues, la lèvre supérieure gonflée par une moue charmante ; c'est une belle bête de reproduction ; en attendant de devenir fort laide ; mais, comme dira Napoléon, « on ne peut être laide à dix-huit ans ». « Et puis les filles d'Autriche sont fécondes, c'est tout ce qui m'intéresse. » Son teint est d'une fraîcheur appétissante, ses yeux de chatte, un peu plissés par des pommettes kalmoukes, lui donnent le mystérieux attrait dont elle est par ailleurs dépourvue, sa grosse gorge, montant jusque sous le menton, à la mode du temps, ennoblit le corsage, offre le même gonflement sensuel que le cou ; Marie-Louise est un beau fruit dans lequel on a envie de mordre.

Sa pelisse ôtée, Marie-Louise apparaît, au petit souper, dans une robe d'intérieur. Trois couverts ont été mis, au coin du feu, pour les fiancés et pour Caroline, qui leur servira de chaperon. Qu'on était loin de la récente cérémonie de Vienne, lorsque Berthier avait très solennellement déclaré : « Nous venons solliciter la main de son Emincnte Altesse Impériale, la Très Parfaite Archiduchesse »...

Brusquement, on est en famille ; cent un coups de canon viennent à peine de faire trembler les vitres, que des joyaux jonchent la table ; Marie-Louise n'a même pas le temps de les examiner que déjà son chien favori lui est rendu, expédié de Vienne par exprès, ainsi que son ouvrage de tapisserie interrompu, oublié à Schönbrunn.

Ce petit souper, et la nuit qui le suivra, ont fait l'objet de beaucoup de commentaires. « Pouvons-nous nous considérer comme mariés ? » avait demandé Napoléon au cardinal Fesch, sur un ton qui avait obligé ce dernier à répondre oui.

Les uns prétendent que, Caroline ayant disparu, Marie-Louise trouve Napoléon dans son lit, un Napoléon trop parfumé à l'eau de Cologne. D'autres historiens affirment que ce petit souper, et la nuit qui le suivra, n'ont pas eu ce caractère soldatesque. D'après Gachot, les choses se seraient passées beaucoup plus convenablement. Il y aurait eu *cercle,* après dîner, et Marie-Louise accompagnée de la duchesse de Montebello et de deux femmes de service, suivie de porteurs de flambeaux, se serait retirée dans ses appartements, après avoir fait sa révérence à Napoléon qui, de son côté, serait retourné dans son salon, avec son écuyer.

Le lendemain, en habit vert galonné d'or, des pages présentent le petit déjeuner, les dames de service, gants longs et grand décolleté, apportent les nouvelles robes. Napoléon, radieux, aurait dit à Constant, son valet de chambre : « Est-ce qu'on s'est aperçu de l'accroc que j'ai fait au programme ? » L'Empereur tire l'oreille de Duroc, tire les oreilles de tout le monde, pince les joues de sa femme, sort dans l'antichambre, où déjà l'attendent tous les aides de camp, tandis que Marie-Louise, rompue de fatigue, restera au lit jusqu'à midi. L'Empereur plaisante avec son entourage. « Messieurs, épousez des Allemandes, elles sont bonnes, naïves, fraîches, et ce sont les meilleures femmes du monde. » Napoléon a surtout connu, jusqu'alors, les dames un peu faisandées du XVIIIe siècle finissant ; ce cœur simple, ce corps intact qui se laisse prendre naïvement, l'enchantent. Bien qu'il n'ait pas été longtemps fidèle à Marie-Louise, il y a entre eux un accord physique. Il est un homme que la femme n'intéresse qu'un instant ; la mère, en Marie-Louise, le retiendra davantage que l'épouse, mais il ne prendra jamais le temps de comprendre ces êtres changeants, fluides, cette atmosphère toujours mouvante de la femme, et qui l'est particulièrement chez la lymphatique Marie-Louise.

Du Montet raconte que le soir du petit souper de Compiègne, où la famille était réunie, on offrit à Marie-Louise une *glace en caisse,* c'est-à-dire dans du papier ; Marie-Louise prit la glace pour un biscuit, l'écrasa par mégarde entre ses doigts ; tout se rompit, le papier tomba sur l'assiette et la glace sur les genoux de la princesse, « qui fut extrêmement choquée des grands éclats de rire de toute la famille impériale ; elle devait en parler plusieurs fois avec dépit ». Ce petit incident est caractéristique ; il montre Marie-Louise dépaysée, dès son premier geste ; elle le sera toujours ; ces éclats de rire témoignent aussi de la mauvaise éducation de la famille impériale qui, pour la première fois, observait, afin de l'imiter, sans doute, une vraie princesse. Pour ménager la transition entre sa Cour de parvenus et l'ancienne Cour de France, l'Empereur multipliait les efforts, il avait recruté la noblesse ralliée, les Montmorency, les Mortemart, les Béarn, jusqu'aux pages, qui se nommaient Contades et Beaumont. A Saint-Denis, il placera partout des autels expiatoires, et ne parlera de Louis XVI qu'en disant : « Notre malheureux oncle. » Le protocole des Tuileries va imiter celui de Philippe II ; les serviteurs sont innombrables ; les *Femmes Rouges,* en robe de soie cramoisie, gardent le gynécée ; *les Femmes Noires,* avec leur tablier de soie noire, veillent à la lingerie ; les *Femmes Blanches* font les feux, préparent les bains, frottent les parquets.

Dans la Maison Impériale, voici Montholon, Brancas, Beauvau, Chabot, La Briffe, Montalembert. Avec Ségur, Napoléon composera la Maison de son fils sur le modèle de la Maison des Enfants de France. Médecins, huissiers, maîtres d'hôtel, et plus tard, berceuses et nourrices, seront copiés sur ceux du Dauphin.

Cette reconstitution factice du passé sent le décor de théâtre. Dans quelques années, tout s'envolera en fumée.

Habituée à la Hofburg, cet astre mort, centre d'une inaction séculaire presque mystique, Marie-Louise se sent débordée par cette foule chamarrée de personnages éclatants dans des habits trop neufs, trop Turelure, sans religion, sans traditions. A table, pour animer la conversation, Marie-Louise demandera à ses voisins, naïvement, « s'ils n'ont pas eu d'histoires pendant cette horrible chose de la Révolution » ; or ces voisins sont Fouché et Cambacérès ! Installée, à vingt ans, à la tête d'une nation étrangère, dans un Paris aussi loin de Vienne que la Chine, entourée de régicides et de prêtres assermentés, parmi une noblesse fraîche dont les titres ne signifient pour elle que des noms de défaites et qui n'est inscrite dans aucun armorial européen, elle doit se croire un otage au milieu de bandits. Elle, qui a été élevée rigidement, qui ne lisait que des livres dont on avait collé les pages où il est parlé d'amour, elle, entourée d'animaux choisis qui n'étaient jamais que des femelles, ces mœurs françaises doivent lui sembler épouvantables, et les femmes, demi-nues, scandaleuses ; aussi ne sait-elle où poser ses yeux, ce qui lui fait « ce visage de bois » qu'on lui reproche. (Comtesse Potocka.)

Deux femmes ont été placées près d'elle, la future gouvernante du Roi de Rome, Mme de Montesquiou, et la duchesse de Montebello. C'est à cette dernière, personne rusée, intéressée, de petite origine, enrichie par la faveur de Lannes, son mari, que va la sympathie de Marie-Louise, à cette duchesse toute neuve, mariée à un teinturier ou à un palefrenier, qui, *à des millions de dotation, a ajouté une partie du trésor de N.D. Del Pilar, à Saragosse* (Frédéric Masson). Marie-Louise est perdue dans ce monde, elle n'entend même pas les noms de ceux qu'on lui présente et que les dames du palais estropient exprès ; elle casse ses éventails par timidité, traversant les fêtes comme une statue aveugle, ces fêtes qui ne sont que des cohues, tout à l'opposé de l'exclusivisme de la Cour d'Autriche. (*Au bal de l'Ecole Militaire, il n'y avait guère que six* à *sept mille personnes de trop,* écrit Victor de Broglie à Marmont.) A côté de l'antique Vienne, ce Paris impérial a l'air d'une ville toute neuve ; partout des échafaudages, comme des passerelles hâtivement jetées entre le présent et un monde disparu ; partout des bâtis de bois, si dangereux lorsqu'ils sont éclairés par des lustres à mille bougies et traversés de feux d'artifice, qu'on se demande comment tout cela ne brûle pas. (Il y aura d'ailleurs un terrible incendie à l'ambassade d'Autriche, comme si, au contact de la France, la vieille et sèche Autriche prenait feu.) L'Arc de Triomphe lui-même, sous lequel vient de passer Marie-Louise, comme d'ailleurs les triomphes qu'il célèbre, n'est pas terminé et est coiffé d'un échafaudage. Pour quelqu'un qui ne pense qu'à se reposer et à dormir, dans le silence de ces grands parcs autrichiens avancés en pleine ville, quels supplices que ces continuels coups de canon du premier Empire, coups de canon des guerres, des victoires, salves des entrées dans les villes, des naissances, des anniversaires et des visites officielles ! Etrangère à la France, étrangère à la vie, Marie-Louise n'est occupée que d'elle-même ; quand Saint-Aulaire viendra lui rendre visite, au cours de sa catastrophique et courte régence, à Blois, il surprend Marie-Louise au sortir du lit : « Ah ! vous regardez mon pied : on m'a toujours dit qu'il était joli... » interrompt l'Impératrice, sans lui poser de questions sur l'Empereur, dont elle n'a pas de nouvelles. Cette anecdote, même contestée, est bien dans le ton du personnage. De la France, Marie-Louise ne se rappellera plus tard que les bonbons, les douceurs, les chocolats, les confitures, initiée, pour une fois rapidement, à nos spécialités gastronomiques, par provinces (des courriers lui apportent de Rouen les sucres de pomme). Elle détestera nos châteaux, Compiègne et Fontainebleau, les Tuileries et Rambouillet, elle détestera les voyages, avec leurs étapes de douze, et même de dix-neuf heures, où on prend à peine le temps de déjeuner (« Cinq minutes ! crie Napoléon. Et ceux qui ne seront pas prêts mangeront avec les chats ! »), elle n'aimera que Versailles et, dans Versailles, ce qui lui rappelle l'Autriche, Trianon.

« L'Empereur périt par l'amour qu'il avait pris pour les gens médiocres, depuis son couronnement », dit Stendhal. Parmi ces médiocres il y a Marie-Louise. Il l'a vraiment aimée. Ce mariage, d'abord politique, deviendra un véritable amour conjugal et familial. Plus tard, l'île d'Elbe et Sainte-Hélène lui seront intolérables quand il se verra à jamais séparé de « sa bonne Louise » ; à l'île d'Elbe, surtout, lorsque, après avoir attendu sa femme tout un été, tout un automne, il comprendra enfin qu'elle ne viendra plus ; les Cent Jours ne sont peut-être qu'une expédition désespérée vers Marie-Louise ? Mais celle-ci refuse de rentrer en France avec le Roi de Rome, et Napoléon ne paraît pas lui en vouloir. Il la ménagera jusqu'à la fin. « L'Autriche était devenue ma famille, et pourtant ce mariage m'a perdu », dira Napoléon, à Sainte-Hélène. L'Autriche ne fut jamais sa famille. « Ma seule faute, dans cette alliance, a été d'y apporter un cœur trop bourgeois »... confiera-t-il à Las Cases. Napoléon n'a jamais senti qu'il y avait une différence de nature entre les hommes issus de la Révolution et tous les autres ; pas plus que lui, la noblesse impériale ne le sent, aveuglée qu'elle est par sa gloire vertigineuse, par l'argent facile qu'elle répand. Ses généraux peuvent être admirés, ou craints, ils ne séduiront jamais l'Europe des rois ; ils ne seront jamais respectés par un monde où la naissance seule compte. La vie arrange tout, équilibre tout, sauf la naissance, qui remet sans cesse ce tout à sa place. Les communistes disent avec raison que tout homme qui n'est pas né dans la classe ouvrière est irrécupérable ; eux ont compris que le péché originel est un péché social. Napoléon dira encore, à Sainte-Hélène : « Marie-Louise était une bonne petite épouse, timide, qui avait toujours peur d'un milieu qui avait assassiné sa tante. » Marie-Louise aura toujours peur, surtout de ce luxe insensé dont on l'entourait, qui contrastait avec la simplicité viennoise. Pour les Autrichiens, les gens des Tuileries devaient ressembler à des Américains du Sud, à des castristes. Ils ne savent pas passer, avec une parfaite aisance, du palais à la chaumière, de l'armure à la culotte de cuir du montagnard, comme ces Habsbourg qui, sous ce déguisement rustique, restent la vieille race aristocratique. Pour les paysans tyroliens, Marie-Louise, après la défaite, ne sera pas l'Impératrice de France, mais une Habsbourg en voyage. Lorsqu'elle reviendra parmi eux, en 1814, dans sa berline aux armoiries françaises, les Tyroliens la salueront aux cris de : « Notre archiduchesse revient ! » Marie-Louise peut rentrer chez elle ; Napoléon et ses ministres n'ont jamais l'air d'habiter chez eux, ils ont couché dans tous les palais d'Europe, dans les lits de tous les rois, mais jamais dans le leur. Le premier Empire a toujours l'air de vivre sous la tente.

La cérémonie du couronnement fut menée avec la même précipitation que le mariage civil et le mariage religieux. Elle fut humiliante pour tout le monde, pour l'empereur d'Autriche dont on avait pris la fille, pour l'empereur Alexandre parce qu'on n'avait pas voulu de sa sœur, et pour le pape, enfin, un terrible affront. Napoléon, qui n'était pas marié religieusement en 1804, avait été forcé par Pie VII de se mettre en règle avec l'Eglise ; tout était, cette fois, à recommencer ; Pie VII avait uni Napoléon à sa concubine ; soudain, cette union n'était pas valable, car elle n'avait pas eu le consentement de Madame Mère ; les témoins, atteints d'une surdité subite, n'avaient pas entendu l'Empereur déclarer qu'il prenait Joséphine pour épouse ; leurs signatures au certificat de mariage étaient donc inexistantes. Pour ces motifs, le tribunal diocésain de Paris avait prononcé l'annulation ; mais Rome, qui a seule le privilège des annulations royales, déclara incompétent le tribunal et nulle l'annulation. Aussi, à partir du Congrès de Vienne, la thèse officieuse du Vatican sera que Marie-Louise n'avait pas été mariée à Napoléon.

Pour calmer les susceptibilités excitées par son mariage, l'Empereur distribuait les Légions d'honneur. Pour se faire bien voir de son tout nouveau beau-père il lui écrivit, le remerciant *du beau cadeau qu'il lui avait fait* ; ce beau cadeau, c'était Marie-Louise ! Chacun des gestes de l'Empereur est d'une maladresse, et même d'une grossièreté d'autant plus étonnantes qu'il avait pris soin de s'entourer de ci-devant qui savaient leur monde.

Le 30, arrivée à Saint-Cloud : cent un coups de canon. Le 31, réception à Saint-Cloud, cent un coups de canon. Le lendemain, 1er avril, entrée à Paris. Derrière un cortège de trente-six carrosses de gala à six chevaux, tout neufs, la berline de voyage de Marie-Louise, vide, doit faire comprendre à la foule qu'elle arrive d'Autriche. Le cortège traverse la place de la Concorde ; personne, heureusement, ne dit à Marie-Louise que sur cette place une autre archiduchesse a été guillotinée. Le soir on joue *Iphigénie en Aulide,* ce qui fait sourire.

Mariage civil dans le Salon carré du Louvre, transformé en chapelle ; tribunes de taffetas blanc. Napoléon est en satin blanc brodé d'or, rabat et manteau de satin blanc, coiffé d'une horrible toque de velours noir à plumes, bordée de huit rangs de diamants, le Régent brillant au centre. Marie-Louise, en grand décolleté et, comme l'Empereur, ruisselante de diamants, tire une traîne insoulevable, difficilement portée par les reines d'Espagne, de Hollande, de Westphalie et par Elisa et Pauline ; Caroline a réussi à se faire exempter.

Aux Tuileries, le 3 avril, les époux sont mariés religieusement par le cardinal Fesch. Marie-Louise écrit à son père *qu'elle trouve la couronne lourde.* Les corps constitués défilent. *Il y avait de quoi mourir,* ajoute l'Impératrice. Quant aux cardinaux, beaucoup (onze sur trente-deux) étaient absents. *Leurs fauteuils vides témoignaient que, pour les manquants, Napoléon est bigame.* Napoléon se vengera en séquestrant leurs biens, et le lendemain, lorsqu'ils se présenteront aux Tuileries, il les renverra à pied chez eux.

Réception à l'Hôtel de Ville, où Metternich, futur geôlier de l'Aiglon, boira, le soir du mariage, « à la santé du Roi de Rome ». Puis, Saint-Cloud, et retour à Compiègne. Metternich est admis dans l'intimité des nouveaux mariés. Il en profite pour présenter, en faveur de l'Autriche, diverses requêtes politiques. Il eût mieux fait de se faire régler avant, car il n'obtient rien. Les fêtes de nuit, au Champ-de-Mars et à Neuilly, se succèdent ; des figurants viennois y boivent de la bière et mangent des saucisses, autour d'un Schönbrunn et d'un Laxenbourg en miniature. Tous ces Autrichiens vivent aux frais de Napoléon, même Neipperg, venu à

Paris pour un échange de prisonniers. *Il n'y avait partout que des Autrichiens buvant, mangeant, dansant aux frais de la Cour* (Helfert). Se moquant de cette Cour de parvenus et des chasses que leur donne Napoléon, des fermés au filet, pour imiter Vienne, et des chasses à courre. (Des chasses à courre au mois d'août ! des curées sans hallali !) Si encore François II venait consacrer le mariage par sa présence, mais le beau-père s'est abstenu, comme il s'abstiendra pour le baptême du Roi de Rome, Metternich lui ayant déconseillé de se commettre avec « l'homme de la Révolution » et « de lui faire l'honneur d'une sorte d'intimité ».

Toutes ces fêtes ne sont pas d'ailleurs de vraies fêtes où l'on s'amuse entre soi, comme en Autriche ; ce ne sont que des manifestations de propagande. Intimidée (sauf pour ses trois révérences où elle est parfaite et charmante), gênée par sa myopie, par ces noms exotiques qui ne lui disent rien, entourée de moqueurs et d'envieuses qui comparent sa gêne à l'aisance de Joséphine, qui disent d'elle : « C'est une poupée allemande »... « regardez ses grosses lèvres boudeuses »... « Où est le sourire de Joséphine ? », Marie-Louise se sait égarée dans un monde hostile, car elle ne manque pas de flair ; ses maladresses, qui lui aliènent la foule, lui conquièrent le cœur de Napoléon. *Je suis presque continuellement avec lui,* écrit Marie-Louise à son père, *et il m'aime extrêmement.* L'Empereur s'impose, pour lui plaire, de s'éterniser à table, après le repas, mais dissimule difficilement son impatience : « Une femme n'a jamais besoin de manger », dit-il. Il croit la protéger, mais c'est Marie-Louise qui va très rapidement le dominer. Il devient d'une jalousie corse. Nos archives des Affaires étrangères révèlent que, le soir, il enferme Marie-Louise à clé ; il l'entoure d'une surveillance de tous les instants ; il ne la quitte plus ; il laisse sa correspondance s'accumuler ; frileux, il tolère les fenêtres ouvertes. Il joue au billard avec « sa Louise ». *Si Ber-*

thier lui propose une partie de chasse, il répond qu'il fait trop mauvais temps (Mahan). Il lui sert de maître d'équitation et, en bas de soie dans la sciure du manège, il court derrière son cheval. *Je n'ai rien à craindre de Napoléon,* écrit Marie-Louise à son père, *et je commence à croire qu'il me craint.* Metternich se frotte les mains : *L'Empereur est pris par elle,* écrit-il à Vienne ; *l'Empereur des Français a mordu à son bel appât.*

Marie-Louise n'est pas si sotte : *Les hommes sont vraiment terribles : ou ils ne comprennent rien à nos maux et nous forcent à les braver, ou ils nous étouffent à force de soins.* A peine est-elle enceinte que Napoléon lui interdit la danse et l'équitation. Il annonce avec joie la nouvelle à l'ambassadeur d'Autriche, et à François II ; le ciel ne peut lui refuser un garçon ; il sera élevé comme un aristocrate. *Les Cours de Vienne et de Paris étaient comme deux amoureux...* (Mahan.) Schwarzenberg a ses grandes et petites entrées aux Tuileries. La fierté de Napoléon est parfois naïve : « Le tzar est offensé parce que j'ai épousé une archiduchesse d'Autriche ! »

La contagion du protocole autrichien gagne l'Empereur, qui ne pense plus que hiérarchies souveraines. Au temps du Saint Empire Romain Germanique, l'héritier de l'empereur (un Habsbourg depuis quatre siècles) portait le titre de Roi de Rome. Napoléon, qui a supprimé le Saint Empire, songe à reporter sur son fils ce magnifique titre millénaire ; quant à sa fille, si c'est une fille, elle s'appellera, ce qui est ravissant, la princesse de Venise.

Fidèle à la tradition des rois de France, Napoléon convoque aux Tuileries, au moment de l'accouchement, toute la Cour et tous les grands dignitaires de l'Etat.

L'accouchement est difficile. L'amour de Napoléon pour sa femme est tel qu'il oublie jusqu'à son espoir d'un héritier et crie à Dubois : « Sauvez d'abord la mère ! »

Vingt et unième, vingt-deuxième coup de canon... Au vingt-deuxième, les chapeaux volent en l'air. Stendhal compte les coups de canon avec indifférence ; ce moment historique ne l'impressionne pas. *J'étais couché avec Angélique ; le canon l'éveille à dix heures...* tel est le seul commentaire de son journal.

Le nouveau-né reçoit, comme hochets, la Couronne de fer, et la Légion d'honneur ; on a fait préparer un berceau d'or par Thomyre, sur dessin de Prudhon, véritable petit théâtre de soie blanche et de velours rouge (aujourd'hui au Trésor de la Hofburg), devant lequel les délégations du Sénat, de la Ville, de l'Université, viennent voir dormir l'Aiglon. L'Empereur a voulu faire de cette naissance, comme de son mariage, une immense manifestation de propagande politique.

Napoléon pleure de joie. Lorsqu'on lui a présenté l'enfant, Marie-Louise s'est écriée : « Ah, mon fils », en embrassant le nouveau-né. (Ce premier élan vers l'Aiglon sera le seul.) *Mon amour pour mon mari ne fait que croître...* écrit-elle à Vienne.

Après ses relevailles, Marie-Louise continue à être aussi surveillée qu'une femme de harem ; n'ont accès auprès d'elle que l'ambassadeur d'Autriche, son médecin et son bijoutier ; pendant ces visites, les femmes de service ne quittent pas le fond de la chambre. C'est la première fois que Napoléon rencontre une femme fidèle ; chez tous les hommes nés au XVIIIe siècle, il reste un vieux fond de roué ; aussi l'innocence les ravit-elle, comme les a ravis le rousseauisme. On se rappelle la célèbre comparaison qu'à Sainte-Hélène Napoléon fait entre Joséphine et Marie-Louise : « L'une était l'art... l'autre, la simple nature... ! L'une toujours à côté de la vérité... l'autre ignorait le mensonge. » C'est qu'à Sainte-Hélène Napoléon pose pour l'Histoire. Marie-Louise est sa gloire ; il ne veut pas qu'on la lui ternisse. Les deux femmes de Napoléon l'ont, l'une et l'autre, chacune à sa manière, trompé, mais cela ne les a pas empêchées de se jalouser. Marie-Louise était jalouse de la première épouse, Joséphine de la seconde. Joséphine pleure lorsqu'à Bagatelle Mme de Montesquiou lui aura, sur sa demande, amené le Roi de Rome.

Quant à Napoléon, sous le charme physique de sa jeune femme (à Sainte-Hélène encore il la vantera : « Mains et pieds charmants... parfaitement faite ») il ne peut se passer d'elle et elle le suit docilement. S'il part seul inspecter les côtes du Nord, il lui écrit treize lettres en onze jours. Il revient à Paris vite, pour la défendre contre les critiques ; il se rend compte que cette union, utile peut-être à sa politique étrangère, est une faiblesse pour sa politique intérieure. Il comble l'Impératrice de cadeaux qui partent tous pour Vienne, sauf ceux que Marie-Louise donne à sa seule amie, l'avide duchesse de Montebello, qui la pille, et à qui elle s'est passionnément attachée... pour le malheur de Napoléon.

L'Impératrice commet des impairs, froisse des gens ; on lui prête des cuirs ridicules qu'elle n'a pas prononcés, car elle parle correctement le français, ainsi que le latin.

Même en politique étrangère, tout n'est pas profit. Le prince Schwarzenberg, rentré à Vienne, y entame d'inquiétantes manœuvres. Traité flatteusement comme ami, mais éconduit comme diplomate, Metternich enrage. Les rapports avec l'Autriche s'aigrissent tous les jours. Dès 1811, l'horizon s'assombrit ; en 1812, la guerre approche.

C'est alors que Napoléon décide d'aller en Allemagne et d'y emmener Marie-Louise. Il veut s'assurer de la fidélité des princes allemands, ses alliés, et obtenir de François II la belle armée autrichienne qui coopérerait avec lui. Jusqu'ici ce mariage ne lui a rapporté que les joies de la vanité : il est temps d'en tirer des avantages réels.

L'Empereur quitte Saint-Cloud sans prévenir, invite à Dresde le beau-père et sa troisième femme, l'impératrice Maria Ludovica ; cette pseudo-belle-mère sera plus haineuse encore que les belles-mères classiques.

Cette entrevue de Dresde contient tout l'avenir en germe. Les princes allemands ont beau se presser au lever de Napoléon ou à la toilette de Marie-Louise, les généalogistes autrichiens s'efforcer de prouver que des Napoléon ont, au temps jadis, régné à Trévise, l'atmosphère est lourde. Le bon papa se dérobe à toute conversation sérieuse et se retranche derrière Metternich. Napoléon, qui comptait éblouir sa « famille autrichienne », obtient l'effet opposé. Il est arrivé avec une suite de cinquante personnages et de cent cinquante domestiques, et l'empereur d'Autriche « sans valet, avec deux serviteurs seulement » (une quinzaine en réalité). Les cadeaux de Napoléon, trop beaux, humilient le couple autrichien ; le train de vie, les bijoux, les robes de Marie-Louise les blessent ; ils se disent que tout cela est payé par les contributions de guerre extorquées aux vaincus. « Quel train de vie, quelle vaisselle d'or ! » s'écrie François II amèrement. Marie-Louise ajoute au malaise par son manque de tact : *Elle mortifiait l'orgueil des Allemands par des comparaisons irréfléchies entre son nouveau pays et l'ancien* (Ségur). Maria Ludovica, qui a à peine quatre ans de plus que l'Impératrice des Français, ne peut rivaliser de diamants avec cette richissime belle-fille, aussi affiche-t-elle la simplicité et ne se montre qu'en costume hongrois. Mais elle périt d'envie. « Elle venait souvent à la toilette de Marie-Louise, dira Napoléon, à fureter dans sa garde-robe et n'en sortait jamais les mains vides. » Le ton même de Napoléon suffit à offenser l'empereur François : ce gendre a toujours l'air de lui dire : « Souvenez-vous que je vous ai restitué votre trône à Leoben en 1792, à Lunéville en 1801, à Presbourg en 1806, et à Vienne en 1810. »

Enfin, en juin 1813, ils en sont débarrassés ; Napoléon est parti à la tête de la Grande Armée, laissant Marie-Louise, par ce beau mois de juin, à Prague, avec ses parents. Elle a vingt et un ans, elle est belle, elle a l'Europe à ses pieds, elle monte un beau cheval que lui a donné son père et qui s'appelle *Hradschin* ; sous ses sabots, les enfants effeuillent des roses ; sur le passage de Marie-Louise, les Tchèques s'extasient : *Voilà la vraie femme de Napoléon !* (Guglia.)

Certain d'en finir vite avec la Russie, Napoléon a fixé son retour victorieux à Paris pour la fin de l'été. Or, il n'y rentrera qu'à la veille de Noël, ayant perdu sa Grande Armée.

Marie-Louise ne semble pas se douter du désastre. Indifférente et, comme toujours, fatiguée, elle ne serait pas loin de penser comme sa chère Montebello : « Ces gens-là ne nous laisseront jamais tranquilles avec leurs idées de pays à reprendre. »

La conjuration de Mallet, qui n'a échoué que par miracle, a frappé Napoléon ; le manque de réaction aux Tuileries l'a exaspéré. Marie-Louise a dit simplement que, *si les choses se gâtaient, elle irait demander asile* à *l'ambassade de son père* (Gachot). Dans cette aventure manquée, personne n'a songé à faire appel à l'Impératrice ; personne n'a pensé au Roi de Rome. On imagine l'inquiétude et la fureur de Napoléon. Lui qui disait : « A ma Cour, les femmes n'oseraient pas se mêler de politique » va demander à sa femme de s'occuper de politique. Il va l'élever au rang de Régente.

En un éclair, il a compris que, depuis son mariage, la France ne croit plus à son étoile. C'est pour lier, de force, l'Autriche à la France, qu'il a élevé Marie-Louise à la Régence. C'est d'elle qu'il se servira pour négocier son concordat avec le Pape ; de retour à Paris, il emmène sa femme voir le Saint-Père prisonnier à Fontainebleau ; il lui dicte chaque jour des lettres, tantôt de menaces, et tantôt de conciliation ou de promesses, qu'il lui fait adresser à Vienne, pour empêcher que l'Autriche n'aille jeter contre lui, en Allemagne, cent mille hommes de troupes fraîches. *On dit ici, cher papa, que vous avez retiré à l'Empereur votre accord, et que vous voulez aussi nous faire la guerre... Vous n'en retirerez aucun profit...* Marie-Louise n'aurait pas écrit sur ce ton à son père. On sent la dictée de Napoléon.

Après nos éphémères victoires de Lutzen et de Bautzen : *L'empereur Napoléon est* à *la poursuite de l'ennemi. Je ne puis vous dire combien ses succès me rendent heureuse.* Epuisée par ses nouvelles responsabilités, Marie-Louise reste couchée, traite au lit les affaires de l'Etat, reçoit Cambacérès dans sa chambre. Napoléon, qui l'apprend, trouve même le temps d'être jaloux et, en pleine bataille, de réprimander sa femme : *Madame et chère amie, j'ai reçu la lettre par laquelle vous m'informiez que vous avez donné audience à l'archichancelier, alors que vous étiez encore au lit ; je veux qu'en aucune circonstance, et pour n'importe quelle raison, vous ne receviez personne quand vous êtes couchée. Cela n'est pas admissible pour une femme avant qu'elle ait dépassé la trentaine.*

Marie-Louise commence à ressentir le tragique de sa situation entre ses deux patries. Ses lettres à Vienne sont émouvantes, quand ce n'est pas Napoléon qui les lui dicte. Il est d'ailleurs possible qu'elle ait joué un rôle modérateur, puisqu'on voit François II se tenir assez en retrait sur Metternich, qui, lui, voulait l'anéantissement immédiat du Corse ; peut-être est-ce sous l'influence de Marie-Louise que l'armistice du 4 juin a été offert à Napoléon ? Mais Metternich vient de signer un accord qui engage l'Autriche aux côtés de la Prusse et de la Russie ; il s'arrange pour que l'armistice ne soit qu'un traquenard.

On se rappelle la fameuse scène de Dresde, au palais

Marcolini, entre Metternich et Napoléon : « Apportez-vous la guerre ou la paix... ? » interroge Napoléon... « J'ai replacé l'empereur François trois fois sur son trône... J'ai épousé sa fille, je me suis dit, dans le temps, que je faisais une sottise, mais je l'ai faite et je m'en repens aujourd'hui... » Un peu plus loin encore, l'Empereur développe le même thème : « N'ai-je pas été un niais d'épouser une princesse autrichienne ? – Puisque vous me demandez mon opinion », répond, pour une fois avec franchise, Metternich, « Napoléon a fait une faute ; mon maître n'hésitera pas à sacrifier sa famille. – Ce que vous avez dit ne me surprend point, répliqua Napoléon, et ne fait que me montrer l'immensité de mon erreur... »

On se souvient de la conclusion de cet entretien : Napoléon déjà vaincu, implorant, suppliant : « Vous ne me ferez pas la guerre, n'est-ce pas ? » Et c'est Metternich, trop longtemps humilié, qui répond : « Sire, vous êtes perdu, je m'en doutais en venant ici ; maintenant je le sais. »

Tout l'échafaudage du mariage politique s'écroulait ; Marie-Louise serait inutile ; son poids dans la balance serait donc nul ?

Néanmoins, Napoléon convoque l'Impératrice à Mayence (juillet, août 1813). Elle nous a laissé une relation de ce voyage ; comme d'habitude, elle ne semble pas voir la gravité de la situation, elle préside des dîners où le mot d'armistice n'est même pas prononcé.

Cependant, il existe deux belles lettres de Marie-Louise à son père, datant de cette époque, et qui lui font honneur : *Je suis convaincue que cette guerre vous vaudra beaucoup de malheurs... Ce n'est pas une bonne politique pour vous de nous obliger à une paix désagréable qui ne peut pas durer... Ici, le peuple est prêt à mourir plutôt que d'accepter des clauses déshonorantes. Songez à ce que serait ma position dans de pareilles conditions ; je n'y pourrais survivre !... Vous ne pou-*

vez mesurer combien il est triste pour moi que vous ayez été dans une guerre avec votre gendre... C'est en effet tragique : Napoléon lui envoie en hommage vingt drapeaux « pris à l'ennemi » ; mais « l'ennemi », c'est l'Autriche, sa patrie !

Viennent les trois terribles journées de la bataille de Leipzig. Napoléon, en retraite, dos au Rhin, n'a plus que deux cent mille hommes, contre trois cent cinquante mille alliés ; et les défections se multiplient : Bavarois, Badois, Wurtembergeois, Saxons, Hessois ; cette immense Légion étrangère qu'a été la Grande Armée s'est brisée en mille morceaux. *Toute l'Allemagne avait fourni à Napoléon des troupes pour une guerre étrangère,* a écrit Moltke. Mais l'Allemagne résistante ne veut plus mourir pour Napoléon et crie : « Tous les moyens sont sacrés, même la destruction des ambulances. » Et c'est l'armée autrichienne, sous Schwarzenberg, qui porte le coup final.

Napoléon rentre à Paris, lève de nouvelles recrues, Marie-Louise affiche le plus grand calme, se montre au théâtre. Il plaisante, prend le Roi de Rome par la main et dit : « Viens, nous allons battre grand-papa François. »

Janvier 1814 ; l'année s'ouvre sur une des scènes les plus déchirantes de notre Histoire : l'Empereur vient de confier à la Garde nationale le Roi de Rome, vêtu d'un petit habit de garde national ; puis, la nuit, en pleurant, il s'arrache aux deux seuls êtres qu'il aime et qu'il ne reverra plus. « Quand reviendrez-vous ? » demande Marie-Louise. – C'est le secret de Dieu », répond l'Empereur. Il est parti pour la plus belle, la plus glorieuse de ses campagnes : la campagne de France.

Après Châtillon, Marie-Louise, « l'air d'une grande poupée battue », demeure seule à Paris ; elle écrit le 22 mars à son père, cette fois de son propre chef : *Il est de votre intérêt de faire la paix avec nous et de ne pas laisser toute l'Europe devenir la victime de la cupidité britannique.* Cette lettre, et d'autres du même ton, que ne lui a pas dictées Napoléon, doivent être portées à son crédit, à son faible crédit.

Napoléon a chargé Joseph de la défense de la capitale, tout en se défiant de ce frère, presque autant que de Talleyrand. « Tenez l'Impératrice en joie », recommande-t-il, non sans redouter que Joseph ne dépasse ce mandat.

La Régente est d'accord avec le conseil de Régence pour rester à Paris, mais Joseph exhibe un ordre de Napoléon : se replier sur Blois. Le Conseil s'y résigne à regret, car il voit dans la famille impériale un gage précieux. Suivie de voitures chargées du Trésor des Tuileries, diamants, argenterie, vaisselle d'or, cachemires, et d'une incroyable garde-robe qui compte cent quinze paires de souliers et bottines, Marie-Louise, en amazone de drap brun, quitte Paris le 29 mars. Elle dit à Isabey : « L'Empereur commande que je parte. » Mais le Roi de Rome se cramponne : « Je ne veux pas partir ! » Le 4 avril, voici qu'entrent à Blois, sous la même pluie, dans la même boue qu'à Compiègne, les mêmes voitures qui avaient amené l'archiduchesse Marie-Louise en France... Marie-Louise ne sait pas ce qui se passe à Paris ; elle va même ignorer le retour des Bourbons. *On lui cache les journaux* (Générale Durand). Son entourage est divisé. Les uns lui conseillent de faire acte de Régente pour gêner Louis XVIII, les autres de recourir à son père. Mme de Montebello s'oppose à la loyale Mme de Montesquiou.

Il semble que Napoléon ait voulu laisser l'Impératrice libre de son choix. On distingue en lui trois mouvements envers sa femme : « Viens..., ne viens pas..., arrive ». Peut-être espère-t-il encore que Marie-Louise, prenant contact avec son père à Rambouillet, va arranger leurs affaires ?

Marie-Louise est en larmes. « Il n'y a pas de ma

faute... je suis abandonnée ! »... « On veut m'enlever de force »... Elle meurt de peur. Ce qui domine en elle, c'est la lassitude : *Qu'ils se décident donc, mais qu'ils mettent un terme à cette agonie !* (Méneval.) Il est très difficile de démêler les sentiments de Marie-Louise, en ce début d'avril. Reste-t-elle à Blois par peur des Cosaques ? Ou pour attendre l'empereur d'Autriche, qui fait exprès d'être en retard ? Craint-elle d'être enlevée par Joseph et Jérôme qui voudraient l'entraîner avec eux au sud de la Loire ? Est-ce contre eux qu'elle fait appel à Bausset et à Caffarelli ? On se perd, et elle aussi, parmi les envoyés qui se succèdent : Garbois, Schouwaloff, Saint-Aignan, Saint-Aulaire. Saint-Aignan vient lui offrir de l'emmener à Fontainebleau. Schouwaloff, aide de camp de l'empereur de Russie, vient garantir à Marie-Louise qu'elle passera librement, si elle veut le suivre ; il distribue les sauf-conduits, aussi a-t-il déjà à ses trousses ce qui reste du gouvernement impérial, la famille de l'Empereur, les maréchaux...

Marie-Louise quittera Blois pour Orléans. Le lendemain, Saint-Aulaire lui apporte une lettre perfide de Metternich : *Le mieux serait qu'Elle se rende momentanément en Autriche, en attendant qu'Elle ait le choix entre les lieux où se trouve Napoléon et son propre établissement...* Schouwaloff et Saint-Aignan pressent alors Marie-Louise de bifurquer sur Rambouillet ; elle ne leur offre plus de résistance, car elle tousse, elle crache le sang. Surviennent les princes Esterhazy et Liechtenstein : son père l'attend à Rambouillet.

Marie-Louise est depuis plus d'une semaine sans nouvelles de Napoléon, lorsqu'elle reçoit de lui une lettre : *Tu peux venir, si tu as des chevaux de poste.* Marie-Louise lui répond : *Je suis décidée à ne partir qu'après avoir vu mon père. J'ai l'âme noire d'être obligée de partir ainsi sans t'avoir vu. Cette idée me met tellement au désespoir que je ne sais plus que devenir, mais ne sois pas fâché contre moi, mon cher ami, je ne peux l'empêcher. Je t'aime tant que ça me déchire le cœur. Je crains que tu ne penses que ce soit un complot que je forme contre toi avec mon père.*

Sur une note griffonnée entre Orléans et Rambouillet, dans la nuit du 12 au 13 avril, on trouve, de Marie-Louise, ces mots encore sincères et très émouvants, à l'Empereur : *Sois sur tes gardes, on nous joue.* A Blois, Marie-Louise avait appris l'entrée des Alliés à Paris ; la générale Durand, qui en vient, annonce à l'Impératrice que les Bourbons ont été rétablis, « et que c'est comme si Napoléon n'avait jamais existé ». Marie-Louise appelle son père au secours. Elle lui dépêche le duc de Cadore. La nouvelle de l'abdication de Napoléon arrive alors, apportée par le colonel de Galbois. Affolée, Marie-Louise ne comprend pas que l'empereur d'Autriche n'ait pu s'y opposer : « Il m'avait dit qu'il me soutiendrait toujours » ; son père la soutiendra, mais à sa façon.

Elle écrit à nouveau à François II : *Je suis convaincue que vous défendrez les droits de mon fils ; il ne mérite pas d'être réduit à une si petite portion... Ne faites pas retomber sur lui les fautes de son père.*

Elle voudrait rejoindre Napoléon à Fontainebleau ; son entourage l'en dissuade, car il y a les Cosaques : « Vous y allez bien, vous ! » répond-elle, pour une fois énergique, à Galbois. « Ma place est auprès de l'Empereur, à un moment où il doit être si malheureux. »

Napoléon envoie à Marie-Louise un détachement de sa Garde, pour l'escorter jusqu'à Fontainebleau, mais ces hommes arrivent trop tard. L'Impératrice est en route vers Rambouillet pour retrouver son père ; qui n'y est pas, d'ailleurs, et se fera attendre trois jours. La petite ville paisible est un pandémonium ; nos troupes qui fuient l'Espagne, en remontant, se mêlent aux débris de la Grande Armée, qui, du Nord, se replie sur la Loire. Parmi les malades évacués des hôpitaux de

Paris, les Cosaques retrouvent et libèrent les prisonniers russes de la campagne de Russie.

Enfin, François II arrive ; la rencontre avec sa fille a lieu le 16 avril. Elle tend le petit Roi de Rome à son grand-père ; cette scène déplaît à beaucoup de nos auteurs ; ils la corrigent par cette réflexion de l'enfant : « J'ai vu grand-papa ; il n'est pas beau. »

Ce voyage de Marie-Louise, de Blois à Rambouillet, a été accidenté. Méneval raconte qu'elle fut attaquée par ces Cosaques qu'elle redoutait tant, et le Trésor, contenu dans les voitures, en partie pillé ; il y avait des Russes partout ; même au château de Rambouillet, Marie-Louise trouvera l'empereur d'Autriche gardé par des sentinelles russes. Le Trésor fut mis à sac, non seulement par les Cosaques, mais par un émissaire de Talleyrand, muni d'un arrêt, contestable, du Gouvernement provisoire de Louis XVIII (Bertrand). Cet homme, nommé Dudon, déserteur de l'armée d'Espagne, condamné pour détournement, et qui sort de la prison de Vincennes, se dit chargé par le Gouvernement provisoire de saisir le Trésor, les bijoux que Napoléon a donnés à Marie-Louise, les diamants de la Couronne. Marie-Louise lui laisse tout prendre. Dudon s'aperçoit qu'il a oublié de demander à Marie-Louise un « esclavage de perles » qu'elle a au cou, d'une valeur d'un demi-million, cadeau de Napoléon après ses couches ; une dame d'honneur intervient, mais Marie-Louise arrache le collier et le lance à Dudon, qui l'empoche. Schouwaloff fera rendre aux Cosaques ce qu'ils avaient commencé à prendre dans les fourgons ; mais Dudon, lui, ne rendra rien.

A Rambouillet, le tzar Alexandre vint saluer Marie-Louise et fit sauter sur ses genoux le Roi de Rome ; le roi de Prusse demanda aussi à être reçu ; Marie-Louise accepta, malgré la défense que Napoléon lui en avait faite.

François II écrit à Napoléon, qui va partir pour l'île

d'Elbe, une curieuse lettre qui, en toute autre circonstance, serait comique ; elle commence par : *Monsieur mon frère et cher beau-fils...* C'est l'affectueuse missive d'un brave père de famille, avant tout soucieux de la santé de sa fille et de son petit-fils. Leur séjour à Vienne est présenté comme momentané, mais, dans l'esprit de l'empereur d'Autriche, il est définitif. Metternich a décidé que l'ex-Impératrice et le Roi de Rome ne reverront plus jamais la France et Napoléon.

⁂

Marie-Louise veut maintenant se reposer dans la vie paisible des grands châteaux autrichiens de son enfance. Cette hâte impériale, ces voyages bousculés, ces repas avalés sur un guéridon, ces levers dans la nuit et par tous les temps l'ont tuée. L'impératrice d'Autriche a dit d'elle un mot juste : « Tout le monde croit que Marie-Louise est peu intelligente, froide et bornée : elle n'a aucun de ces trois défauts. » C'est une nature fragile et toujours effrayée.

La voilà partie par cette route, qui sert encore à tous les touristes anglais et belges descendant vers la Suisse, la route de la Brie et de la Champagne, Grosbois, Provins, Troyes, Dijon, en direction du Jura. Marie-Louise se persuade qu'il ne s'agit que d'une courte visite à Vienne, avant l'île d'Elbe. En route, elle écrit à son père pour attirer son attention sur la situation financière précaire où va se trouver Napoléon, à qui on a reconnu deux millions de rentes, car elle se méfie des Bourbons « qui ne paieront jamais » ! A Napoléon, elle écrira : *Mon père veut que j'aille passer deux mois en Autriche. Ce dernier coup me tuera. Tout ce que je désire, c'est que tu puisses être heureux sans moi.* De Dijon, Marie-Louise va se diriger vers Bâle. Elle tient à rester dans le secteur autrichien d'occupation, car elle continue à trembler devant les Cosaques.

A Bâle, elle descend chez M. Vischer, propriétaire de la *Maison Bleue,* lequel dira du Roi de Rome : *Le petit garçon était très sage ; je l'embrassai sur ses deux grosses joues qui ne sont pas très fermes. La couleur de son teint est pâle, jaunâtre, et son petit nez est quelque peu frêle ; je doute qu'il atteigne un grand âge* (E. de Budé).

La frontière passée, le commandant du convoi, le comte Kinsky, voulait éviter le Tyrol ; mais Marie-Louise savait intuitivement que, dans ce cœur de l'Autriche, et malgré sa suite française, elle serait protégée. Elle est en effet accueillie au Tyrol par une foule enthousiaste, et des arcs de triomphe proclamant « Vive notre archiduchesse ! » Méneval est du voyage ; il affirme que la voiture impériale fut dételée par une population délirante, qui ne tenait pas rigueur à l'Impératrice des Français de l'exécution des résistants tyroliens ; elle était une fille de la Maison d'Autriche qui rentrait chez elle, son devoir accompli.

A Sankt Pölten, l'impératrice d'Autriche Maria Ludovica vint la chercher et l'amena à Schönbrunn où l'attendait son oncle l'archiduc Charles. Sur leur passage, les Viennois acclamaient le Roi de Rome, lui donnant déjà un nouveau titre : « Vive le Prince de Parme ! » A Schönbrunn, Marie-Louise trouva ses sœurs, ses oncles, ses frères. Toutes les jeunes archiduchesses la couvrirent de caresses, à tel point que cet accueil semble concerté.

En attendant l'automne, et le Congrès, qui s'est donné rendez-vous à Vienne, Marie-Louise est redevenue la petite princesse de son enfance, montant à cheval et allant goûter au haut du Kahlenberg. Travaux d'aiguille, leçons d'italien avec l'abbé Landy, peinture. (On voit encore, à Vienne, de très jolies tulipes, peintes par Marie-Louise, dans le goût hollandais.) On dirait qu'il ne lui est jamais rien arrivé ; elle semble ignorer le retour des Lys, en France. Elle ne sait pas qu'elle vient de vivre la plus extraordinaire aventure du siècle.

Elle est enfin débarrassée de ce mari dont l'arrivée était toujours précédée d'un roulement de tambour, ce qui le fait ressembler à un acrobate, avant le saut périlleux. Cependant, les efforts de sa belle-mère pour faire disparaître de Schönbrunn jusqu'au moindre souvenir napoléonien ne sont pas toujours couronnés de succès ; Marie-Louise « marque encore de la préférence pour tout ce qui est français » (Hudelist à Metternich, 27 mai 1814). Malgré les espions qui l'entourent, elle laisse éclater des sursauts d'énergie : « Ma place, dit-elle, est auprès de l'Empereur ; je veux le rejoindre, je me trouverai bien partout où je serai avec lui. »

Soyons justes pour Marie-Louise ; elle eût suivi Napoléon à Fontainebleau, sûrement ; à l'île d'Elbe, très probablement ; à Sainte-Hélène, peut-être, car elle l'aimait. Mais, faible et peureuse, il lui eût fallu des conseillers fidèles et courageux, fussent-ils même obtus, comne Savary, duc de Rovigo. Or, Metternich avait décidé de refaire une archiduchesse d'Autriche de l'Impératrice des Français, et des Français furent ses complices. Autour de Marie-Louise, c'était la camarilla de la trahison : la terrible duchesse de Montebello, le sournois Caffarelli, jusqu'au médecin Corvisart qui trahissait comme un maréchal, allégrement. Pour Mme de Montebello, Rovigo est impitoyable : *Madame de Montebello, qui avait une grande fortune, ne se souciait pas du tout d'aller s'enterrer vivante à l'île d'Elbe. Elle connaissait assez le cœur de l'Impératrice pour être persuadée que si une seule fois elle voyait l'Empereur, il n'y aurait pas de puissance assez forte pour l'empêcher de s'unir à son sort... Aussi insista-t-elle pour faire adopter à Marie-Louise le parti que l'Empereur lui-même avait conseillé : s'adresser à l'empereur d'Autriche. Les insinuations perfides se joignirent aux instances de la dame d'honneur ; on dit à l'Impératrice que l'Empereur ne l'avait jamais aimée, qu'il avait eu dix maîtresses depuis son mariage, etc.*

A l'île d'Elbe, Napoléon se désespère : « Ma femme ne m'écrit plus, dit-il au commissaire anglais, mon fils m'est enlevé, comme jadis les enfants des vaincus, pour orner le triomphe des vainqueurs. On ne peut citer dans les temps modernes pareille barbarie. »

Marie-Louise n'est pas loin de penser comme lui, car elle supplie l'empereur d'Autriche, qui revient de France, de la laisser partir avec le Roi de Rome, mais l'empereur entend garder l'enfant à Vienne, et intercepte la correspondance des époux. Marie-Louise, jadis otage de Napoléon, l'est maintenant de François II. On ne la lâchera plus et on lui enverra Neipperg.

Le traître Corvisart prescrit à Marie-Louise une cure à Aix-les-Bains, en dépit du mécontentement de Louis XVIII qui ne se souciait pas de la voir rentrer en France. Mais il fallait avant tout éviter quelque ville d'eaux italienne, qui eût dangereusement rapproché l'ex-Impératrice de son époux. Le 29 juin 1814, elle quitte Vienne, et, sous le nom de comtesse de Colorno (un de ses futurs châteaux parmesans), elle descend à travers la Suisse, où l'ex-roi Joseph la salue à Prangins, et arrive en Savoie. Un général autrichien en uniforme de hussard, un beau borgne, bandeau noir sur l'œil, vient se présenter à la portière : « Général Neipperg, Votre Majesté. »

Cette figure n'était pas tout à fait inconnue ; Neipperg avait déjà salué Marie-Louise à son entrée en France à Strasbourg, puis à Paris, où il était chargé d'un échange de prisonniers.

Fait lieutenant feld-maréchal, après la bataille de Leipzig, il avait rempli un certain nombre d'emplois subalternes, dont celui de ministre à Naples. C'est l'homme de confiance de Metternich. Marie-Louise d'abord le trouve peu à son goût, mais il devient rapidement le factotum de service. Il installe l'Impératrice dans le chalet Chevalley (où déjà Pauline a vécu avec Talma, et la reine Hortense avec Flahaut). Il rame sur le lac, le soir il fait de la musique ; c'est Figaro, avec un sabre.

Après le départ de Corvisart et d'Isabey, puis de la duchesse de Montebello, Neipperg est vite devenu indispensable à Marie-Louise. « Le comte Neipperg est de plus en plus empressé auprès de moi, et sa présence m'est des plus agréables. » Première indication du changement qui s'opère dans le cœur de l'ex-Impératrice... Le général l'accompagne dans les sentiers, et au piano. Il poursuit l'objectif principal de sa mission : faire renoncer Marie-Louise à l'île d'Elbe, éviter toute correspondance secrète entre elle et Napoléon. Le tout, accompagné de tendres soins et de demi-aveux. Les historiens ne sont pas d'accord sur le moment exact où Marie-Louise cédera à Neipperg. Il semble bien que ce soit dans une auberge suisse, au retour vers Vienne, au lac des Quatre Cantons. Les deux Français de la suite, qui étaient du voyage, avaient refusé de monter au Righi, évidemment par discrétion, prenant pour prétexte « qu'ils avaient vu assez de neige en Russie ». Ils restèrent à l'hôtel du *Soleil d'Or,* non sans avoir remarqué que Marie-Louise, qui faisait d'habitude coucher un domestique en travers de sa porte, sur le balcon, avait, ce jour-là, préféré dormir au rez-de-chaussée...

Metternich avait d'abord pensé à lui donner pour mentor un grand seigneur autrichien, Nicolas Esterhazy, mais l'avait jugé « trop âgé », ce qui en dit long sur ses intentions. Il fit venir Neipperg de Milan. Celui-ci aurait dénoué les bras de sa maîtresse italienne, pendue à son cou, aurait parlé de Metternich et de sa mission, puis aurait ajouté : « J'espère bien, avant six mois, être au mieux avec l'archiduchesse, et bientôt son mari » (Méneval).

« On ne peut plus aimer un autre général après avoir vu Napoléon », disait Stendhal. Ce ne fut pas l'avis de Marie-Louise.

Pour sauver les apparences, Neipperg est fait, par

Metternich, grand écuyer, chargé d'Affaires, et chambellan de la Maison de Son Altesse. Il commande sous le drapeau rose et blanc, ravissantes couleurs de l'ex-Impératrice, les couleurs de son teint. Neipperg a sur elle la meilleure influence : dès son retour à Vienne, où vient de s'ouvrir le Congrès, Marie-Louise est placée sous la protection des Alliés.

Marie-Louise et Neipperg sont un des couples les plus antipathiques de l'Histoire. Odieux, tant que Napoléon souffre et vit, ils deviendront ensuite grotesques, emportant dans la postérité le dédaigneux jugement de Chateaubriand. La maladie et la vieillesse se chargeront de leur caricature, elle, avec son gros ventre de lapine, sa couperose ; lui, *le ruffian de Cour* (Henry Houssaye), avec son bandeau de pirate sur l'œil, sa servilité envers Vienne. Il est l'homme à tout faire, guerre, négociations, aquarelles, musique, excursions, équitation et le reste. Vienne l'a déjà envoyé en Suède, pour détacher Bernadotte, puis à Naples, pour organiser la trahison de Murat, à Aix, pour séduire Marie-Louise. Neipperg sera un spécialiste de la défection. Tout est ridicule dans ce général de quarante-deux ans, empressé auprès d'une femme de vingt-trois, ouvrant l'œil (le seul qui lui reste, puisqu'un sabre français lui a fait sauter l'autre à un combat d'avant-garde, dans les Flandres) sur les soi-disant activités clandestines de Marie-Louise. Napoléon ayant envoyé à l'Impératrice Hurault de Sorbée avec une lettre, Neipperg fait arrêter l'envoyé. Neipperg ne voit jamais le côté déshonorant de son rôle de concubin geôlier. A Vienne, il dîne tous les soirs avec Marie-Louise et chante sa partie dans des opéras italiens ; sur son agenda, Marie-Louise note : *Ce soir, musique en particulier avec le général Neipperg.* A minuit il sort de chez elle, ostensiblement, mais depuis longtemps, Méneval et la suite se sont éclipsés.

A Sainte-Hélène, Napoléon, qui a certainement

appris l'intimité de sa femme et du général, le congédie d'un mot : « Ce polisson de Neipperg ».

Combien est plus curieuse la haine dont Neipperg poursuivra Napoléon, haine férocement tenace du raté pour le héros.

Marie-Louise recevait souvent à Schönbrunn la visite de sa grand-mère Caroline, la reine de Naples, qui habitait le château voisin d'Hetzendorf. Furieuse de voir que la coalition ne lui rendait pas Naples et y laissait Murat, cette vieille Majesté reportait sur ses nouveaux dépossesseurs la rancune qu'elle avait, jusque-là, vouée à Napoléon. C'est elle qui s'était écriée, lors des fiançailles de Marie-Louise : « Je vais donc être la grand-mère du diable ! » Elle est aujourd'hui de l'avis contraire : « Retourne auprès de Napoléon, c'est ton devoir d'épouse », déclare-t-elle à Marie-Louise. Et, voyant au cou de sa petite-fille un médaillon : « Qu'est-ce que ce portrait, si tu n'as pas son image dans le cœur ? Dans une situation comme la tienne, si on m'avait retenue, j'aurais fait de mes draps des cordes pour sauter par la fenêtre ! »

Mais Marie-Louise ne sera jamais une révoltée. Elle n'est plus qu'une bombe désamorcée, on le sait, par Neipperg. A-t-elle conscience de ce qui lui est arrivé ? Elle peut croire qu'elle a rêvé ; est-elle seulement la femme de Napoléon ? Le cardinal Consalvi, à Vienne, le nie, documents à l'appui et conclut : « Il n'y a pas eu de mariage religieux. » Le temps est loin où Marie-Louise passait sentimentalement des heures sur un banc de Schönbrunn, parce que Napoléon s'y était assis en 1809. Pourtant, les Viennois lui trouvent encore « trop de fierté, d'humeur, même ». Sa voiture, qui a conservé les armoiries impériales, choque les passants ; elle est forcée de faire gratter les portières et de changer les boutons des livrées. Le Congrès de Vienne se déroule sans elle, qui n'est invitée à aucune des réceptions officielles, pas même à la grande fête de nuit sur glace, devant le château. Aussi elle se réfugie à Helenenthal, dans la forêt viennoise (ne pas confondre avec Sainte-Hélène !), à Baden, où Beethoven se promène, solitaire.

Marie-Louise ne répond plus aux lettres de Napoléon, affirme Neipperg, selon un rapport de police. Méneval croit qu'elle l'a oublié. Et pourtant l'entourage français semble avoir eu vent du projet d'évasion de Napoléon : « L'oiseau ne tardera pas à s'envoler. » D'autres rapports font état de l'assiduité de Neipperg auprès de l'ex-Impératrice et de la jalousie de l'Empereur. Tandis que le général fait sauter le petit Roi de Rome sur ses cuisses de hussard soutachées de broderies, on annonce brusquement le retour de l'île d'Elbe. Aussitôt, Neipperg fait place nette chez Marie-Louise, double les sentinelles autour du Roi de Rome, renvoie en France tout ce qui reste de la suite française, y compris Mme de Montesquiou, « la chère maman Qiou » du petit prince désespéré ; quelques serviteurs français ayant crié « Vive l'Empereur ! », il menace de les faire pendre. Après quoi, il part pour l'Italie, reprendre du service contre Murat, ce « Bernadotte du Midi » *(Napoléon),* qui a de nouveau tourné casaque, et, à présent, se déclare pour l'Empereur.

A ce moment crucial de sa vie, Marie-Louise a-t-elle hésité ? Méneval l'affirme. Sera-t-elle blâmée par son père, ou par Napoléon ? Elle gémit : « Je suis née sous une mauvaise étoile. » On la sépare de son fils, enfermé à la Hofburg ; on intercepte toutes les lettres de Napoléon l'invitant à venir avec le petit. Flahaut, qui en rapporte une, est arrêté à Stuttgart. Montrond, l'homme de Talleyrand, parvient jusqu'à elle, mais c'est Méneval qui brûle la lettre de Napoléon, sachant trop « que Marie-Louise ne la lira pas et la remettra à son père ». Napoléon ne se lasse pas d'écrire : au Congrès, qui ne répond pas, à Castlereagh, qui ne décachette même pas la lettre, à l'empereur d'Autriche : *Nos efforts tendent uniquement à consolider le trône et à le léguer un jour à l'enfant que Votre Majesté a entouré de ses bontés paternelles... Je désire que l'Impératrice vienne par Strasbourg.* Napoléon se croit-il encore en 1810 ? Talleyrand hausse les épaules : « C'est le loup devenu berger. » *L'Impératrice,* écrit secrètement Méneval, *est tellement travaillée, qu'elle n'envisage son retour en France qu'avec terreur... Tous les moyens possibles ont été employés pour l'éloigner de son mari... Le général Neipperg, qui a un grand ascendant sur son esprit, est parti pour l'Italie... On assurerait Parme à Marie-Louise...* Elle a pris une décision irrévocable, celle de ne plus jamais revoir l'Empereur.

Marie-Louise ne reçoit aucune des lettres, si émouvantes, que Napoléon lui a adressées depuis le débarquement de Fréjus, et qui sont comme de haletants bulletins, celle de Grenoble, du 8 mars ; celle de Lyon, du 11 ; celle de Paris, du 22 ; on y respire ce parfum de victoire des lettres à Joséphine, lors de la campagne d'Italie ; *A Grenoble, on crie Vive l'Empereur... à Lyon : Je suis maître de toute la France...* Le thème de la lettre saisie sur Flahaut, c'est *Je suis adoré par toute la France.*

La réponse des Alliés, ce sera la mise hors la loi de l'Empereur des Français.

Départ de Méneval. C'est la séparation définitive, après un dernier entretien avec Marie-Louise, qui lui donne une tabatière en diamants.

Voici l'ultime message de Marie-Louise : *Je sais que tout rapport va cesser entre moi et la France. Assurez l'Empereur de tout le bien que je lui souhaite. J'espère qu'il comprendra le malheur de ma position.* Mais lorsque, le 25 juin, à Baden où Beethoven compose sa *Septième symphonie,* Marie-Louise apprend le désastre de Waterloo, c'est avec une sereine indifférence qu'elle écrit à son père : *Cher papa, je sais* l'heureuse issue *de la guerre ; j'ai appris avec beaucoup de joie que le roi Louis XVIII est rentré dans sa capitale. Cela m'a rassu-*

rée sur une foule de bruits qui couraient. Et, de cet homme qui l'a tant aimée, qui jusqu'à la fin n'aura pour elle que des paroles d'affection, elle dira : « Je lui dois de la gratitude pour la tranquille indifférence avec laquelle il m'a laissée vivre. » La féerique amnésie des femmes lui a fait tout oublier.

Selon Imbert de Saint-Amand, l'empereur de Russie, qui détestait les Bourbons, avait envisagé un moment de rétablir Marie-Louise comme régente. Elle répondit qu'elle ne voulait à aucun prix rentrer en France. Parme, « petit, mais fashionable », lui suffira. Son rêve est d'être tranquille.

Le 20 avril 1816, Marie-Louise arrive à Parme, flanquée de Neipperg en grand uniforme. Dix-huit carrosses ; cloches ; dans la cathédrale, encens devant l'autel. Elle y dispose de plusieurs palais, dont deux résidences d'été, Sala et Colorno, et de cinq cent mille francs de revenu. Malgré les chambres à coucher ostensiblement séparées par celle d'une fille de chambre, le général couche dans une pièce voisine, à côté de Marie-Louise, et l'enferme à clef, la nuit, comme faisait Napoléon.

Marie-Louise se baigne sur la plage de Livourne. Le prince de San Vitale est son chancelier, le comte Scarampi son secrétaire de Cabinet, le prince Soragna son grand écuyer ; (les Soragna ont encore dans leur beau palais, près de Parme, un chartrier où l'on retrouve des souvenirs de Marie-Louise). Cette duchesse grasse et rose est débonnaire et aimée de ses sujets ; elle adore l'opéra et a une excellente troupe à elle.

Un an n'a pas passé qu'elle donne naissance à une fille, quatre ou cinq ans plus tard, à deux fils. Traduisant leur nom allemand de Neipperg en italien, ils seront comtes, puis princes de Montenuovo.

Napoléon a-t-il su que *ce polisson de Neipperg a,* comme dit magnifiquement Chateaubriand, *déposé ses œufs dans le nid de l'aigle* ?

La date où Marie-Louise s'est décidée à épouser

Neipperg est controversée. Il y a eu probablement un mariage secret, lors de la seconde grossesse. Puis, après la mort de Napoléon, en 1822, un mariage morganatique.

Marie-Louise se sent infiniment loin de Napoléon. Elle ne verra pas le général Gourgaud qui, en 1818, rentré de Sainte-Hélène, lui écrit une lettre superbe et rarement citée ; c'est comme si l'Histoire convoquait à sa barre Marie-Louise ; cette lettre est datée du 25 août 1818 :

Madame, si Votre Majesté daigne se rappeler l'entretien que j'eus avec Elle en 1814, à Grosbois, lorsque, la voyant malheureuse pour la première fois, je lui fis le récit de tout ce qu'avait éprouvé l'Empereur à Fontainebleau, j'ose espérer qu'Elle me pardonnera le triste devoir que je remplis en ce moment en lui faisant connaître que l'Empereur Napoléon se meurt dans les tourments de la plus affreuse et de la plus longue agonie. Oui, Madame, celui que les lois divines et humaines unissent à vous par les liens les plus sacrés, celui que vous avez vu recevoir les hommages de presque tous les souverains de l'Europe, celui sur le sort duquel je vous ai vue répandre tant de larmes, lorsqu'il s'éloignait de vous, périt de la mort la plus cruelle, captif sur un rocher au milieu des mers ; à deux mille lieues de ses plus chères affections, seul, sans amis, sans parents, sans nouvelles de sa femme, de son fils, sans aucune consolation. Depuis mon départ de ce roc fatal, j'espérais pouvoir aller vous faire le récit de ses souffrances, bien certain de tout ce que votre âme généreuse était capable d'entreprendre.

Et Gourgaud supplie Marie-Louise d'intervenir au Congrès d'Aix-la-Chapelle où vont se réunir les souverains alliés et d'y plaider la cause de Napoléon *car il est loin d'être à craindre ; il est si malheureux que les âmes nobles ne peuvent que s'intéresser à son sort.* Que Marie-Louise adjure *son auguste père* de réclamer la garde de Napoléon. Et il finit en disant : *Napoléon paraissait oublié, sans secours, mais Marie-Louise lui restait et la vie lui a été rendue.*

Marie-Louise est bien allée à un congrès, mais non à celui d'Aix-la-Chapelle. C'est au Congrès de Vérone qu'elle se rend avec Neipperg. Il lui faut flatter les Bourbons pour protéger ses intérêts ; elle fait des avances à Chateaubriand, mais elle tombe mal : *Nous refusâmes d'abord* (disent les *Mémoires d'Outre-Tombe*), *une invitation de la duchesse de Parme. Elle insista et nous y allâmes. Nous la trouvâmes fort gaie. L'univers était chargé de se souvenir de Napoléon, elle n'avait plus la peine d'y songer ; elle était grosse...* (admirable phrase de grandeur méprisante). Chateaubriand lui dit méchamment qu'en arrivant à Plaisance il a rencontré des soldats parmesans et que c'était *peu de chose à côté des armées impériales d'autrefois.* Marie-Louise répondit sèchement : « Je ne songe pas à cela. »

Neipperg, *l'homme de bon ton* (Chateaubriand), est excellent administrateur, économe, interdisant les soupers après le théâtre pour pouvoir joindre les deux bouts, mais il ne recueille que mépris. Sa haine contre Napoléon est insatiable ; il collectionne les libelles les plus infâmes, se repaît des pires calomnies inventées contre l'ogre de Corse ; mais l'ogre de Corse est aimé en Italie et sur le passage de Marie-Louise, on entend crier : « *Viva il grande Napoleone e sua infelice sposa !* » Quand le couple va au bal chez le grand-duc de Toscane, des officiers italiens de l'armée impériale montrent du doigt, avec dérision, Neipperg, et crient : « *Il marito ! Il marito !* »

Petits inconvénients du métier ; il y en avait un plus grand, l'épuisement physique. Marie-Louise mettait le général aux abois. Plus il lui faisait d'enfants et plus il perdait dents et cheveux. Il n'avait même plus la force de se déguiser aux bals masqués de la Cour de Parme. Sa Toison d'Or, ses broderies de feld-maréchal, sa charge de Premier ministre, quel poids ! et qu'il vaudrait mieux être le simple soldat de jadis ! Les grand-croix étoilent en vain son déshonorant emploi. A une représentation du *Barbier de Séville,* l'ex-Impératrice apprit la mort de Napoléon. Vienne ne prit pas la peine de confirmer la nouvelle qu'il fallut pourtant bien annoncer officiellement. Neipperg s'en chargea. Le nom abhorré ne sera pas même prononcé et la proclamation mentionnera simplement *la mort du sérénissime époux de notre Hôte, la Très Auguste Souveraine.* Napoléon, promu ainsi prince consort, ce sera l'ultime vengeance du général-amant...

Il a eu la satisfaction de cracher sur la tombe de Napoléon, mais cela lui coûte la vie. On a raconté qu'il battait Marie-Louise ; il a certainement fini par la haïr.

Neipperg meurt en 1829 d'une aortite, en bon étalon fourbu. Son tombeau, qu'on peut voir encore à Parme, coûta à sa veuve cent vingt mille francs-or.

Le Dr Burton avait pris un moulage de Napoléon sur son lit de mort. Il le fit parvenir à Parme. Marie-Louise le donna aux enfants de son intendant qui, l'attachant à une ficelle, s'en servirent *comme d'une petite voiture* (Hermann Rollet).

« Je souhaite que vous preniez mon cœur », avait dit Napoléon, le 28 avril, au Dr Antommarchi, « et que vous le portiez à Parme, chez ma chère Marie-Louise. Vous lui direz que je l'ai aimée tendrement et n'ai jamais cessé de l'aimer... Si l'Impératrice n'a fait aucune démarche pour alléger ma peine, c'est qu'elle est entourée d'espions qui l'en empêchent. Marie-Louise est une véritable créature de vertus. »

Porteur du cœur de Napoléon, Antommarchi vient à Parme (il en profite pour demander une pension) et est aussitôt éconduit par Neipperg. Marie-Louise lui fait dire qu'elle est malade, mais le soir même, il la voit dans sa loge à l'Opéra, à la *Cenerentola.* L'Angleterre — bizarre revanche contre un mort — s'était opposée au transfert du cœur de Napoléon. Antommarchi fit appel à Metternich qui pressentit Marie-Louise et obtint cette réponse aussi vague que significative : « Je ne souhaite plus qu'une chose, c'est que les cendres de l'Empereur reposent en paix. » Cela voulait dire : « Je ne vais pas m'encombrer de ce cœur. »

Ne reprochons pas à Marie-Louise de n'avoir pas eu le culte du souvenir, car, par testament, elle a légué à une de ses filles un médaillon précieux : ce médaillon contenait... l'œil crevé de Neipperg !

Après la mort de Neipperg, commencèrent les ennuis d'argent. Marie-Louise cherche à emprunter, contre hypothèque, dix millions aux Rothschild, soi-disant pour couvrir les dépenses officielles du duché, en réalité pour doter les enfants Neipperg. Elle fait fondre le fameux nécessaire en or, don de la ville de Paris. Le berceau du Roi de Rome échappe par bonheur à la fonte. Metternich lui avait offert d'abandonner Parme contre une rente d'un million ; Marie-Louise refusa, mais lorsqu'un peu plus tard la révolution éclate à Parme, elle regrettera l'opération. Un de ses plus constants soucis est de rentrer en faveur auprès des Bourbons. La santé de Louis XVIII la préoccupa beaucoup plus que celle de Napoléon. Elle multiplie des avances qui laissent froid Louis XVIII, mais attendrissent Charles X, qui consent à accréditer un ministre à Parme.

Nous avons toute une galerie de portraits de Marie-Louise : l'étrange veuve de Napoléon intéressait les contemporains. Imbert de Saint-Amand la décrit *affamée de considération, comme toutes les femmes dans une situation fausse.* Et Lamartine, secrétaire de légation, à Florence, est du même avis : *Elle se plaît à Parme parce que personne n'y est au-dessus d'elle et qu'elle y est plus facilement spirituelle qu'à Paris.* Maisonfort, ministre plénipotentiaire de France, lui consacre une phrase de politesse diplomatique et conventionnelle. Mais Vitrolles est plus sincère et trace un portrait frappant. Il trouve à la souveraine vieillissante *un caractère facile et même un peu mobile !* Elle vit... *dans un merveilleux oubli... Elle semblait ne plus s'être souvenue du temps qu'elle avait passé en France... Elle me demanda quelle était la plus grande église de Paris... elle ne sc rappelait plus les noms des frères et des sœurs de Napoléon.* « Jusqu'à ces derniers temps, lui dit Marie-Louise (fidèle à sa nature, affaissée et langoureuse), j'ai été si heureuse ici que la première partie de ma vie m'apparaît comme un mauvais rêve. »

Marie-Louise a grandi dans une robe de drap gris et est morte dans un simple peignoir. Entre les deux, il y a eu le luxe insensé du premier Empire, payé par les réquisitions, les douanes, taxes, contributions de guerre, exactions lusitaniennes, romaines, cotisations helvétiques, trésors des principautés allemandes, levée extraordinaire perçue sur la Prusse, pénitences monétaires infligées à la Silésie, à l'Illyrie, aux couvents espagnols ; c'est l'effroyable appauvrissement, après Wagram, de l'Autriche, sa patrie, qui payera la féerie vestimentaire de Marie-Louise, ses quatre-vingts douzaines de mouchoirs de valenciennes fournis par Mlle Lolive, les *shalls* d'Alençon de chez Lenormand, les manteaux de cour de chez Lesueur, les quarante-huit paires de souliers de satin blanc, les brodequins de voyage en velours cramoisi, les éventails à branches d'or et pierreries, les diamants et les émeraudes, les bijoux et les toilettes à donner le vertige. Après cela, qu'on lise le portrait de l'ex-Impératrice des Français, tracé par le jeune prince de Faucigny-Lucinge ; attaché à la Cour de la duchesse de Berry, il fut présent à la visite de Marie-Louise, duchesse de Parme : *Je vis arriver une personne incontestablement laide, se tenant mal, vêtue sans coquetterie, ayant en somme une tenue assez vulgaire. Elle avait cinquante-six ans, il ne restait rien. Ses traits lourds, sa physionomie toujours aussi peu expressive, lui donnaient un aspect triste et morne et l'apparence d'une vieillesse anticipée. A sa mise peu recherchée... on l'eût prise pour une bonne bourgeoise.*

En 1835, lorsque mourut François II, Marie-Louise écrit : *J'ai tout perdu en perdant mon père.* On s'arrangera pour qu'elle n'ait pas tout perdu. Vienne lui envoie, en qualité de grand-maître de la Cour de Parme, le comte Charles de Bombelles, fils d'un émigré français, au service de l'Autriche. Ce gentilhomme de la Chambre de Louis XVIII est néanmoins pensionné par Vienne, qui l'expédie à Parme. Ce personnage « fin et délicat, résigné à son sort », avait plu à quelques femmes et ne plut pas moins à Marie-Louise, malgré sa figure ennuyeuse et jésuitique, engoncée dans un col de notaire balzacien. Elle lui offrit le mariage, qu'il fut bien forcé d'accepter et qui fut célébré, le 17 février 1834. Marie-Louise ne fit de Bombelles qu'une bouchée ; la femme de l'Ogre était devenue ogresse. Lui, « résigné », comme si cela faisait partie de sa charge, s'inclina devant cette vieille souveraine toujours prête à recevoir le mâle souverain. Le curieux portrait de la souveraine parmesane, peint par Giuseppe Molteni, est de cette époque ; la blonde Marie-Louise est devenue une brune un peu moustachue, le visage démesurément long ; elle a gardé ses yeux à la chinoise de chatte ardente et mouillée. Les préfets du Doubs et de l'Ain, alertés dès qu'elle arrive en Suisse pour ses cures, la décrivent « percluse de rhumatismes et d'obstructions, très négligée, très retirée, une femme de cinquante-cinq ans, mal conservée ». Elle est visiblement détestée de tous les Français du temps, comme elle le sera de l'Histoire.

Marie-Louise finira ses jours à Parme, comme un très vieux Corrège au fond d'un musée de province. Une miniature la montre avec de longues anglaises descendant sur une ruche blanche, comme une *Leila* finissante. Son dernier plaisir est l'opéra ; un artiste français, Jules Lecomte, viendra chanter à Parme ; en l'absence de Bombelles, Marie-Louise semble avoir goûté à ce ténor. Du moins, il s'en vanta. Tout Paris, disent Monselet et Arsène Houssaye, citait de lui ce mot : « J'ai chanté devant Marie-Louise ; elle m'a retenu très tard, le souper dura toute la nuit ; quand je me suis réveillé, j'ai pu me figurer que j'étais Napoléon. »

Marie-Louise mourut à Parme d'une fluxion de poitrine, entourée des enfants et petits-enfants Neipperg, le 17 décembre 1847. Six jours plus tard, le corps, qui attendait sur un lit de parade, enfermé dans trois cercueils de velours violet, partit pour Vienne, escorté par des hussards et entra dans la crypte des Capucins, où il rejoignit ses aïeux Habsbourg. L'archiduc Ferdinand d'Este représentait la Cour d'Autriche.

CHAPITRE V

LE DUC DE REICHSTADT

Cent un coups de canon célèbrent dans toute l'Europe de 1811 la naissance de l'héritier du trône, le Roi de Rome. Une fille aurait eu droit à vingt et un coups de canon ; au vingt-deuxième, Paris comprit donc que l'Empereur avait assuré sa succession masculine ; un royaliste, le baron de Frénilly, écrit dans ses *Mémoires* : *Le vingt- deuxième coup fut pour nous un coup de massue* ; *il nous semblait tuer la race des Bourbons.*

Ce que Napoléon réserve à son fils, c'est la moitié de l'Europe, de Séville à l'Illyrie. Dix ans plus tard, à Longwood, Napoléon mourant, et qui avait déjà fait son testament, éprouve au dernier moment le besoin d'y ajouter un codicille ; il n'a pas, à sa portée, de papier blanc ; il se retourne sur son lit de camp, écarte les rideaux de serge verte ; sur la table, il saisit ce qui lui tombe sous la main, une carte à jouer, sur laquelle il écrit ces quelques mots : *Je lègue à mon fils ma maison d'habitation à Ajaccio, avec cinquante mille livres de rente...* Avoir eu l'Europe en apanage et n'hériter que d'une bicoque léguée à la hâte, par quelques mots griffonnés sur une carte à jouer, tel sera le sort de ce prince infortuné. Il est la dernière carte de ce joueur effréné qui vient de perdre la plus grande partie qu'un conquérant ait jamais engagée, depuis Gengis Khan.

Cette maison d'Ajaccio, c'est encore trop pour le Fils de l'Homme ; il n'en sera jamais propriétaire. Le 6 juin 1815, à Schönbrunn, jour de l'Epiphanie, on tirait les Rois ; la fève échut au petit prince de Parme. Cette fève d'une galette, ce sera son seul royaume...

La couronne du Roi de Rome, quand nous la contemplons aujourd'hui, dans le Trésor impérial de Vienne, quand nous la comparons à la lourde couronne de Charlemagne, toute en feuilles d'or byzantin boursouflées de cabochons et de perles baroques, semble un pauvre ornement de théâtre ; même cette parure en cuivre doré, le Roi de Rome ne la posera sur sa tête que quelques jours, pour le règne le plus court de l'Histoire.

Au baptême, Napoléon tendait à la foule, à ses soldats, comme l'offrande suprême, son fils, dans sa robe en point d'Angleterre barrée du grand cordon de la Légion d'honneur. Il ne parlait que de lui, abandonnait son bureau pour courir le voir chez sa gouvernante. « Je l'envie, disait-il, la gloire l'attend ; j'ai dû courir après elle ; pour saisir le monde, il n'aura eu qu'à tendre les bras. » Allongé par terre, Napoléon joue avec l'enfant, devant le feu. Il lui fait sucer du chambertin au bout de son doigt. Il le laisse mettre du désordre dans ces petits morceaux d'acajou, de tailles diverses, qui représentaient les unités de son armée, bâtonnets qui sont des vies humaines...

Lorsque, après avoir montré le Roi de Rome à ses grenadiers et l'avoir mis sous leur garde, Napoléon, confiant dans la victoire, avait dit : « Mon fils couchera à Schönbrunn ! », comment eût-il imaginé que le Roi de

Rome y mourrait ? A-t-il déjà pensé ce qu'il écrira plus tard à Marie-Louise : *Ne quittez pas le Roi de Rome, et rappelez-vous que je préférerais le savoir dans la Seine que dans les mains des ennemis de la France.*

Aux premiers moments de sa naissance, on s'inquiéta davantage de la mère que du fils, plutôt de Marie-Louise en danger que du Roi de Rome ; tandis qu'on s'empressait autour de l'accouchée, on oubliait l'enfant sur le tapis des Tuileries. Dans l'affolement, on l'avait négligé, laissé pour mort ; il ne devait revenir à la vie qu'enveloppé de couvertures chaudes, après que l'accoucheur Dubois lui eut mis quelques gouttes d'eau-de-vie sur les lèvres.

Chez l'enfant, l'hérédité parle : c'est l'amour du métier de soldat. Napoléon aura à peine besoin de le stimuler ; il lui suffira de dire : « A ton âge, paresseux, je battais déjà mon frère Joseph. » Le petit Roi de Rome aimait à troubler le kriegspiel paternel. Plus tard : « Je voudrais être toujours soldat, mais je ne voudrais jamais mourir », disait-il. Et plus tard encore : « Mon sang est un peu guerrier ; ce ne sont que les armes qui peuvent me rendre heureux. » Sa plus précieuse relique à Schönbrunn, ce sera le sabre courbe que Bonaparte portait aux Pyramides. Aux Tuileries, dans le bureau de l'Empereur, ce que ses petites mains saisissent le plus volontiers, c'est l'épée d'Austerlitz. « Trop tôt ! s'écrie Napoléon. Attends d'avoir grandi ! » Quand on lui fait quitter les Tuileries, il s'écrie : « Mes soldats ! Je veux me battre contre les Russes ! » Toute sa vie, l'enfant cherchera son père. Si Napoléon a passionnément aimé le petit (« J'ai en moi la tendresse d'une mère », dira-t-il), celui-ci le lui a bien rendu.

Le départ de Napoléon pour l'armée, le 25 janvier 1814, aux Tuileries, à trois heures du matin, quand il va embrasser ce fils endormi qu'il ne reverra jamais, nous touche bien plus que les adieux de Fontainebleau ; en cet instant, et celui où le petit prince, âgé de dix ans, apprend de son précepteur autrichien, le capitaine Foresti, la mort de son père, on atteint aux deux moments les plus émouvants du roman napoléonien. La page des souvenirs de Foresti est célèbre : *Je choisis l'heure paisible du soir et je vis couler plus de larmes que je n'cn aurais attendu...*, dit ce maître-sot.

Après la campagne de France, Napoléon ne voit plus l'enfant qu'en effigie ; pendant la campagne de Russie, le matin même de la Moskowa, l'Empereur avait reçu de Paris le grand portrait du Roi de Rome, par Gérard : « Messieurs, dit-il aux maréchaux, si mon fils avait quinze ans, il serait ici autrement qu'en peinture. » A Sainte-Hélène, il ne peut arracher à la méchanceté d'Hudson Lowe que le petit buste de Livourne et qu'une boucle de cheveux blonds.

Son amour pour ce fils hante Napoléon à l'île d'Elbe, et ne fera que croître avec le temps et la distance ; mais accompagné d'un tel désespoir que l'Empereur n'en parle presque plus jamais.

Sir Neil Campbell (charmant Campbell qui, attaché à l'Empereur en route pour l'exil, devait, lors des adieux de Fontainebleau, et emporté par l'enthousiasme de la Vieille Garde acclamant Napoléon, s'oublier jusqu'à lever son bicorne britannique et crier à son tour : Vive l'Empereur !) chargé par le gouvernement anglais de surveiller Napoléon à l'île d'Elbe, arrive en mission à Vienne ; il en profitera pour saluer le duc de Reichstadt. « Etes-vous content, mon prince, lui souffle sa gouvernante, la comtesse de Montesquiou, de voir Monsieur, qui était récemment près de votre père ? — J'en suis bien aise, mais il ne faut pas le dire... » ; et l'enfant met le doigt sur ses lèvres.

Chez Napoléon, même silence, à Sainte-Hélène, le 15 avril 1816, jour de la Saint-Napoléon, Gourgaud apporte les violettes « de la part du Roi de Rome », dit-il. « Le Roi de Rome ne pense pas plus à vous qu'à moi », répond l'Empereur. Il n'ose interroger les commissaires chargés de le surveiller, mais il fait questionner l'Autrichien par Gourgaud et par Montholon. Il craint l'éducation qu'on va lui donner et s'écrie : « Si mon fils allait avoir la tête faible ? »

Pendant que ce fils était déjà à Vienne, chez la pire ennemie de son père, la Maison d'Autriche, l'Empereur quittait les Tuileries en route pour l'île d'Elbe ; il traversait des provinces royalistes du Midi et, pour ne pas être massacré, il se déguisait d'abord en postillon, placé en courrier devant sa propre voiture ; puis il revêtit l'uniforme de l'officier autrichien chargé de l'escorter et finalement jeta sur ses épaules le manteau blanc du commissaire russe (que l'on peut voir encore à Vienne, au Musée de l'Armée). Ainsi affublé, il avait, sur la route, rencontré Pauline qui refusa de l'embrasser, tant qu'il n'aurait pas repris sa redingote grise. Ces accoutrements successifs ont quelque chose d'emblématique : venu en France en petit habit corse, Bonaparte repartait en manteau russe, laissant derrière lui un pays malade de gloires perdues, infirme de frontières, vidé de sang, entouré d'une ceinture de jeunes nations haïssantes. Aveugle sur l'hostilité de la Russie, sur l'obéissance du Pape, sur la résistance espagnole, il avait mené en aveugle l'affaire de son mariage autrichien, dont le triste fruit allait disparaître à Schönbrunn. Comment cette intelligence toute en éclair a-t-elle pu croire à cet empire de nuages, faire confiance à toutes ces cloches et à tous ces feux d'artifice, à ces visites de corps constitués, tremblants de lâcheté, à ces fidélités militaires ? (« Mes maréchaux n'ont jamais pensé qu'à m'ouvrir le ventre », dira-t-il, trop tard.) Comment a-t-il pu croire qu'on lui rendrait son fils, comment n'a-t-il pas pressenti qu'on ferait disparaître son nom de l'Europe et de l'âme de son fils, comme on gratte la pierre d'un monument ?

C'est un prisonnier d'Etat, enfermé dans la pire des forteresses : sa famille.

Habsbourg, mi-Habsbourg ; les Habsbourg et les Napoléon, deux races, rivées en lui à la même chaîne, qui tirent à l'opposé.

Son premier cri d'enfant, à deux ans et demi, c'est un *non,* quand il va quitter la France, quand on l'arrache aux Tuileries. Sa vie ne sera qu'une longue protestation, un recours sans cassation. Le Roi de Rome fait des rages, lorsqu'à Rambouillet on lui ôte ses jouets, lorsqu'à Vienne on lui enlève la Légion d'honneur ; plus tard, il pleurera de dépit, de désespoir. Il pleure d'impuissance, en attendant le miracle ; mais il n'y aura pas deux fois le miracle Napoléon.

La figure de l'Aiglon exprime sa double origine ; la tête celte, alpine, brachycéphale, brune de Napoléon s'est, chez lui, allongée en dolichocéphalie blonde. Son visage mi-parti est fascinant ; le menton et la bouche romains de Bonaparte, enfouis dans la mollesse de la pâte maternelle ; on devine la vie méditerranéenne qui essaie de sortir de ce long cercueil qu'était le visage du grand-père François II.

Au fond des yeux bleus, presque décolorés, qu'il tient de Marie-Louise, surgit parfois le regard perçant de l'Aigle, comme si le génie de l'Empereur essayait de se frayer un chemin à travers la lourde raison des Habsbourg ; le front trop haut et trop bombé de sa mère va, chez lui, se redresser, les traits longs et grêles de la race germanique luttent contre les linéaments courts et puissants du Corse, le nez de tapir de la vieille hérédité bourguignonne et espagnole, ce nez si méprisant, si gothique, vient seul troubler la régularité du magnifique relief qu'affirme le masque latin de Napoléon.

Sur une tabatière reproduite dans le *Fils de Napoléon,* bel ouvrage de Jean de Bourgoing, on voit, côte à côte, le Roi de Rome et son père ; on peut comparer leurs visages, comment la belle sculpture du menton napoléonien, les lèvres dessinées par tant d'ordres impérieusement donnés se sont affadies en glissant dans les traits sans caractère d'une archiduchesse, dans cette chair qui a le beau rose des cadavres embaumés. Les cheveux blonds de l'Aiglon sont ceux de Marie-Louise ; d'elle aussi l'enfoncement des orbites, et la pliure gracieuse du très long cou ; mais, remarquent tous les contemporains, dès que s'animaient ses traits, en l'Aiglon, Napoléon surgissait ; les vieux maréchaux, eux-mêmes, et surtout quand ils ont trahi, comme Marmont, ne peuvent cacher leur émotion : en regardant le fils de l'Empereur, ils ont peur : soudain leur est apparu le fantôme du Maître. Le cynique et pénétrant Talleyrand s'en tirera, comme d'habitude, par un mot d'esprit ; pendant le Congrès de Vienne, rencontrant le jeune duc dans le parc de Schönbrunn : « Je le connais, dira-t-il, mais je ne le reconnais pas. »

Le petit Roi de Rome, qui toute sa vie fera peur à l'Europe, est enfermé au deuxième étage de la Hofburg ; ses fenêtres sont au-dessus de la porte dite du Charbon, flanquée des Travaux d'Hercule. Sa gouvernante, Mme de Montesquiou (la chère *Maman Quiou),* est partie depuis longtemps. Une lettre où elle disait « Je crains que l'on n'arrive à aliéner de son père le cœur du prince... » a été interceptée et a fourni le prétexte pour renvoyer de Vienne la gouvernante dévouée. A présent, c'est le tour de Mme Marchand, de Mme Soufflot, de tout ce qui reste de la maison française de l'Aiglon. Il va se trouver seul avec des Autrichiens.

Ce jour-là commence la lutte du cerveau et du cœur d'un petit enfant pour retrouver un passé qu'on s'acharne à abolir en lui. Et ce combat, il le livrera non seulement contre un grand-père entêté, contre une mère oublieuse, égoïste, contre toute une Cour asservie à l'étiquette, mais contre le plus machiavélique des ministres. Metternich va, pendant dix ans, se livrer à ce qu'aujourd'hui on appellerait un lavage de cerveau, une dépolitisation de la personne. Il s'agit de faire, de ce Napoléon, un pur Habsbourg. Fils de monstre sacré, petit monstre lui-même, il ne devra rien lui rester de son péché originel, seul péché qui ne pardonne pas.

A-t-on voulu lui faire désapprendre le français ? « Absurde, nous a dit, à Vienne, le baron de Bourgoing, auteur d'un beau livre sur Napoléon II, comment l'aurait-on pu, dans une cour où l'on parlait surtout le français ? » Absurde, mais vrai, on lui a si bien fait oublier le français qu'il a fallu le lui réapprendre. On veut lui enseigner l'allemand et là, le petit prince se regimbe, pleure. « Quand nous voulons lui faire dire quelques mots d'allemand, il oppose une résistance effrénée. Il a l'air de craindre de perdre sa qualité de Français en parlant allemand », dit Foresti, et, à son grand-père qui essaye de l'appeler « Franzl », il crie : « Non, c'est laid ». « Il a cinq ans, dit Gentz ; il est plein de charme et difficile à conduire parce qu'il a beaucoup d'esprit naturel, avec une aversion naturelle pour tout ce qui est contrainte. Il faut avoir assisté aux discussions politiques pour savoir à quel point le nom de ce pauvre enfant agite et effraie les ministres les plus raisonnables, et tout ce qu'on voudrait inventer pour faire oublier jusqu'à son existence. »

Le trait le plus émouvant de ce caractère d'enfant, c'est la précocité avec laquelle il dresse ses lignes successives de défense devant l'ennemi. Foresti, attaché au prince depuis 1815, et qui couche dans sa chambre après le départ de Mme Marchand, observe chez son petit élève un mutisme calculé, tout à fait extraordinaire chez un enfant. « Il résiste de toutes ses faibles forces, bien qu'il soit surveillé avec une conscience religieuse. » Il dit à von Collin : « Je ne veux pas être Allemand, je préfère être... je ne veux pas le dire. »

Le Bouddha fut élevé jusqu'à trente ans, sans savoir que les hommes mouraient ; au fond de son palais indien, on lui avait caché la mort. Au duc de Reichstadt, on cachait Napoléon et la France.

Mais le roi de Bavière dit au chargé d'affaires de Genève à Vienne : « L'enfant parle toujours de son père et demande quand il ira le rejoindre. » Et Dietrichstein écrit à Marie-Louise : *Le Prince sait à peu près tout ce qui concerne son père, mais il nous l'a caché constamment.* Le petit a réinventé le passé, en procédant du connu à l'inconnu.

— Mon père, où est-il maintenant ? Aux Indes Orientales ?

— Non.

— En Amérique ?

— Je ne puis vous le dire.

Même mutisme chez le grand-père :

— J'ai été Roi de Rome ; pourquoi ne le suis-je plus ? Qu'est-ce que c'est qu'être Roi de Rome ?

— C'est un simple titre, Franzl. Moi, je suis roi de Jérusalem ; cette ville ne fait pourtant pas partie de mon empire !

L'enfant se tait, il fait l'idiot, l'ignorant, le boiteux ; il accumule exprès les fautes.

C'est qu'il est poussé par la plus forte de toutes les passions : un grand amour contrarié. Les Autrichiens se figurent que son entourage français a fait à l'enfant une fausse mémoire ; ce n'est pas vrai ; l'enfant se souvient réellement ; de son lointain et magique passé, des images lui reviennent et nourrissent son amour.

Qu'il ait souffert profondément de tout ce silence voulu, et de son isolement, cela n'est pas douteux. Mais il n'a pas été maltraité, ni mal soigné (ses médecins étaient les meilleurs de l'Autriche), ni mal élevé. Pour gouverneur, Metternich lui a fait donner le comte Maurice de Dietrichstein-Proskau-Leslie ; celui-ci est un grand seigneur qui n'a accepté ce poste que par obéissance envers son souverain ; il regrette ses charges précédentes d'intendant de la Musique de Cour, de directeur du Hoftheater, de préfet de la Bibliothèque impériale et de directeur du Cabinet des Antiques. Beethoven était son ami et Schubert lui dédia le *Roi des Aulnes.* Metternich lui prescrivit « de diriger l'éducation princière dans les voies éclairées », c'est-à-dire en art, en histoire, en littérature, toutes les lumières possibles. Mais en politique, l'obscurité.

Le comte Dietrichstein fut seize ans le gouverneur du duc de Reichstadt ; il lui choisit une vingtaine de professeurs excellents ; adulte, il lui en restait encore trois. La tâche du gouverneur n'était pas facile. Sa vaste correspondance avec Marie-Louise (ses lettres, les *Mémoires* de Prokesch-Osten, le *Journal* d'Obenaus et le *Journal* de von Moll, restent les meilleures sources historiques que nous possédions sur la vie intime de l'Aiglon) est pleine des récriminations de ce mentor que son élève désespère : *Sujet sournois, indiscipliné, secret, indomptable... Il retombe dans son apathie et sa méchanceté ordinaires ; rien ne l'occupe, alors, que sa toilette où il pousse la vanité à un point intolérable.* Que ces mots sont révélateurs et font deviner la résistance passive et opiniâtre du faible qu'on tyrannise.

Pour dresser son réquisitoire contre les éducateurs et l'entourage du prince, André Castelot n'a eu qu'à citer des extraits de leurs lettres ou de leurs Mémoires ; ces témoins irrécusables sont accablants ; l'énorme correspondance de Dietrichstein avec Marie-Louise est un monument de pédante et tâtillonne sévérité ; avec Foresti et Obenaus, c'est pire encore. Le cœur se serre, à lire le concert de reproches qui monte de toutes ces bouches pincées ; cet enfant, qu'ils paralysent par leur insatiable vigilance, ils l'accusent de manquer d'élan ; ce petit, entouré d'espions, et qui le sait, ils lui reprochent sa méfiance ; cet orphelin qui n'a que l'arme des faibles, la dissimulation, ils l'accusent continuellement de mensonge ; cet être, tellement assoiffé de tendresse qu'il adore la mère qui l'a abandonné, est convulsé de sanglots quand elle s'en va, compte les heures jusqu'à son retour, ils lui crient qu'il manque de cœur.

Rien n'est plus significatif que son attitude au moment du départ de Méneval ; il se tient à l'écart, regarde autour de lui avec méfiance, mais quand Méneval s'approche et lui demande s'il a un message pour son père, l'enfant dit tout bas : « Monsieur Méva, vous lui direz que je l'aime toujours bien. »

Pauvre petit, qui n'osera plus parler de son père ; aux questions qu'il pose à Foresti, celui-ci répond avec de tels sous-entendus que l'enfant désespéré s'écrie : « Mon père est donc un grand criminel ! » Pire encore la phrase de François II : « Ton père ne viendra pas parce qu'il est méchant et qu'on l'a mis en prison. »

En attendant, ce petit, dont ses éducateurs parlent avec une hostilité qui fait mal, enchante la famille impériale :

– *Ton fils est ma passion,* écrit la grande-duchesse de Toscane, *il est beau comme un ange et intelligent comme un adulte.*

– Il y a un esprit et un fond de caractère dans cet enfant qui, s'il est bien élevé, en pourront faire un homme essentiel, dit l'archiduc Charles, le vainqueur d'Aspern.

– *Beaucoup d'esprit, d'intelligence, une magnifique mémoire et une grande curiosité* ; *distraction et malice ne manquent pas, mais cela passera et c'est bien naturel,* écrit le très intelligent archiduc Rainier.

Puis c'est le chœur des dames : « l'adorable Reichstadt, les délices de la Cour ». Il n'a que neuf ans, mais toutes veulent danser avec lui.

A quinze ans, Foresti lui fait écrire une étude sur

Schwarzenberg qui a battu *Buonaparte au cœur inaccessible.* L'Aiglon a-t-il pensé ce qu'il écrivait et l'éducation l'a-t-elle mutilé à ce point ? Pas pour longtemps, car le jour vient où Dietrichstein, formaliste et « si pusillanime », dit Gentz, qu'il craignait d'être compromis par les succès de son élève, mais qui est un honnête homme, va dire à l'empereur François II : « On ne peut plus cacher au duc de Reichstadt la Révolution et l'Empire. »

« Dites-lui tout », consent sagement l'empereur. Mais alors, on constatera que, livré à ses seules ressources, l'enfant a déjà presque tout reconstitué.

Le duc de Reichstadt a quinze ans ; c'est une époque importante de sa vie ; on ne lui cache plus Napoléon. Il a accès aux sources, il vit avec les souvenirs des derniers compagnons de son père, Las Cases, Gourgaud, Montholon. « Quel beau modèle que Napoléon ! » s'écrie-t-il. Il s'est constitué une bibliothèque et dévore Schiller, La Bruyère, Chateaubriand « qui a bien parlé de mon père ». Il a tout lu sur la Révolution, l'Empire et ses guerres ; Gentz reconnaît « que le prince en sait plus en art militaire que tous les généraux autrichiens ». D'ailleurs, il a toujours aimé la guerre, les soldats, les armes à feu ; sa joie quand son grand-père lui donne son premier fusil et qu'il fait bouler son premier lièvre ! Tout petit, il va jouer avec le fils de la comtesse de Merfeld, un petit Autrichien grinchu qui refuse de s'amuser avec un Français ; mais il y a là des jouets, sabres et fusils ; l'Aiglon en prend un et aussitôt, dans son âme, surgit un petit Napoléon qui commande la manœuvre au gosse autrichien subjugué... A la même époque, posant chez Isabey, il voit entrer un vieux monsieur, le prince de Ligne, dont on lui dit que c'est un fameux maréchal. « Est-ce un des maréchaux qui ont trahi mon père ? » demande l'enfant terrible.

Adulte, il écoute avec admiration le récit d'un épisode de la guerre d'Espagne (la seconde, malheureusement, celle de Louis XVIII) : pour sa belle conduite à la bataille du Trocadéro, le prince de Carignan s'est vu offrir par ses grenadiers les épaulettes de laine du grenadier. « En Russie, s'écrie le prince, quand on veut punir un général, on le rétrograde jusqu'au rang de simple soldat ; mais en France, pour glorifier un prince, on le fait simple grenadier ; chère France ! » Il rencontre un officier italien qui a servi sous Napoléon et a repris du service en Autriche, un comte Mazzucchelli, et l'interroge avidement ; quel bonheur de lui entendre vanter le calme admirable, l'étonnant pouvoir sur lui-même du héros paternel, et ce don de l'ouïe qui, à Napoléon, faisait distinguer, au seul bruit plus ou moins fort du canon, les positions et les manœuvres des troupes engagées.

Au bal de l'ambassade d'Angleterre, le jeune prince éblouit ; ses professeurs avaient fait de lui le prince le plus accompli de l'Europe. *Il était rayonnant de beauté et de jeunesse,* écrit Prokesch ; *le ton de son visage, le pli mélancolique de la bouche, son regard pénétrant et plein de feu...* C'est un jeune dieu ; Dietrichstein, très mère d'actrice, fait mille recommandations à son élève, mais n'en est pas moins fier de ses succès et touché quand le duc lui dit gentiment : « Etes-vous content de moi ? » Soudain, l'ambassadeur de France s'approche ; c'est le maréchal Marmont ; il est foudroyé ; à travers le jeune prince, il revoit l'homme qu'il a trahi. « Son front rappelait celui de son père ; ses yeux moins grands avaient le même feu, la même énergie ; il y avait de la ressemblance dans le bas de la figure et dans le menton, son teint était celui de Napoléon... » L'Aiglon connaît la malédiction lancée par Napoléon contre l'infidèle compagnon d'armes : « Un homme avec qui j'avais partagé mon pain ! Sans sa trahison, les Alliés étaient perdus ! » (Depuis, l'Histoire a fait partager au roi Joseph, largement, la responsabilité de la capitulation d'Essonnes.) Puis le chancelier autorise les visites de Marmont au duc de Reichstadt, qui consent à le recevoir ; qu'on lui parle de son père, c'est tout ce qu'il demande ; et Marmont parle. Les entretiens durent deux à trois semaines. On connaît la plaidoirie du maréchal. Elle n'a pas trompé l'Aiglon qui, à la fin, se contente de lui offrir son portrait.

Plus tard, l'Aiglon fera parler un autre maréchal français, « le marquis Maison » qui, après avoir lâché Napoléon pour Louis XVIII, quitta les Bourbons pour Louis-Philippe et obtint, comme prix de cette ultime défection, l'ambassade de Vienne. Ce Maison fait sa propre apologie en phrases ampoulées. « Nos serments... les vœux de la nation... nos devoirs sont anoblis, notre honneur est satisfait. » On imagine le sourire de l'Aiglon.

Jusqu'ici il a végété, plongeant ses racines dans le passé napoléonien. A présent, il veut vivre, « il a tous les gestes de son père... les mains derrière le dos... une manière d'avancer le pied » (que Napoléon avait lui-même prise à Talma).

« Un garçon joli, blond, des yeux bleus, avec les traits, le regard, l'opiniâtreté, le caractère et l'esprit de son père », dit l'archiduc Jean.

D'après Dietrichstein : « On admire sa stature, sa tenue, il est d'une politesse exquise, très galant ».

« Je voyais, dit Hermann Rollet, ce jeune homme pâle et élancé, le plus souvent en habit brun foncé et chapeau de feutre noir pas très haut, passer à cheval, accompagné seulement d'un groom, cavalier consommé, penché sur son cheval toujours au galop... On ne peut s'imaginer quelque chose de plus attrayant que l'extérieur, la tenue et les manières du jeune Napoléon. »

Un événement important s'est produit dans la vie du « jeune Napoléon ». Pour la première fois il a un ami, qui n'est pas un vieux monsieur comme François II ou Dietrichstein, qui n'est pas un espion de Metternich, mais un ami à sa portée, un frère, le chevalier de Prokesch-Osten.

Il l'a connu à Gratz ; il y était allé avec François II retrouver Marie-Louise, encore assommée de chagrin par la mort de Neipperg. L'Aiglon se jette dans les bras de sa mère, cette excellente mère qui, en quinze ans, n'a trouvé moyen de voir son fils que sept fois, qui lui a fait la pire injure en accouchant de ce Guillaume de Neipperg-Montenuovo, légalement encore le fils de Napoléon et donc frère adultérin de l'Aiglon. Lorsque le duc de Reichstadt apprendra, de la bouche même de son grand-père, la vérité sur la liaison de Marie-Louise avec Neipperg, il aura ce mot terrible : « Si Joséphine avait été ma mère, je ne serais pas à Vienne. » Mais ce n'est pas de la haine, c'est de l'amour qui saigne.

Donc, à Gratz, il rencontre Prokesch à un dîner chez l'empereur, et tout de suite c'est entre eux le coup de foudre de l'amitié. Prokesch est charmant ; c'est encore presque un jeune homme, tout différent des mannequins empaillés de la Hofburg et des officiers de la maison du duc, « bornés et paresseux », car à présent l'Aiglon a sa maison militaire, qui remplace sa maison civile et se compose du général comte Hartmann, du capitaine Standiesky et du capitaine von Moll, officiers de Cour médiocres. Prokesch est d'un format différent. Il a voyagé en Orient, fait les dernières guerres de l'Empire, fréquenté les milieux intellectuels ; Goethe lui a même lu son *Divan oriental*. Le duc de Reichstadt se précipite sur lui dans un de ses irrésistibles élans : « Vous m'êtes connu... Je vous aime depuis longtemps... J'ai lu votre mémoire sur Waterloo... Vous avez défendu l'honneur de mon père... »

Dès qu'il connaît mieux Prokesch, il le presse de questions : « Suis-je une intelligence étiolée, estropiée à dessein par l'éducation ?... Qui suis-je ? Suis-je français ou autrichien ? Ne serai-je qu'un archiduc, ou le prince Eugène ? Si je suis français, monterai-je sur le trône ? »

A travers Prokesch, nous sentons vibrer cette âme ardente. Son charme, le passé glorieux qui l'auréole sont tels que les impassibles soldats autrichiens de Vienne (surtout d'origine italienne) ne peuvent se retenir de l'acclamer.

Prokesch est un romantique-né ; passionnément attaché au jeune Prince, il rêve pour lui tous les trônes du monde, et d'abord, car il est philhellène, le trône de Grèce. Il a mesuré l'intelligence de son ami, il en décrit les fulgurances impériales : « Personne n'a compris mon père ; il n'avait d'autre ambition que de faire l'Europe... L'Autriche a méconnu ses propres intérêts en faisant le jeu des Russes. » « Il ne désirait rien autant que de gagner contre eux ses éperons », ajoute Prokesch. Ce petit duc de Reichstadt voit clair et loin. Il remplit de fougue contenue, d'humour et d'esprit, ces longues soirées d'amitié avec Prokesch qui s'emploie tantôt à ranimer, quand il est abattu, tantôt à calmer cet être de feu. « Comme ici c'est un crime de nourrir des idées, je les refoule au fond de mon âme », disait l'Aiglon.

Dans cette existence étouffée, un changement survient : à Paris, les Trois Glorieuses ont éclaté ; Louis-Philippe remplace les Bourbons, la Sainte-Alliance fait grise mine à ce monarque né d'une révolution ; l'Europe s'agite ; même en France, cette nouvelle dynastie n'a pas pour elle l'unanimité ; les légitimistes la haïssent et le bonapartisme, qui couve depuis 1814, redevient actif ; les espérances volent vers le Roi de Rome. Autour de l'Aiglon, c'est un tourbillon d'intrigues. Cela commence par une napoléonide exaltée, la belle comtesse Camerata, fille d'Elisa Bonaparte. Le duc de Reichstadt est son cousin germain ; sans le connaître, elle en est amoureuse ; elle accourt à Vienne en costume masculin ; bien entendu, on lui barre la route, mais elle parvient, on ne sait comment, à rencontrer le Prince dans un corridor et elle a juste le temps de lui baiser la main et de le rappeler à ses devoirs d'héritier de Napoléon. Le sage Prokesch, qui juge cette agitée plus dangereuse qu'utile, l'écarte, mais d'autres projets d'évasion pointent. « Serai-je suivi ? Serai-je trahi ? » se demande l'Aiglon. A Prokesch, il sait qu'il peut se fier. « Le Prince a paru renaître en apercevant Prokesch », dit Dietrichstein qui, à présent, est attaché à son élève, se bat pour qu'il ait une situation, s'inquiète le premier de son mauvais état de santé, et, sans jalousie, le rapproche de son ami.

Mais le chancelier ne tient pas tant à ce que le Prince renaisse. Cet idéologue enthousiaste de Prokesch, qui rend à l'Aiglon la confiance en soi, devient suspect à Metternich. Déjà on a fait partir Esterhazy, pour qui le duc de Reichstadt avait de l'amitié. On se débarrassera plus radicalement de Prokesch en l'envoyant en mission à Zürich, à Bologne, à Rome. Toujours la haine vigilante de Metternich s'emploie à isoler et à désespérer le fils qu'il hait de l'homme qu'il ne peut oublier.

Metternich a redouté (surtout pendant les Cent-Jours, et pendant la Révolution de Juillet) que le duc de Reichstadt lui soit enlevé par surprise. Napoléon II rentrant en France, quelle catastrophe ! Le plus étrange, c'est que l'empereur ne paraît pas partager l'opinion de son chancelier. *François II ne cesse de lui* (au duc de Reichstadt) *parler comme si,* à *l'arrière-plan, le trône de France l'attendait,* écrit Prokesch. L'empereur a dit à son petit-fils : « Si le peuple français te réclame et si les Alliés sont d'accord, je ne m'opposerai pas à te voir sur le trône de France. »

Est-ce un peu d'affection pour cet enfant qu'il a élevé et qui est adorable, cet enfant qui signait une de ses lettres à son grand-père : *Ein so kleiner, unbedeutender Mensch als ich* (un petit homme aussi insignifiant que moi). Est-ce calcul machiavélique, pour faire peur à Louis-Philippe et le tenir en respect ?

Maintenant, il est tard ; le Prince est malade ; il est

atteint de rhume chronique et doit garder la chambre. Prokesch était l'oxygène qu'il fallait à ces poumons blessés, et Prokesch n'est plus là. Le Prince tousse et a la fièvre, on craint une phtisie de la trachée. L'Aiglon n'a pas résisté à ces hauts et bas d'espoirs et de déceptions. A-t-il compris en un éclair qu'il était éternellement « exclu de tous les trônes » et que le seul rôle qui lui était accordé était celui d'épouvantail international ?

A partir du printemps 1831, il change terriblement. Le Dr Malfatti, médecin inepte, mais bon psychologue, écrit : *Il semble qu'il y ait chez ce malheureux jeune homme un principe actif qui le pousse à se suicider.* Le désir de vivre, de vivre enfin, tue l'Aiglon au fond de cette Hofburg, verte comme un aquarium, aux corridors glacés, aux poêles de faïence anémiants. Le Dr Malfatti ajoute à la maladie par ses soins ; il traite obstinément l'Aiglon pour le foie et l'Aiglon le laisse faire, persuadé que son père et son grand-père Bonaparte sont morts du foie, tandis que tout le monde, sauf l'invraisemblable Malfatti, le voit cracher ses poumons.

D'ailleurs, il multiplie les imprudences mortelles ; dès le printemps 1831, il retourne à ce régiment de Wasa dont il n'est que le lieutenant-colonel (c'est tout ce qu'on a donné, à cet être avide de bondir dans la vie). « A celui qui était né pour régner sur la France, la Pologne, l'Italie, ces épaulettes de colonel ! » crie la comtesse Turheim, révoltée. Quand l'Aiglon veut commander, la voix lui manque. Une roue de sa voiture se détache ; il saute à terre, court, mais ses forces le trahissent ; il tombe et, le lendemain, c'est la fluxion de poitrine ; pour n'être plus traité de douillet, il force ses moyens ; il se tue de fatigue, ne monte à cheval qu'au galop ; arrivant du champ d'entraînement, trempé de sueur, il court au théâtre sans se changer. Il est si beau dans sa tunique blanche et sa culotte bleue soutachée de vert, que des recrues italiennes lui crient : *Evviva !* « J'en veux à mon misérable corps qui refuse de marcher de pair avec ma volonté », dit-il.

On prévient Marie-Louise, mais cette folle ne comprend rien ; elle dit même, ce qui est inouï : « Je suis sotte de m'inquiéter outre mesure. » Son vrai souci était que le régiment Esterhazy, qui comptait de si bons danseurs, ne quittât pas Parme !

Les médecins conseillèrent enfin un séjour à Naples. Pour la première fois, Metternich accepta de voir l'Aiglon sortir d'Autriche ; cette bienveillante permission suffit à prouver qu'en ce printemps 1832, on considérait le Prince comme perdu. Il crachait le sang et le pus ; transporté à Schönbrunn, il ne pouvait plus se promener au jardin qu'en chaise. Déjà Metternich faisait avertir Louis-Philippe qu'il y aurait bientôt un autre prétendant napoléonien ; celui-ci, le prince Louis-Napoléon, était déjà prévenu, puisqu'il fit tenir au duc de Reichstadt une lettre, d'ailleurs affectueuse et belle, qui, disant son inquiétude, laissait deviner son espoir.

Le bel Aiglon n'était plus qu'un squelette grelottant ou brûlant ; ses souffrances étaient telles qu'on peut dire que son effroyable agonie a commencé dès le 6 juin. Ce mourant dut encore subir une insolente mercuriale de Moll, énumérant ses défauts. A force de toujours blâmer l'Aiglon, on l'a tellement dressé à douter de soi que le pauvre agonisant baisse la tête et dit : « Vous me connaissez bien ! »

Si du moins ces critiques étaient inspirées par l'affection, mais le Prince vivait encore que les trois officiers de sa maison discutaient de la répartition de ses effets, descendaient aux écuries et se partageaient ses chevaux.

En juillet, le duc de Reichstadt se sentit perdu... Il regarda la mort en face. « Je n'ai jamais vu un soldat mourir avec plus de courage », a dit à Monbel le général von Hartmann. Les présages se multiplient : au cours d'un des premiers orages d'été, quelque chose se brisa dans la nuit : un aigle de la façade venait de s'abattre sur le sol. (« On ne comprend pas les aigles en ce pays ! »)

Dans la chambre même où son père avait couché, à la veille de Wagram, on transporta le mourant, de son lit de camp, sur une couche plus large. Il étouffait. « Seule la mort peut me guérir... » murmura-t-il, entre deux quintes d'une toux sanglante. Il tourna les yeux vers le berceau que lui avait offert la ville de Paris : « Ce sera le seul monument de ma vie. Ma naissance et ma mort, voilà toute mon histoire. » Il avait dit une fois : « Entre mon berceau et ma tombe, il y a un grand zéro. »

Marie-Louise, après mille prétextes, le choléra, les rhumatismes, le manque d'argent, s'était enfin décidée au voyage... Dès qu'elle vit son fils, elle comprit tout. Il eut le courage de la rassurer, mais ce dernier effort l'épuisa. Le délire commençait ; il se dressa sur son lit : « Des chevaux, cria-t-il, il faut que j'aille au-devant de mon père ! »

Depuis dix ans, Napoléon attendait l'Aiglon de l'autre côté de la vie.

Lui était mort en disant : « Mon fils ».

Le samedi 21 juillet, Marie-Louise vit son fils pour la dernière fois ; à cinq heures du matin, le dimanche 22, il se réveilla ; elle était allée dormir. « *Meine Mutter rufen ! Ich gehe unter... !* » (« Appelez ma mère... Je me noie... ! »)

Marie-Louise accourut. Trop tard ; elle tomba à genoux...

La courte vie du duc de Reichstadt, c'est une peau de chagrin qui se rétrécit vertigineusement. « Tout ce que je désire fond entre mes mains », a-t-il dit ; mineur éternel dont le cerveau travaille à vide dans des palais sans âme, dans des châteaux à deux mille fenêtres qui n'ouvrent jamais sur la vie. A côté du petit cabinet de laques noirs de Schönbrunn, Sainte-Hélène apparaît presque comme un royaume.

Cette profonde nostalgie, ce mélancolique frisson d'un être inactif et malade, le frémissement de ces narines de pur-sang, « ce mouvement intérieur sous son calme » (Prokesch), ce don continuel d'une âme dont personne ne veut, ses enthousiasmes fous, son humour, son extraordinaire vivacité d'esprit, ses reparties caustiques, ses accès de gaminerie dissimulant un désespoir foncier font de lui la plus émouvante figure juvénile de l'Histoire. Il n'a laissé en mourant, dans sa chambre de Schönbrunn, que sa bibliothèque napoléonienne et, sur sa tablette, le livre préféré de sa petite enfance qu'on s'obstinait à lui cacher, *Les Fastes de la France.* Il n'a jamais possédé que le passé.

Dans cette vie si triste, l'amour a-t-il du moins apporté sa douceur ? Certains biographes ont voulu rendre le duc de Reichstadt lui-même responsable de sa maladie et de sa mort, en invoquant le dérèglement de ses mœurs. C'est une absurde calomnie. L'Aiglon faisait à son ami Prokesch des confidences d'une naïveté telle qu'on ne peut conclure qu'à sa virginité. Oublie-t-on à quel point il était surveillé ? On le traitait en prisonnier d'Etat. Voir les instructions de François II au général Hartmann où, entre parenthèses, Napoléon est qualifié de *feu Monsieur son père.* Cependant, on ne l'empêchait pas d'aller au théâtre avec ses amis, Gustave Neipperg et Maurice Esterhazy ; il avait admiré de loin la danseuse Fanny Elssler et l'actrice Peche, que Prokesch eût voulu lui voir prendre pour maîtresse ; il n'en résulta rien ; mais l'Aiglon eut un flirt avec la comtesse Nandine Karolyi ; une nuit qu'il était allé au bal masqué avec Esterhazy, il réussit à échapper à son surveillant et courut faire visite à la belle Nandine. Cette innocente escapade provoqua un véritable cataclysme ; Dietrichstein entra chez le Prince en furieux, le força à ouvrir ses tiroirs et s'empara de sa correspondance. Prokesch éclata en reproches. Le Prince promit de ne plus voir Nandine.

Mais on lui connaît un autre attachement, bien plus vrai : sa jeune tante, de six ans à peine plus âgée que lui, l'archiduchesse Sophie, fille du roi de Bavière et femme de l'archiduc François-Charles, second fils de l'empereur.

Sophie était Wittelsbach, fille de cette antique race qui donne à la Bavière un si étrange lot de figures contrastées, monarques excellents ou déments frénétiques. Sophie, nature vraiment royale, douée de beaucoup d'intelligence et d'une grande force de caractère, était atrocement mal mariée à ce François-Charles, qui, dans son enfance, compagnon de jeux du petit duc de Reichstadt, avait en grandissant tourné au butor. Reichstadt l'avait pris en grippe : « Il est faux, méchant et trivial », disait-il et il souffrait presque physiquement des vulgaires plaisanteries de l'archiduc. Qu'il fût l'époux de Sophie le rendait encore plus odieux. Quand l'Aiglon se promenait au Prater dans sa voiture attelée de chevaux blancs à la crinière nattée, s'il apercevait l'équipage de François-Charles, il se détournait pour ne pas voir, assise auprès de son vilain époux, cette charmante Sophie à qui il commençait à faire la cour. Avec elle, il pouvait se détendre, rire de « sa vieille femme » Dietrichstein, parler de la France de Napoléon, à qui la Bavière devait tant. De sa fenêtre, à la Hofburg, Sophie regardait, en s'inquiétant de sa mine, le jeune duc passer l'inspection de son régiment.

Elle avait grand plaisir aussi à suivre des yeux le joli cavalier en tunique blanche qui galopait à tombeau ouvert dans les bois de Schönbrunn. Pour elle, il acceptait de poser, avec les enfants, devant le peintre Johann Elder ; Sophie avait eu l'idée de ce portrait familial à offrir au vieil empereur ; mais n'avait-elle pas pensé surtout à ces longues séances où, sans risquer d'étonner la Cour, elle pouvait passer de douces heures auprès de l'Aiglon ? Comment n'eût-elle pas aimé cet adolescent aux boucles blondes, aux épaules étroites dans son habit brun à boutons d'or, qui la séduisait par tout ce qu'il apportait de génial à ces Habsbourg sans génie ? Le mari de Sophie était laid, et si bête qu'elle fut la première, plus tard, à lui interdire l'accès au trône. Son beau-frère, le futur empereur Ferdinand, était encore plus pitoyable ; complètement demeuré, il ne connaissait que deux emplois pour sa journée : debout devant son pupitre, il notait le nombre des voitures et les numéros des fiacres qui passaient sur la route de Schönbrunn, sous sa fenêtre. Il en a rempli d'immenses registres, qui figurent encore aux archives. Ayant ainsi « bien travaillé », il s'efforçait, aidé des petits archiducs enfants, d'attraper des mouches pour les donner vivantes, dans un grand bocal de cristal, à ses grenouilles qui, montant ou descendant une petite échelle intérieure, lui servaient de baromètre. Il est presque incroyable que l'Autriche ait supporté pendant quatorze ans ce souverain idiot. Sophie, elle, ne le supportait pas. Elle pensait à l'Aiglon, se préoccupait chaque jour davantage de son teint cireux, de sa voix brisée, lui cédait sa belle chambre de Schönbrunn, l'aménageait elle-même, y installant des fauteuils capitonnés, elle forçait l'incapable docteur Malfatti à appeler d'autres médecins en consultation. L'Aiglon était son cher compagnon ; il se jetait dans ses bras, avec cet élan passionné qui le fait tellement ressembler à Fabrice del Dongo offrant son âme à la Sanseverina.

De l'amour familial, en vint-on à l'amour tout court ? Les historiens sont partagés ; Octave Aubry affirme que le duc de Reichstadt montait rejoindre sa tante, la nuit, à l'étage supérieur. L'enfant dont l'archiduchesse était grosse, est-il le fils de l'Aiglon ? Il semble plus sage de s'en tenir à ce que dit Prokesch, que le Prince est mort vierge.

Que Sophie ait été aimée par le duc de Reichstadt, il

suffit, pour le croire, de voir avec quelle douceur, sur la miniature de Hebner, Reichstadt tient sur ses genoux le bébé blond, fils de l'archiduchesse, qui sera un jour l'empereur François-Joseph... Pour Sophie, l'Aiglon aura été le héros du pur roman d'amour dont toute femme a besoin. Que cette tendresse ait été autre chose qu'une idylle 1830, l'attitude de l'archiduchesse si mal mariée devenue, après la disparition de l'Aiglon, rigidement austère et peu indulgente par la suite aux fantaisies de sa belle-fille, l'impératrice Elisabeth, rend cela évident. Tout en elle crie sa douleur. Pour que l'Aiglon ne se voie pas mourir, elle affectera, en sœur dévouée, de communier à ses côtés, le 19 juin 1832 ; comme elle veut que l'agonisant ignore qu'il reçoit l'extrême-onction, Sophie, enceinte, feint de ne demander au ciel que sa propre délivrance. Lorsque son tendre ami aura rendu le dernier soupir, Sophie tombe, anéantie ; elle n'est pas même là pour lui fermer les yeux : à l'étage au-dessus, elle va donner naissance à un autre infortuné, le futur empereur Maximilien du Mexique...

Dans le parc silencieux, pendant une nuit noire coupée d'éclairs de chaleur, les officiers du régiment de Wasa entourent un catafalque éclairé par douze candélabres. Celui en l'honneur de qui l'Europe avait, à sa naissance, illuminé, du Valais en Andalousie, des Pouilles à Cherbourg, gît, immobile, coiffé, comme pour sa dernière sortie, d'un immense chapeau qu'on peut voir encore dans sa chambre, à Schönbrunn ; il a fallu le lui poser sur la tête, car de fervents inconnus se sont glissés jusqu'au lit funèbre et ont coupé les mèches blondes pour en faire des reliques ; et à Vienne, on ne trouve plus un seul portrait de lui, tant les gens se les sont arrachés.

La chapelle des Augustins est drapée de noir aux armes du duc de Reichstadt, armes de bâtard à qui on a refusé toute appartenance aux Habsbourg ; une simple couronne ducale, et seulement le collier hongrois de Saint-Etienne, car on ne lui a pas donné la Toison d'Or ! Pourtant, il aura le corbillard rouge et or réservé aux archiducs et il reposera dans la crypte impériale, au titre de descendant de Marie-Thérèse.

Ce pauvre être, célèbre et inconnu, change de nom, de pays d'origine, de famille. Avant sa naissance, deux sénatus-consultes l'ont fait Roi de Rome ; le premier geste de l'Autriche victorieuse, c'est de lui ôter ce titre ; au Traité de Fontainebleau, il sera un instant Prince de Parme ; aux Cent-Jours, Napoléon II, pour le règne le plus court de l'Histoire ; à Vienne, appelé d'abord le « petit Napoléon », il devient « le petit de l'archiduchesse » (de père inconnu). Sa suite l'appellera François, sa famille Franzl ; son grand-père le fera duc de Reichstadt. Le petit prince voit les couleurs jaune et noir des Habsbourg succéder à nos trois couleurs ; aux aigles monocéphales les aigles bicéphales ; les abeilles napoléoniennes se sont envolées ; les livrées vertes de son père ont été remplacées par les livrées bleues de son grand-père ; il change plusieurs fois d'uniforme et de grade ; les bonnes autrichiennes relèvent les gouvernantes françaises ; puis de froids messieurs succéderont aux femmes ; enfin, après les gouverneurs civils, la maison militaire.

Le duc de Reichstadt fut un être immobile... qui changea tout le temps d'étiquette, de statut, d'espérances.

On affirme que l'empereur François II aurait dit au duc de Reichstadt : « A peine serais-tu arrivé sur le pont de Kehl que Louis-Philippe serait obligé de fuir. »

On peut imaginer l'événement : le Prince pose le pied sur le sol de France ; les garnisons de Strasbourg, Nancy et Toul se révoltent ; Napoléon II entre triomphalement dans Paris. Louis-Philippe se replie sur Londres. Une grosse Marie-Louise, couperosée et rhumatisante, débarque de Parme avec Bombelles et les enfants Neipperg. Sur le trône monte un Napoléon II toussant, essoufflé, fébrile, vite alité. Les vieux maréchaux s'empressent autour de lui, pour un troisième reniement. Le manteau du sacre est sorti du garde-meuble. Qui Napoléon II va-t-il épouser ? Que lui offre l'Europe, quelle paix, quelles guerres ? Le fils essaye de chausser les bottes du père ; il flotte dedans ; le petit chapeau ne tient pas sur ses cheveux blonds ; la redingote grise lui vient aux genoux...

Oui, mais... mais les officiers autrichiens qui discutaient stratégie avec le duc de Reichstadt disent qu'il a hérité du génie de son père... mais l'Aiglon, libre enfin, respire à l'aise. « Les tourments de cette âme ont brisé le corps », a dit Prokesch ; ces tourments ont cessé ; l'Aiglon est en France et la joie le guérit... il a appris à juger les hommes et sait choisir ses conseillers.

Et puis Napoléon II nous eût épargné Napoléon III.

Ce qui est certain, c'est que le masque mortuaire de l'Aiglon ressemble extrêmement à Bonaparte au Pont d'Arcole, et que, du fond de sa prison viennoise de laques et de porcelaines, le duc de Reichstadt aura été, à lui seul, plus aimé que les Bourbons et les Orléans réunis.

CHAPITRE VI

MAXIMILIEN ET CHARLOTTE

C'était un cadet mécontent de n'être pas aîné.

(STENDHAL, *La Chartreuse.*)

Ce n'était pas une idée de fou ni d'imbécile, que de vouloir barrer la route aux Etats-Unis sur leur propre continent ; nous assistons aujourd'hui à la même entreprise, mais non plus menée par des malchanceux et des imprévoyants.

Profiter de la guerre de Sécession, qui paralysait au-dehors Nordistes et Sudistes, pour refaire dans le Nouveau Monde un empire latin, sous l'égide de la France et de l'Espagne, était même une vue profonde ; mais il y eût fallu le concours de l'Angleterre, et l'Angleterre victorieuse préférait continuer à encaisser les énormes bénéfices financiers que lui avait valus la libération des anciennes possessions espagnoles. Les seules colonies capables de résister à la fragilité du colonialisme sont les colonies de peuplement, surtout si elles sont à proximité des bases métropolitaines, celles-là dont, à la même époque, les deux dernières puissances coloniales de notre vingtième siècle étaient en train de poser les fondements : la Russie en s'annexant l'Asie du Centre et du Nord, et les Etats-Unis en conquérant, les armes à la main, la Californie, le Texas et le Nord du Mexique, un bon tiers de leur continent.

Les Conquistadores n'avaient massacré que les Caraïbes et les *Pilgrim Fathers* n'avaient anéanti que les Peaux-Rouges ; à l'intérieur du continent vivait un vaste peuple d'Indiens qui en seront un jour les maîtres. Au Mexique, leur chef était Juarez. Les Etats-Unis joueront Juarez contre Napoléon III comme, cent ans plus tard, l'U.R.S.S. jouera Castro contre Kennedy.

A la faveur de la guerre de Sécession qui immobilise les Américains, Napoléon III se figure donc qu'il va *élever une barrière infranchissable aux pays du Nord* (voir sa lettre à Flahaut) et que l'expédition du Mexique sera une simple promenade militaire. On sait quel fut le dénouement et que Napoléon, progressiste romantique, doublé d'une épouse réactionnaire, n'aura bientôt plus qu'à déguerpir du Mexique ; ce qu'il fera, en laissant fusiller l'empereur Maximilien, le Habsbourg infortuné, solitaire et douloureux, l'Allemand rêveur qu'il avait lancé dans cette aventure folle.

Cette histoire atroce fut aussi le roman de deux impératrices, épouses frustrées, volontaires, téméraires : Eugénie, moins intelligente, Charlotte, plus mystique. Elles se jettent dans cette tempête politique avec l'argent et le sang des autres.

Eugénie est téléguidée par ses frères de race, des Espagnols, des catholiques comme elle, ces réfugiés hispano-américains qui voudraient libérer leur patrie, mais surtout rentrer en possession de leurs haciendas, d'où Juarez les a chassés. « Il est dangereux de se fier aux promesses des réfugiés », dit Machiavel. Ces bannis, qui commettent innocemment de monstrueuses erreurs de perspective, assiégeaient les nations qui les accueillaient, et qui, à leur tour, apprenaient à les utiliser. C'est, à cette époque, une arme nouvelle que l'exilé offensif ; les chancelleries tirent sur le tzar à coups de Polonais, ou sur le sultan à coups de Balkaniques, les déportés russes ont leur base en Suisse, les Israélites d'Europe centrale fondent à Londres le socialisme, les expatriés allemands peuplent le Middle West, les contumaces de 48 ont leur rampe de lancement à Zürich, enfin les proscrits italiens et mexicains dirigent la politique française, avec l'appui de Napoléon III, ancien exilé, empereur des réfugiés. Son réfugié projectile pour tirer sur les Etats-Unis, ce sera l'archiduc Maximilien.

Napoléon III va contaminer de ses rêveries de fumeur d'opium diplomatique l'âme faible, déçue, inoccupée, malheureuse, et dominer le grand corps sans nerfs de Maximilien.

La politique, comme l'art dramatique, est toujours en retard d'une génération sur l'idéologie de son époque ; Napoléon III et Maximilien sont des attardés ; ces apprentis sorciers vont manier un alambic quarante-huitard qui leur sautera au nez.

Maximilien, c'est le négatif de son frère, l'empereur François-Joseph. Tous deux sont de grands seigneurs, avec les qualités, les défauts, le prestige d'une race millénaire ; mais tandis que François-Joseph a de l'autorité, de la méthode, une forte assise morale et, à son service, l'appui d'un antique édifice social, Maximilien est un cadet solitaire, un nerveux, un de ces « innombrables archiducs », comme disait la reine Victoria quand elle déconseillait au roi des Belges de lui donner sa fille. Maximilien est un faible, avec de pauvres airs tranchants ; il pose volontiers des ultimatums, puis cède quand ils ne sont pas acceptés. François-Joseph est de l'école de Schwarzenberg, où l'on canonnait et pendait ses adversaires politiques. Maximilien est l'intellectuel qui ne rêve que de s'entendre avec eux. Pendant tout son règne, le pauvre homme attendra avec passion l'occasion de serrer la main à Juarez.

Sur les daguerréotypes, le raide uniforme a l'air, non d'être porté, mais plutôt de porter l'élégante et inconsistante personne de Maximilien ; il a les doux yeux bleus de la victime propitiatoire ; sa belle figure Habsbourg, au front bombé, au nez fin, s'affaiblit en descendant dans de blonds favoris, séparés en deux longues pointes, à l'autrichienne ; leur broussaille dissimule mal un menton fuyant. Trop large d'esprit pour son peu d'esprit, il donnera, comme tous les cadets, par sourde opposition au trône et à son milieu natal, dans un libéralisme qui lui sera mortel ; on le fusillera, moins pour ses crimes que pour ses bonnes intentions. Il sera précipité dans une époque dure, qui, déjà, commence à ressembler à la nôtre, et dans une guerre de races qui annonce le XXe siècle. Il aura l'inévitable sort des chefs très faibles, et très humains. Quand François-Joseph envoie son jeune frère en Italie, comme vice-roi gouverneur du royaume lombard-vénitien, Maximilien le représente très bien pendant deux ans ; c'est un amiral élégant, parlant huit langues, précédé de la réputation d'un chef désireux d'atténuer la dureté du joug autrichien. Mais à ses avances, le Vénitien Manin répond fièrement : « Nous ne demandons pas que l'Autriche devienne plus humaine, nous demandons qu'elle s'en aille. »

Juarez pourrait lui faire la même réponse : « Nous ne demandons pas un empereur libéral, nous ne voulons pas d'empereur du tout. » La vie infortunée de Maximilien, c'est l'échec de l'ultime représentant d'un âge où les frontières se modifient encore au gré des chancelleries, où, avant l'heure des masses, se déroulent les dernières aventures individuelles, biscornues et baroques, que ne justifie même plus ce que Goethe nommait *la sombre nécessité des passions.*

Maximilien, jeune archiduc de vingt-quatre ans, vice-amiral de la flotte autrichienne, visite l'Orient ; c'est le privilège des cadets d'être encouragés à voyager, à vivre loin du trône. On le retrouve à Paris, puis à Bruxelles. Fiancé à vingt ans à la fille de l'impératrice du Brésil, qui mourra poitrinaire, Maximilien, sans être un très beau parti, est, pour les cours d'Europe, un mari des plus souhaitables. A Bruxelles, le roi Léopold Ier pense à lui pour sa fille Charlotte, une Saxe-Cobourg. Ce Léopold a collectionné les trônes ; lors de son premier mariage avec la fille de George IV, roi d'Angleterre, il a vécu tout près du palais de Saint-James ; sa sœur, la princesse Victoire, a épousé le duc de Kent, et de ce mariage est née la reine Victoria. A Léopold, on offrira le trône de Grèce en 1826 ; puis, en 1831, celui de Belgique. L'année suivante, ce veuf se remarie avec la princesse Louise, fille de Louis-Philippe ; mariage parfait entre ce roi intègre, qu'on nomme « le juge de paix de l'Europe » et « l'angélique » princesse Louise, mère de Charlotte.

Les révolutions de 1848 sont venues ébranler le syndicat international des têtes couronnées. Il va falloir trouver à Charlotte, sinon un roi, du moins un mari très proche d'un trône. On récuse le prince Georges de Saxe, et même le candidat de la reine Victoria, le jeune roi de Portugal. Sur ces entrefaites, Maximilien arrive à Bruxelles, il plaît à la jeune princesse. Si François-Joseph meurt, elle pourra devenir impératrice d'Autriche. Les jeunes gens se fiancent. Charlotte a de très grandes qualités, celles de son père, qui exerce sur elle une profonde influence. Après une enfance expansive, elle a, à la mort de sa mère, la reine Louise, connu une jeunesse sérieuse, où la volonté et l'appétit de puissance lui rongeaient l'âme. Son intelligence est devenue précise ; elle a, au plus haut point, le sens du devoir, la notion de son rang. D'une beauté froide, elle est moralement racée. Sa discipline, sa sévérité se sont affirmées dans l'étroite vie de famille de Laeken, vie d'anglomanie bourgeoise, qu'on rencontre si fréquemment en Belgique. Laeken, c'est, réunis en un seul château, Claremont et Neuilly.

Un rayon de soleil, l'amour. Puisque le roi Léopold lui a choisi Maximilien, elle aimera passionnément son « archiduc », si brillant dans son uniforme blanc ; il sera aussitôt pour elle le modèle de toutes les vertus ; bonté, culture, droiture, talents militaires, elle pare son fiancé de toutes ces qualités que la vie viendra lui ôter, une à une, sauf le courage, ce noble et désuet, ce calme courage Habsbourg. Après d'âpres négociations, où François-Joseph donne le moins possible à son frère, et où le roi des Belges lâche difficilement la dot, les jeunes fiancés sont mariés à Bruxelles, dans le Salon Bleu, le 27 juillet 1857. Ils visitent Schönbrunn, puis Trieste. Le château de Miramar, que Maximilien vient de faire bâtir sur un éperon rocheux de la baie de Trieste, sera le cadre de leur court bonheur.

Charlotte accompagne Maximilien dans sa vice-royauté d'Italie. C'est un poste de confiance que François-Joseph a donné à son frère ; il s'agit de faire oublier la terrible répression de Radetzki. Courageux, Maximilien entre sans escorte dans un Milan hostile. Il se met aussitôt à dos l'état-major autrichien, sans pour cela désarmer l'aristocratie lombarde. Ambitieuse et fière, Charlotte ne quitte pas son archiduc. Elle sera à ses côtés dans la rue, à Venise, à Vérone ; à la Scala, elle fera face à des loges vides où la noblesse locale, absente, délègue ses valets pour la représenter ; elle ne craindra pas les galas où les Milanais, convoqués par ordre, n'apparaissent que vêtus en noir ou en violet. Cette ultime vice-royauté autrichienne est un demi-échec ; si les Melzi, les Lorio, les Scotti, les Sardi, se ralient, par contre les Borromée, les Visconti-Venosta, les Dandolo, les Casati et les Belgiojoso ne prennent jamais le chemin du palais. Maximilien s'efforce de donner des bals où ne viennent que les fournisseurs de la Cour, et où les demoiselles italiennes refusent de danser avec les officiers autrichiens. Milan reprochant à Maximilien son origine, Vienne ne lui pardonnant pas son libéralisme, cette situation sans issue durera deux ans. En 1859, c'est la guerre de libération de la péninsule et la fin de la domination des Habsbourg en Lombardie. Maximilien, qui, avant son mariage, s'était montré brillant amiral, et avait remis sur pied la flotte autrichienne de l'Adriatique, reprend du service, mais, cette fois, signe de la défaveur impériale, sous les ordres d'un feld-maréchal.

Déçu, humilié, le couple se retire alors à Miramar. C'est un château dans le style composite de l'époque ; on y retrouve le donjon de Cintra, l'architecture carrée de Windsor, les fenêtres géminées de l'Alhambra, et ce style vieil-allemand, *altdeutsch,* qui a sévi en Europe, du Portugal à la Transylvanie, de la Bavière à la Roumanie, dans la seconde partie du dix-neuvième siècle. Ce « séjour enchanteur » comporte une salle du Trône et de longues suites d'armures, séparées par des coupes de marbre où boivent des colombes : *style très sobre, avec des statues d'Homère, de Goethe, de Dante et de Shakespeare* (Tissot). Le jeune ménage sans emploi bâille, parmi les orangers et les magnolias.

Charlotte, bonne épouse, tient son journal, et Maximilien le sien. L'oisiveté mine leur bonheur : la différence de leurs caractères s'accentue dans la solitude. Des archiducs, Maximilien a l'éducation parfaite : Ecole navale, stratégie, piano, équitation, peinture, etc. C'est un grand nerveux, un émotif, un irrésolu avec des crises d'énergie, un solitaire (comme presque tous les Habsbourg, il déteste la parade) ; les portraits qu'on voit de lui à Vienne ne révèlent pas un grand esprit, ni le physique d'un premier rôle ; ses notes de voyage, ses *Pages de ma Vie,* sont plus que faibles. Privé d'emploi, l'archiduc sera architecte, horticulteur ; pour les rocailles de son jardin, il fait venir du granit tyrolien ; d'Egypte, il rapporte des sphinx ; son cabinet de travail est la reproduction exacte de sa cabine d'amiral ; ses salons sont tendus en bouillonnés de damas bleu, comme à Compiègne, à la Hofburg ou à Buckingham Palace. Ces niaiseries le laisseront découragé, solitaire, en face d'une Charlotte qui s'ennuie à Trieste, mais qui déteste Vienne, où elle ne vient qu'au second rang.

C'est le moment choisi par le destin, qui va apparaître sous la forme d'une délégation mexicaine ; elle frappe à sa porte, le 3 octobre 1863, pour mettre l'archiduc au courant des vœux de la « nation mexicaine ».

... Interprète des aspirations de la Patrie... nous offrons en son nom à Votre Altesse Impériale la couronne du Mexique, qu'un décret solennel de l'Assemblée des notables...

Un tableau de Cesare dell'Acqua commémore, à Miramar, cette cérémonie. Sous un lustre, en face d'un Maximilien en frac de couleur, à boutons d'or et à col de velours, une commanderie pointant entre ses favoris, se tient le señor Gutierrez, glabre, en habit, précédant Miranda, Aguilar, Murphy et Hidalgo, tous en habit noir ou en redingote à plastron de soie, qui écoutent Gutierrez lire sa proclamation.

Pourquoi Maximilien a-t-il si facilement reçu ces exilés mexicains ? Les êtres tourmentés d'il y a un siècle, les cadets de maisons souveraines, n'avaient pas ces goûts simples que le sport, les plaisirs démocratiques, le contact avec le malheur et les réalités ont donné à nos altesses contemporaines. Ce qu'il fallait à Maximilien, c'était une approbation sociale, une estrade grandiose ; il avait besoin de faire parler de lui, comme plus tard Rodolphe. L'attrait de l'exotisme et d'un certain pittoresque littéraire le séduisait. Déjà, sur son yacht

Fantaisie, il avait voulu s'exalter par les grands voyages, était parti brusquement pour Tanger, pour Madère, où il avait laissé l'archiduchesse Charlotte, pendant l'hiver 1860 ; il s'était rendu seul au Brésil, pour s'agenouiller sur la tombe de sa première fiancée, ce qui est peu flatteur pour la seconde.

Le drame de Charlotte est parallèle : elle aime profondément son mari, mais la vie à deux, la solitude, le manque d'enfants l'accablent. Elle s'attendait à trouver en Maximilien un être supérieur : elle a devant elle un homme assez fade, et qui ne lui est même pas très attaché. Aussi l'un et l'autre vont-ils demander à l'action ce qu'ils ne trouvent pas en eux-mêmes, l'affirmation de leur personnalité, l'élargissement de leur espace intérieur.

Quand la délégation mexicaine se présenta à Miramar, elle fut donc attentivement écoutée.

Dès 1840, un riche Mexicain réfugié à Rome, Gutierrez de Estrada, avait eu l'idée, du fond de son palais romain, de mettre un prince étranger sur le trône du Mexique (l'Europe regorgeait de candidats). Ayant résumé ses idées dans un pamphlet, *le Mexique et l'Europe,* il avait accablé les chancelleries de mémorandums où il faisait honte à l'Europe d'abandonner l'Amérique latine aux Américains du Nord. De son côté, un noble andalou, José Manuel Hidalgo, secrétaire d'ambassade de l'ancien régime mexicain à Londres et à Madrid, homme intelligent, élégant, avec beaucoup de manège et d'usage du monde, avait profité de ses vacances à Biarritz, vers 1857, pour reprendre, avec l'impératrice Eugénie, qui y villégiaturait, des liens noués jadis à Madrid, avec la mère d'Eugénie, la comtesse de Teba. Teba, un de ces vieux Espagnols (d'origine napolitaine) qu'on désignait à Madrid, sous le nom *d'afrancesados,* pour leur reprocher d'avoir collaboré avec les occupants français, avait été élevé dans le culte de Napoléon. Hidalgo sut habilement rappeler à l'impératrice des Français ces souvenirs ; dès l'automne, il était invité à Compiègne :

– Benito Juarez, président d'une soi-disant Cour suprême, n'est pas un hidalgo ; rien qu'un Indien, de race zapotèque ; il vient de faire voter une constitution qui abolit les privilèges catholiques. L'empereur Napoléon III n'a qu'un mot à dire pour que s'évanouisse la tyrannie de Juarez, cet ancien domestique, cet ex-séminariste, ce professeur révolutionnaire, plusieurs fois ministre, plusieurs fois exilé...

– La position de ce Juarez ne s'est-elle pas affermie ?

– Par quels procédés, Madame ! Après son entrée à Mexico, il a vidé les caisses et suspendu les paiements de la dette extérieure ; la principale victime de ce manque de parole, de cette spoliation, c'est la France...

Sous l'influence de l'impératrice, Napoléon III mord à l'hameçon. Une simple mesure conservatoire, justement exigée par les finances françaises, viendrait excuser et dissimuler ses anciennes vues politiques. Flattant la manie du maître, les ministres Thouvenel et Walewski approuvaient ; et Morny, que le côté financier de l'affaire ne laissait pas indifférent, les soutenait. Les émigrés firent le reste.

L'erreur première des Tuileries et des réfugiés, c'est qu'il n'y avait pas au Mexique de parti monarchiste ; il existait une poignée de grands propriétaires terriens menacés ou spoliés, un clergé privé de ses privilèges, quelques anciens favoris de l'empereur Iturbide ; ils n'avaient jamais pu constituer un parti. Napoléon III avait aussitôt pensé au frère de François-Joseph (après Solferino, ne fallait-il pas redonner à l'Autriche une situation, une influence et le goût de la grande politique ?). Ainsi Vienne serait-elle dissuadée de s'attarder dans une répression qui lui aliénait l'Italie, laquelle, pensait Napoléon III, devrait tôt ou tard faire, grâce à lui, son unité.

Hidalgo rendit compte de ses conversations de Biarritz et de Compiègne à son ami Gutierrez. Celui-ci se rendit aussitôt à l'ambassade d'Autriche à Paris ; ancien ambassadeur à Vienne, marié à une Autrichienne, Gutierrez prit sur lui d'informer le Ballplatz que Napoléon aimerait voir un archiduc sur le trône du Mexique. Maximilien, du fond de son palais de Miramar, prit ces avances pour une offre ferme, malgré les avis de son frère François-Joseph qui, en les lui transmettant, lui recommandait de ne pas s'engager sans avoir au préalable les assurances des autres puissances maritimes, l'Angleterre surtout, intéressée au règlement des dettes mexicaines.

Spoliée, elle aussi, par les mesures financières de Juarez, l'Espagne rompit à ce moment avec le Mexique. La France, sous la pression de son représentant à Mexico, le comte de Saligny, voulut l'imiter ; Madrid ayant décidé d'envoyer une escadre à la Vera Cruz, Napoléon III ne pouvait que suivre. C'était encore trop peu ; Saligny proposa une intervention militaire. Les Tuileries hésitaient, consultaient Londres ; l'Angleterre était partagée entre le désir d'appuyer la France et l'Espagne, et la crainte qu'elle avait, et devait toujours avoir, de déplaire aux Etats-Unis d'Amérique.

L'amiral Jurien de La Gravière fut nommé premier commissaire français, avec d'autant plus de hâte que, sans attendre leurs alliés français et anglais, les Espagnols déjà débarquaient à la Vera Cruz. Les Anglais s'en tinrent sagement à leur consigne ; ils se contentèrent de croiser devant la côte mexicaine. Au lieu de se régler sur eux, et pour leur malheur, les Français imitèrent les Espagnols.

Le 17 juillet 1860, le Mexique cessait ses paiements. Une convention de Londres (31 octobre 1861) constata que Juarez avait violé tous ses engagements financiers internationaux. Chacun présenta les factures de ses réclamations, emprunts contractés, arrérages dus, réparations aux étrangers pour troubles civils. Notre créance n'était pas des plus importantes ; aussi la délégation française la grossit-elle d'une note de frais et de la douteuse créance d'un banquier suisse, dite *créance Jecker,* qui fit se dresser sur leur tête les cheveux des autres plénipotentiaires (l'entourage des Tuileries était, dit-on, fort intéressé au recouvrement de cette dernière facture). Soixante-quinze millions de bons non honorés par le Mexique, avant la suspension de ses paiements, venant grossir les arrérages, on en arriva à des chiffres stupéfiants : les Britanniques réclamaient quatre-vingt-cinq millions de francs, les Espagnols quarante millions, et les Français dix millions, chiffre que les Affaires étrangères portèrent à soixante millions, plus les soixante-quinze millions de la créance Jecker. A tous les résidents français au Mexique, on suggéra d'exiger des indemnités, si bien qu'ils couraient se faire emprisonner, pour devenir des ayants droit. *Cent trente-cinq millions pour vingt-trois Français molestés, c'était cher...* (Emile Ollivier).

Juarez édicta alors une série de lois implacables contre les envahisseurs, et contre les Mexicains qui collaboraient avec eux.

Les Tuileries accentuèrent aussitôt leur politique de force, désavouant Saligny, trop diplomate, et l'amiral Jurien de La Gravière, médiocre négociateur qui, en signant avec Juarez la convention dite de *la Soledad,* l'avait implicitement reconnu. Dès janvier 1862, deux mille six cents marins français et quatre mille cinq cents soldats débarquaient, sous les ordres respectifs du vice-amiral de La Gravière, puis du général de Lorencez. Quand le général Forey prit le commandement, après l'échec de Puebla, on en était déjà à vingt-huit mille hommes. Quand Forey fut dégommé, avec le grade de maréchal, à l'instigation des réfugiés mexicains tout-puissants aux Tuileries, et que le général Bazaine le remplaça, ce dernier (fin 1863) aura sous ses ordres quarante-huit mille hommes, plus dix-huit mille auxiliaires.

Au Mexique, le soulèvement du parti monarchiste, prédit par les réfugiés, ne s'était pas produit. La note présentée par la France eût ruiné n'importe quel régime sain, et à plus forte raison un pays déficitaire. Rien n'arrêta Maximilien. Voyant les lettres de l'impératrice Eugénie à Miramar devenir de plus en plus pressantes, l'empereur d'Autriche s'efforce de raisonner son frère cadet : « Tu ne peux pas te mettre sous la tutelle de la seule France. » Son beau-père le roi des Belges lui tient les mêmes propos. Tout est vain. Maximilien ne veut rien entendre, répond qu'il est engagé d'honneur à Napoléon III. La reine Victoria, pour le séduire, lui offre le trône de Grèce. Entêté, Maximilien ne rêve plus qu'à être empereur, comme Napoléon III, comme François-Joseph ! Dans les derniers mois de 1861, il se rend à Vienne pour lever un corps franc autrichien et négocier un emprunt chez les Rothschild. Le voici maintenant embourbé ; il est engagé à fond dans les querelles qui divisent les exilés ; ceux-ci renchérissent les uns sur les autres ; les uns lui jurant qu'il sera porté en triomphe, les autres lui garantissant qu'à son arrivée il sera plébiscité (à quoi les Anglais répondent que ces plébiscites proviendront de localités habitées par deux Indiens et un singe).

L'archiduc hésitait toujours, tout en brûlant d'accepter. Ces longues négociations devaient durer un an et demi. Maximilien posait ses conditions, les unes étant politiques et internationales, les autres personnelles et familiales. Plein de son importance, il se montre à Paris (dans ce Paris d'Offenbach qui l'appelait *l'archidupe),* à Londres, à Bruxelles. La reine Amélie, veuve de Louis-Philippe, n'y alla pas par quatre chemins : « Malheureux, *ils* vous assassineront ! »

Pendant ce temps, au Mexique, on accumulait les procès-verbaux d'adhésion (six millions et demi de voix pour huit millions d'habitants). Faux sans nombre, truquages sans vergogne, puisque seul le « Mexique libre » votait et que, même dans les régions délivrées, les Indiens ne votaient pas. A Paris, à la séance du 27 janvier 1864, au Corps législatif, Rouher s'écriait : « Les actes d'adhésion mexicains ne sont pas des bulletins de vote, au sens du suffrage universel ; que signifie ledit suffrage, puisque les Indiens sont dénommés « gens sans raison » et que seule vote la *gente de razon,* soi-disant inscrite à l'état civil, lequel n'existe pas ? »

François-Joseph était poussé par deux mobiles : volonté d'obéir à la tradition autrichienne qui exigeait la renonciation de Maximilien à tous ses droits sur la couronne d'Autriche, et désir de voir s'éloigner un frère qu'il n'aimait pas ; il redoutait son libéralisme qui risquait de faire des dégâts en Hongrie, en Bohême, et surtout en Italie ; aussi le Mexique lui paraissait-il, à bien des égards, providentiel.

C'est le moment que choisit Maximilien pour courir à sa perte avec une sorte de rage. Un instant, on peut encore espérer que tout va échouer, lorsque François-Joseph met à l'acceptation de son frère une condition dernière, mais draconienne : la renonciation au titre d'archiduc et à tous ses biens personnels, destinés à revenir à la Couronne. A Miramar affluent les télégrammes furieux d'un Napoléon III que ces tergiversations rendent ridicule. L'empereur François-Joseph fait le voyage de Trieste, pour arracher à son frère l'abandon de tous ses droits autrichiens, tandis que des députations de Mexicains, munis de plébiscites truqués, continuent à faire le siège de Maximilien.

Ce dernier, tiraillé dans tous les sens, songeait à tout abandonner et à s'enfuir ; il pensait parfois à s'embarquer sans consulter Vienne, et, aussitôt en mer, à se proclamer empereur du Mexique, mais c'eût été rompre avec sa famille, et se priver d'un contingent autrichien qu'on lui avait promis.

Napoléon III lui envoyait émissaire sur émissaire. La loyale Charlotte ne perdait pas la tête, exigeait des garanties : « Nous rendons service à Napoléon III en allant au Mexique ! » Vaillamment, elle résistait encore, malgré sa hâte d'être impératrice : « Sans sauver les apparences, sans la moindre pudeur, on dépouille Maximilien de tous ses droits, non seulement dynastiques, mais privés, de son apanage et de sa fortune future ; le couteau sur la gorge, on le déclare mort civilement. »

Ce n'était, hélas, qu'une résistance de forme. Lorsque l'archiduc eut finalement cédé, en abandonnant tous ses droits autrichiens, la joie de Charlotte fut, malgré tout, immense. Maximilien, lui, boudait ; dès qu'il eut signé, il sembla brusquement comprendre son erreur. Il s'enferma trois jours dans un pavillon du parc de Miramar, avec son médecin, ne voulant voir personne, se disant malade. Lorsqu'il eut repris sa place à table, on lui apporta un télégramme de Napoléon III : « Je ne veux pas qu'on me parle du Mexique, maintenant ! » s'exclama-t-il. Trieste et Venise ayant envoyé des délégations pour le féliciter, il refusa de les recevoir. Terriblement velléitaire, il n'avait accepté la couronne mexicaine que poussé par l'ambition de Charlotte ; ou plutôt il le croyait.

N'empêche qu'il commence déjà à jouer au souverain, nommant des ambassadeurs dans les grandes capitales et un lieutenant-général de l'Empire, levant deux mille volontaires en Belgique et en Autriche, ratifiant un emprunt conclu à Londres. A part un vote du Congrès américain, refusant de reconnaître le nouvel empire, tout s'annonçait bien, pensait-il. Or, c'était là la clé du problème : dès 1847, lors de l'annexion du Texas, le général américain Scott avait dit aux Mexicains : « Il y aurait parmi vous un parti monarchiste ; s'il se forme, je l'anéantirai. » (L'Europe mettra un siècle à comprendre l'anticolonialisme américain.)

Accueillis triomphalement à Rome par les troupes papales et françaises, à Rome où le Vatican exulte à la pensée qu'il va remettre la main sur le Mexique, et au palais Marescotti, par Gutierrez, Maximilien et Charlotte s'embarquent à Civita Vecchia sur la frégate *Novara* ; un autre tableau de Cesare dell'Acqua, à Miramar, les montre quittant à jamais l'Europe et leur passé ; Maximilien touche enfin à son rêve : régner ! Mais ses nerfs sont à bout ; il s'enferme en pleurant dans sa cabine. Charlotte, qui l'accompagne, est heureuse. « Ce sera une occupation pour Maximilien », dit-elle simplement.

De Civita Vecchia, le *Novara* avait gagné Gibraltar, la Martinique, la Jamaïque. Le 25 mai 1864, les souverains débarquaient à la Vera Cruz.

Là, tout s'annonçait moins bien. Maximilien dit adieu à la frégate qui l'a amené et qui, trois ans plus tard, devait rapporter en Europe son cercueil... Un vent fou avait jeté à terre les arcs de triomphe. Dans les rues désertes, on n'entend passer que la cavalerie de l'escorte, les hussards français et les lanciers mexicains. Dans la plus incroyable insécurité se succèdent toute une série de bals tragi-comiques, de banquets interrompus par des attentats, de réceptions entrecoupées de coups de fusil. Ce que Maximilien aperçoit de son futur empire le navre : « Les juges sont corruptibles, dit-il, les officiers n'ont pas d'honneur. » Maximilien régnera-t-il, ou ajoutera-t-il simplement une constitution de plus aux précédentes, un ministère de plus aux cinquante-cinq gouvernements qui se sont succédé depuis 1851, un nouveau coup d'Etat aux deux cent cinquante qui ont illustré le cours du XIXe siècle ?

Le chemin de fer qui grimpe sur le plateau de Mexico s'arrêtait alors à Loma Alta. Ensuite, c'était la diligence ; quatre-vingt-cinq personnes de la suite et cinq cents malles s'entassaient dans les voitures, au milieu d'une escorte de préfets, de fonctionnaires, de chambellans en uniformes brodés d'or et d'Indiens demi-nus. Ascension des Cumbres, sous la pluie des orages tropicaux. Maximilien entrait à Mexico le 12 juin, accompagné de dames en mantilles, dans deux cents voitures, et de cinq cents cavaliers en habit noir et gants blancs, très vieille Espagne, tandis qu'une cohue indigène agitait des palmes.

A Mexico, les souverains sont reçus par Bazaine et s'installent au palais de Chapultepec. Maximilien ne dispose que d'une liste civile de deux millions de francs-or par mois, ses emprunts européens servant à amortir la créance française privilégiée. Bientôt le trésor est vide. L'empereur, dont on réduit les mensualités (alors que Bazaine mène un train de général en mission), doit visiter sans faste les rares provinces non dissidentes de son empire.

A Paris, dès le début de l'expédition, il avait fallu, non sans difficulté, obtenir du Corps législatif les crédits nécessaires. Maintenant que le corps expéditionnaire était devenu, peu à peu, une armée, l'opposition se renforçait. « Juarez demande du temps pour payer ; vous n'allez donc pas au Mexique en créanciers, mais en envahisseurs ! » disait Jules Favre, à la tribune. A Guernesey, Victor Hugo tonnait : « Mexicains, ce n'est pas la France qui vous fait la guerre, c'est l'Empire ; nous sommes debout contre l'Empire ; vous, dans votre patrie, moi en exil. Combattez, luttez, soyez terribles, résistez ! » Juarez s'était rabattu vers le nord, à San Luis Potosi. « Est-ce que la possession de Moscou a donné la Russie à Napoléon ? » disait-il. La résistance mexicaine s'exaspérait contre nous, comme jadis celle des guérilleros.

A peine Maximilien a-t-il débarqué, que déjà, aux Tuileries, on considère la partie comme très compromise. Eugénie ne veut plus, maintenant, qu'on lui parle du Mexique. Après avoir cajolé Charlotte pendant plus de deux ans, elle est tout près de la désavouer. La raison de ce changement d'attitude, c'est que la guerre de Sécession ne s'est pas déroulée comme le croyait Napoléon III ; la victoire des Etats du Sud s'éloigne, celle des Etats du Nord est proche et on peut craindre qu'ils ne déclarent la guerre à la France.

Maximilien avait cependant confiance ; il prenait le Mexique pour une nouvelle Lombardie, et les Mexicains pour des Milanais qu'il pourrait séduire avec un peu de gentillesse et de libéralisme. Les conservateurs avaient, hélas, partie liée avec l'Eglise ; et l'Eglise réclamait âprement la restitution des biens confisqués, ainsi que le retour de ses privilèges, surtout lorsqu'arriva de Rome le nouveau nonce Mgr Meglia, d'une intransigeance féroce.

Pour ne pas déplaire au clergé, Maximilien chercha un moyen terme, la révision des ventes des biens ecclésiastiques, celles ayant été opérées sans fraude restant confirmées aux acquéreurs. Le nonce refusa. N'ayant réussi qu'à mécontenter tous les partis, Maximilien soupirait : « Pendant les six premiers mois, tout le monde vous trouve charmant ; touchez à quelque chose, tout le monde vous maudit. C'est le néant qui ne veut pas être détrôné. »

Comble d'imprudence, le malheureux souverain entreprit alors une politique de gauche, s'intéressant aux Indiens, essayant d'améliorer leur sort. Il y était poussé par Charlotte. « Ils restent tranquilles parce qu'ils sont abrutis, mais excitez-les, mettez-les en face des Blancs, et malheur au Mexique ! » clamaient les conservateurs indignés. *Je suis libéral,* disait Maximilien, *mais ce n'est rien auprès de l'impératrice, qui est rouge. (Souvenirs* du général du Martray.) Le rêve de Maximilien eût été d'appeler Juarez, si celui-ci avait consenti à se rallier.

Les chefs de l'armée française n'étaient pas moins déçus que les conservateurs mexicains : « J'aimerais mieux faire une deuxième fois le siège de Puebla que d'être le modérateur de gens qui ne veulent pas être modérés », avait déclaré, en se rembarquant, le général Forey, dégommé. Son successeur, le général Bazaine, envoyait aux Tuileries des rapports optimistes auxquels il ne croyait pas et que démentait par-derrière toute la correspondance privée des états-majors, y compris celle du jeune Galliffet.

Napoléon III sentait de plus en plus la nécessité de ne plus identifier sa politique à celle de Maximilien. Il oubliait que c'était lui qui venait de jeter dans le guêpier ce malheureux archiduc, à qui, un an plus tôt, le 28 mars 1864, il écrivait : *Pour le traité que nous avons conclu et qui nous engage réciproquement, pour les assurances données au Mexique, pour la parole échangée avec les souscripteurs de l'emprunt, Votre Altesse Impériale a contracté des engagements qu'Elle n'est pas libre de rompre. Que penserait-Elle de moi si je Lui disais que je ne puis remplir les conditions que j'ai signées ?* En 1865, c'est exactement ce qu'il commençait à faire. Recevant à dîner Ernest II, duc de Saxe-Cobourg-Gotha, frère du prince consort, Napoléon III l'avait entraîné, après le repas, dans l'embrasure d'une fenêtre ; lui parlant du Mexique, il lui avait déclaré, avec une prodigieuse inconscience : « C'est une très mauvaise affaire... » (Il le répéta plusieurs fois.) « Moi, à la place de Maximilien, je n'aurais pas accepté. » (*Mémoires* du comte Reiset.) Au général Barrail, Napoléon III tenait à peu près les mêmes propos : « Maximilien ? C'est maintenant *son* affaire de s'imposer. » De là à arrêter les frais et à rapatrier le corps expéditionnaire français, qui, dès 1862, avait fini par se monter à quarante mille hommes et dix-huit mille auxiliaires, il n'y avait pas loin. Ce qui précipita les choses, ce fut la fin de la terrible et sanglante guerre de Sécession qui allait rendre leur liberté de manœuvre aux Etats-Unis (1er avril 1865).

Juarez triomphe à Chihuahua. Maximilien est au plus

mal avec Bazaine ; il lui reproche de dépenser sans compter. Napoléon III offre sa médiation aux Etats du Nord ; bien entendu cette offre est refusée.

L'hiver de 1865 voit la défaite définitive des Etats du Sud, et la victoire des cent vingt mille hommes du général Grant sur les cinquante mille hommes du général Lee : toutes les prévisions de Napoléon III sur la victoire du Sud s'effondrent. Les réfugiés mexicains, si ardents au début, sont restés prudemment en Europe ; à leur tour ils présentent à Maximilien leur note de frais, sous forme de demandes d'indemnisation, exigences colossales qui indisposent contre eux tout le Mexique. Pour affermir sa situation, Maximilien multiplie les démarches à Washington, dans l'espoir de se faire reconnaître ; les Etats-Unis, considérant ses envoyés comme des agents révolutionnaires, ne lui répondent même pas. La presse américaine tout entière traite Maximilien d'aventurier sans mandat. Meeting monstre à New York, création d'un *Club des patriotes mexicains.* Les Etats-Unis considèrent désormais Juarez comme détenant l'autorité souveraine ; ils délèguent auprès de lui un ambassadeur. *Les puissances maritimes d'Europe,* écrit à Vienne l'ambassadeur d'Autriche à Washington, *devront, dans un avenir prochain, compter avec ce peuple fier et susceptible, les Etats-Unis.* Au printemps 1866, le général Lee est définitivement vaincu et le Nord victorieux prêt à intervenir au Mexique, d'autant plus que le bruit court à Washington que Maximilien va céder le Sonora, c'est-à-dire tout le Nord du Mexique, à Napoléon III. Les Etats-Unis de cette époque ne sont pas la grande nation courtoise, polie par les usages diplomatiques, que nous avons eue comme alliée, depuis 1916. En 1866, c'est le cow-boy avec son revolver sur la table. Au moindre défi de Napoléon III, ce sera la guerre. Même ton à Vienne ; l'Autriche ayant pensé à envoyer au secours de Maximilien un corps franc recruté en Autriche, les Etats-Unis en font aussitôt un *casus belli* et leur ambassadeur à Vienne menace de demander ses passeports. Le crépuscule de la vieille Europe, c'est à Napoléon III que nous le devrons

Celui-ci essaye encore de négocier ; il offre aux Etats-Unis de retirer ses troupes du Mexique, si ceux-ci acceptent de reconnaître Maximilien ; cette offre est accueillie par une fin de non-recevoir de la forme la plus grossière. La raison en est que la défaite et la capitulation des Etats du Sud ont libéré cinquante mille nordistes, qui se massent aussitôt sur la frontière mexicaine.

Rien ne va plus s'opposer à la satisfaction de cette fringale nord-américaine qui progresse sans interruption depuis 1847 : achat de l'Alaska, conquête de la Californie, extermination des Indiens du Far West, expédition Kearny sur la piste de Santa Fe, etc.

Bazaine venait d'être nommé maréchal, en récompense de ses brillants faits d'armes. On se demande lesquels, car la guérilla des résistants mexicains descendant du nord s'avançait maintenant jusque sous Mexico. Redoutant, non sans raison, l'entrée des Yankees sur le théâtre des opérations, Bazaine ne pensait plus qu'à fortifier défensivement le Nord du Mexique. (Ce personnage rusé, servile et bas, fait un triste contraste avec les généraux de *Guerre et Paix.)* Après s'être longtemps ménagés, lui et Maximilien commençaient à se détester. Aux guérilleros, Bazaine opposait des colonnes mobiles, engloutissant l'argent d'un trésor que Maximilien cherchait en vain à alimenter. Le maréchal, qui sentait la partie perdue, ne pensait plus qu'à tirer son épingle du jeu, à rapatrier un certain nombre de Français du corps expéditionnaire, cinq mille pour commencer, et à se débarrasser sur les volontaires austro-belges de tous ses soucis.

Les envoyés des Tuileries se succédaient à Mexico de plus en plus rapidement, conseillers d'Etat, généraux ambitieux, inspecteurs des Finances, « médecins consultants au chevet d'un moribond », tous portant témoignage de l'inquiète conscience de Napoléon III. Après l'impératrice Marie-Louise, l'empereur Maximilien ! Décidément, disait, à Paris, l'opposition républicaine, les Napoléon ne portent pas bonheur aux Habsbourg !

A ce Bazaine « médiocre et calculateur », seule s'opposait Charlotte, âme levée, tenace et fière, mais mal secondée par un mari irrésolu, passant de la colère à la bouderie et aux prostrations. Ce faible monarque félicitait chaleureusement Bazaine de son élévation au maréchalat, tout en le minant en dessous. Charlotte y contribuait, comme en fait foi sa correspondance très suivie avec l'impératrice Eugénie, laquelle défendait de son mieux le maréchal. Pour ajouter à cette confusion, le contingent austro-belge détestait les Français.

S'étant mis à dos les conservateurs, sans avoir donné satisfaction aux libéraux, mal avec les Tuileries, plus mal encore avec Bazaine, Maximilien n'avait plus qu'un appui au monde, Charlotte. Par désespoir, faiblesse, besoin de détruire ce qui restait de son bonheur, il choisit ce moment pour s'aliéner cette noble femme, ou pour la briser. Son laisser-aller était remarqué par tous ; il abandonnait de plus en plus sa capitale, vivant retiré aux environs de Mexico, à Cuernavaca ; il buvait trop de vin du Rhin et de champagne ; il se négligeait, jetant sur sa chemise une redingote et traînant des pantoufles en tapisserie. Des témoins très proches affirment qu'il trompait Charlotte avec une Indienne, femme d'un de ses jardiniers (voir *Blasio* ; voir aussi le *Colonel Blanchot).* Charlotte ne tarda pas à l'apprendre ; très seule (ses dames d'honneur autrichiennes, les comtesses Zichy et Kollonitz étant rentrées à Vienne), déçue de ne pas avoir d'enfants, cette offense lui fut affreusement cruelle. Maximilien y ajouta des blessures d'amour-propre ; enfermé dans son cabinet de travail, il voyait peu sa femme, exigeait qu'elle se fît annoncer, lui cachait les bizarreries politiques qu'il poursuivait en secret (par exemple, l'élévation, au rang de princes, des survivants de la famille Iturbide). Devant la carence de ce mari que sa concubine indienne venait de rendre père, l'héroïque Charlotte, éveillée de son rêve triomphal, désespérée de la mort de son père bien-aimé, le roi des Belges, faisait face de tous côtés, inspectait les provinces reculées, bravait choléra, fièvres, guérilleros, montrant une lucidité d'homme d'Etat. En vain. Elle s'épuisait à lutter contre un pays effroyable, contre une opinion française de plus en plus hostile.

Maximilien est prisonnier de ce terrible dilemme : le Mexique est ruiné par l'armée française, mais sans elle, pas de paix. Il fallait faire semblant de ne pas voir le double jeu de Bazaine, ouvertement optimiste, mais secrètement défaitiste ; dans toutes ses lettres à Paris, le maréchal recommande l'évacuation ; il laisse croire qu'après son départ, Maximilien disposera encore de plus de quarante mille hommes ; il ne lui restera en réalité que six mille Autrichiens et un millier de volontaires belges, *le reste des troupes auxiliaires et mexicaines ne valant rien et n'étant pas payé.*

Bazaine commence à replier celles de ses troupes qui, depuis un an, défendaient le Nord du Mexique. Aussitôt, les Indiens déserteurs, les guérilleros de Juarez et les flibustiers nord-américains s'avancent sur ses talons. Le maréchal abat son jeu, certain désormais que les Tuileries le suivront. « Bazaine, le grand défenseur du Mexique, me ruine », gémit Maximilien. Aux prodigalités militaires viennent s'ajouter les déprédations civiles. « Il n'y a qu'une chose d'organisée au Mexique, répète-t-il, c'est le vol. » Les capitalistes français, qui voient s'engloutir leurs économies, poussent de hauts cris. Tout en ménageant encore Bazaine, qui vient d'épouser une Mexicaine, et tout en lui offrant le plus beau palais de Mexico (que Juarez nationalisera), Maximilien fait savoir aux Tuileries que, décidément, le maréchal mène le pays au désastre. *La politique marche bien, mais la guerre engloutit tout.* De là à penser qu'il faut se passer du corps expéditionnaire, il n'y a qu'un pas, que le malheureux ne tardera pas à franchir. Bazaine, de son côté, dénonce Maximilien ; sa correspondance avec Napoléon III peut se résumer ainsi : *Moi, soldat, je suis parfait* ; *je ne suis imparfait que dans la mesure où je dépends d'autrui.*

Ne trouvant plus devant lui qu'un adversaire insaisissable, Bazaine s'irrite, annonce des représailles : tout résistant juariste pris les armes à la main sera fusillé sans jugement ; il oblige Maximilien à prendre le fameux Décret du 3 octobre 1865, instituant des cours martiales, où le simple fait d'appartenir à un réseau, même sans flagrant délit, ou d'être seulement sympathisant, entraînera l'exécution capitale dans les vingt-quatre heures.

Maximilien excédé écrit alors à Napoléon III : *Votre Majesté se croit forcée par une pression soudaine à ne pas pouvoir observer les traités qu'Elle a signés avec moi, il y a deux ans... Je Vous propose donc de retirer immédiatement Vos troupes.* Eût-il voulu se placer lui-même devant le peloton d'exécution, l'empereur du Mexique n'aurait pu faire mieux. Cette fameuse proposition du 18 février 1865 tira Napoléon III d'affaire ; le total rapatriement de l'armée française, qui était depuis longtemps la pensée secrète de Bazaine, n'est plus désormais qu'une question de jours ; en avril 1866, il annonce officiellement l'évacuation.

Maximilien s'imagine qu'après le départ des Français tout s'arrangera, qu'il cessera d'être exécré, que le Mexique s'enrichira, que les Etats-Unis s'apaiseront, et apaiseront Juarez. L'infortuné souverain perd la tête, mêle tous les jeux ; tantôt il veut s'affirmer par la force, tantôt abdiquer. Hier, il faisait des Iturbide des princes, aujourd'hui, ayant découvert une descendante de Montezuma, il va l'élever au rang de dame d'honneur, ce qui dresse contre Charlotte les autres dames du Palais, d'origine et de noblesse espagnoles. Tantôt il maudit les Etats-Unis, et tantôt il fait appel à eux, oubliant que l'Amérique du Nord le traite de « soi-disant empereur ». Il s'adresse à leur général, Johnson, qui ne lui répond pas. A Paris, l'ambassadeur américain, Bigelow, déclare publiquement que « les Français sont au Mexique contre la volonté du peuple américain. »

Napoléon III écrit hypocritement à Bazaine : *Des circonstances plus fortes que ma volonté* (lire : les Etats-Unis) *m'obligent à évacuer le Mexique... mais je ne veux le faire qu'en laissant derrière moi à l'empereur Maximilien toutes les chances de se maintenir avec ses propres forces et avec la Légion étrangère...*

Maximilien, après avoir follement souhaité le départ des Français, se rend tout à coup compte qu'il creuse sa propre tombe ; Napoléon III s'était engagé à laisser le corps expéditionnaire jusqu'à la destruction de la résistance ; il le lui rappelle vainement.

Brusquement, Charlotte décide de prendre le bateau. Elle ira à Paris, seule. Elle s'adressera aux Tuileries, parlera à l'Europe entière. On devine sa tension d'esprit, son désarroi devant l'imminent naufrage. Tout le plan du dernier acte est écrit : il n'y a plus qu'à le vivre. Où trouver l'argent du voyage ? Les caisses sont vides. On découvre enfin soixante mille piastres dans le budget, au chapitre des inondations de Mexico ! Le 13 juillet 1866, elle s'embarque à la Vera Cruz, sur le paquebot *Impératrice Eugénie.*

Pendant tout le voyage, elle s'enferme dans sa cabine. (Le bruit court qu'elle redoute les poisons mexicains, qu'elle craint qu'un sort ne lui ait été jeté.) Son plan est fait : elle n'ira ni à Vienne ni à Bruxelles « pour ne gêner personne », elle n'ira même pas sur le tombeau de son père chéri, mais tout droit aux Tuileries, pour mettre les vrais responsables en face de leur devoir. Aux Tuileries, en cet été de 1866, on s'exprime maintenant comme l'opposition deux ans plus tôt : la « pensée grandiose » dont parlait ce naïf de Lamartine, « la grande pensée du règne », n'est plus qu'une « gigantesque étourderie ».

« Il est impossible que Napoléon nous abandonne. » Tels avaient été les derniers mots de Charlotte en quittant le Mexique ; telles seront ses premières paroles à l'empereur des Français. Ce qui rend cette tragédie si douloureuse, c'est que Charlotte et Maximilien ne sont pas des fous ; Maximilien a seulement un caractère impulsif ; quant à Charlotte, jusqu'à ce voyage en Europe, elle est sûre d'elle-même ; son cœur de vingt-six ans est vaillant, son courage éprouvé ; elle reste la pierre de base du ménage ; dans cette aventure pleine de fourbes, de vaniteux, d'offensés et d'insuffisants, le malheureux ménage impérial apparaît comme parfaitement normal ; les fous sont aux Tuileries.

Le 14 août 1866, l'*Impératrice Eugénie* mouille devant Nantes. Il n'y a personne à la gare pour recevoir l'impératrice du Mexique. Les personnages officiels s'excusent, prétextant qu'ils ont manqué l'arrivée du bateau. A Paris, les représentants des Tuileries ont soi-disant couru à la gare d'Orléans, alors que Charlotte débarquait à la gare Montparnasse. Elle s'attendait à descendre aux Tuileries ; ce n'est qu'au Grand Hôtel que son appartement a été retenu. C'est là qu'elle reçoit l'impératrice des Français ; Eugénie vient seule ; Napoléon III est resté à Vichy ; il ne refuse pas de voir Charlotte, mais il est malade et demande quelques jours de délai. Charlotte reçoit un télégramme de lui, à peine poli : *Si, comme je le suppose, Votre Majesté va d'abord en Belgique...* Exaspérée, Charlotte menace :

– Je compte bien voir l'Empereur, sinon *je ferai irruption.* Comme si ces mauvaises nouvelles ne suffisaient pas, Charlotte apprend en arrivant à Paris que la Prusse vient de déclarer la guerre à l'Autriche. Tout émue, elle part pour Saint-Cloud. L'entrevue avec Napoléon III, qui est restée célèbre, commence par cette apostrophe accusatrice : « Sire, je suis venue pour parler d'une affaire qui est la vôtre... » Tout le reste du propos est d'une passion, d'une ardeur magnifiques. La voyageuse plaide la cause perdue de Maximilien. C'est un éloquent réquisitoire contre la France et contre Bazaine, contre la fourberie et l'incapacité du maréchal, contre la faiblesse dont l'Europe fait preuve envers les Etats-Unis. Elle rappelle à Napoléon III ses lettres de mars 1864 : *Mon appui ne vous manquera jamais,* ou encore : *Que penseriez-vous de moi si je disais que je ne puis tenir les conditions que j'ai signées...* Avec quel feu, quel courage, quelle noblesse d'âme Charlotte défend Maximilien ! Elle sort, frémissante, du cabinet impérial, refuse le lunch qui lui est offert, demande aussitôt sa voiture ; les cochers, croyant que l'impératrice allait déjeuner, avaient dételé ; elle les envoie chercher, et sans vouloir s'asseoir, arpente les salons. On lui offre un verre d'orangeade : brusquement, l'idée que cette boisson est empoisonnée vient de surgir en elle : elle la refuse avec horreur, elle ne veut rien accepter de ce Napoléon III dont elle n'a rien obtenu ; il a été glacial, intraitable : l'armée française quittera le Mexique dès 1867 ; que Maximilien se défende tout seul, la France ne peut plus rien pour lui.

Toute l'histoire de cette invraisemblable équipée mexicaine se trouve résumée dans une phrase d'Emile Ollivier : *Napoléon III s'efforçait de déranger le plus de choses possibles, pour avoir à les arbitrer ensuite, devant une sorte de Congrès de Vienne.* En tête à tête avec une femme en furie, Napoléon III était moins brillant.

— Nous abdiquerons ! avait hurlé Charlotte.

— Abdiquez... lui répond flegmatiquement l'empereur des Français.

Une lettre de Mérimée du 14 août résume, dans son style ironique, précis, mesuré, toute la situation : *Nous avons le bonheur de voir, de temps en temps, l'impératrice du Mexique. C'est une maîtresse-femme, qui ressemble, comme deux gouttes d'eau, à Louis-Philippe. On suppose que Sa Majesté est venue demander de l'argent et des soldats ; mais je crois qu'on ne lui donnera que des fêtes, dont elle a l'air de ne pas se soucier beaucoup.*

Le 22 août, Charlotte écrit à Maximilien : *Je pars d'ici demain pour Miramar... Ceci te prouve que je n'ai rien obtenu.* Brusquement, le ton de la lettre change ; surgit la manie de la persécution ; la folie n'est plus loin : *Napoléon veut commettre une mauvaise action préparée de longue main, parce qu'il représente le principe du Mal dans le monde.* Suit une phrase incompréhensible : *Un grand résultat de ma présence ici, c'est que le vin est dévoilé* (?)

En route pour Miramar, Charlotte s'arrête à Côme, chez l'archiduc Rénier, qui est frappé de l'altération de sa personne. Les lettres datées de Miramar, qu'elle adresse à Maximilien, en septembre, sont de plus en plus confuses : méfiance, impatience, violence : *passons-nous du concours de la France,* et désespoir, se mêlent aux souvenirs du passé, aux évocations de leur lune de miel, en ce même château, à leurs espoirs, encore si récents. Cette déchirante correspondance de Miramar à Mexico, qu'a publiée Corti, reste toutefois d'une grandeur tragique, d'un ton extraordinaire : *L'Autriche n'est plus* ; *elle devient un empire magyar...* On y voit, comme en un miroir magique, l'irrémédiable déclin de l'Europe : *Nous sommes à présent, en Amérique, si remplis de jeunesse et d'avenir, que nous n'avons plus besoin que de civilisation et d'hommes... au contraire, en Europe, tout apparaît comme un jeu d'enfant ; on ne mesure sa petitesse et sa faiblesse qu'après avoir été là-bas.*

A la veille de sa folie, en ce Miramar où elle avait cru trouver le bonheur, jamais Charlotte ne se montrera plus virile, et d'âme plus élevée. A son mari qui, jeune amiral, avait essayé de remettre sur pied une marine en décadence, elle lance ces mots à travers l'Océan : *Tout le monde, à Trieste, s'étonne devant ces deux œuvres du prince absent : la bataille de Lissa et le château de Miramar... C'est aujourd'hui que défilera devant Miramar l'escadre victorieuse, l'amiral en tête sur l'*Archiduc Ferdinand Maximilien. *C'est le dernier salut de la marine ; elle a sauvé la côte (dalmate) que tu aimais tant... L'honneur de la Maison d'Autriche a traversé l'Atlantique ; il disparaît avec le soleil, pour ressusciter là-bas... Charles Quint a montré la voie, tu l'as suivie, ne le regrette pas.*

Ces lettres, arrivées à Mexico presque à l'instant de la première crise de démence de Charlotte, ont-elles remonté le courage défaillant du monarque solitaire ? Cette dernière lettre, aussi, pleine de foi dans l'avenir, est d'une étrange visionnaire : *Il faut introduire la monarchie selon la méthode moderne. La république est une marâtre, comme le protestantisme... Tu auras le plus bel empire du monde... En Europe, les convulsions continueront pendant des années... L'Autriche perdra tous ses Etats. Tu ne pourras te mettre à la tête d'aucune de ces opérations d'unification, qui, en fin de compte, profitent au peuple.*

Etrange et lointaine entente, à travers les mers, d'un ménage disloqué. Maximilien trompe Charlotte, mais l'admire. A distance, il sent toute la valeur de celle dont il est soudain séparé, de sa sagesse, de sa virile intelligence, de son grand cœur qui éclate dans ses lettres, dont les premiers mots sont toujours : *Mon amour chéri...* Il comprend enfin tout l'amour qu'elle lui porte.

L'heure est venue pour Charlotte de se rendre à Rome. Le pape est son dernier atout ; s'il accepte un concordat avec le Mexique, Maximilien peut encore être sauvé. Quand les Français partiront, il faudra à tout prix réaliser d'abord l'union nationale, et que les cléricaux n'inquiètent plus les libéraux. Or, la droite mexicaine n'obéit qu'au pape ; la solution du problème est donc à Rome. Le 25 septembre, le Saint-Père reçoit Charlotte avec les plus grands honneurs : cardinaux assemblés, gardes-nobles à cheval, corps diplomatique, chambellans, Suisses pontificaux... Cette première visite dure plus d'une heure. Charlotte s'agenouille devant la soutane de laine blanche ; le Saint-Père la relève. Le 28, le pape fait rendre à Charlotte, descendue à l'*Albergho di Roma,* sa visite, La conversation devrait, protocolairement, se terminer là. Mais la folie se moque du protocole. Le 30 août, dès huit heures du matin, pendant que Pie IX prend son petit déjeuner, on lui annonce brusquement l'impératrice du Mexique. Charlotte, en propos décousus, aligne les mêmes griefs, puis, voyant le pape tremper un biscuit dans son chocolat, l'impératrice plonge ses doigts dans la tasse :

– Je meurs de faim ! dit-elle, je ne puis toucher à rien !... Tout est empoisonné !... Les gens de ma suite sont soudoyés par Napoléon III qui veut ma mort !

Le cardinal Antonelli engage doucement la pauvre égarée à rentrer à son hôtel. Mais elle ne se sent en sécurité qu'auprès du Saint-Père. La journée se termine. Elle entend coucher au Vatican. Il faudra finalement en passer par là ; on lui dresse un lit, ainsi qu'à sa dame d'honneur, dans la bibliothèque (ce sera la seule fois depuis Lucrèce Borgia où des femmes auront couché au Vatican). Charlotte toute la nuit pousse des cris déchirants ; elle exige que le pape lui prépare ses aliments ; elle ne mangera que si on le lui assure. Ramenée enfin à son hôtel, elle arrête l'escorte, descend de sa voiture, à la Piazza della Pilotta, court se désaltérer avidement à la fontaine publique, où, chaque jour, jusqu'à la fin de son séjour, elle descendra elle-même désormais pour remplir d'eau sa carafe. Elle ne dort plus, de peur d'être égorgée dans son sommeil ; avant de prendre de la nourriture, elle la fait goûter à un chat, devant elle. Ces scènes shakespeariennes, en pleine Italie garibaldienne, se prolongent jusqu'au début d'octobre. Dans la bibliothèque vaticane, Charlotte avait, pendant la nuit, rédigé ses dernières volontés, craignant, disait-elle, d'être assassinée à son hôtel ; elle veut qu'on l'enterre à côté de saint Pierre, dans la basilique même ; elle lègue tout ce qu'elle possède à Maximilien, à qui elle adresse une touchante lettre d'adieux ; *elle ne veut être ni autopsiée ni exposée après sa mort.* Elle s'enferme à clef dans son appartement, raconte Blasio *(Maximiliano intimo).* Seule sa femme de chambre peut entrer, mais il faut que les dames d'honneur restent à la porte ; Napoléon III les a soudoyées pour l'empoisonner... « Sortez, madame Kuhachevich ! Je ne veux plus entendre votre nom !... Que le docteur Bouslaveck ne se présente plus ici, s'il ne veut pas être incarcéré !... La nourriture de l'hôtel, jamais ! Tout est empoisonné ! Des poulets, mais vivants, que Mathilde fera cuire ici sur la poêle ! Mes désirs sont des ordres... Blasio, asseyez-vous ici, et écrivez : *Attendu que le comte del Valle de Orizaba, notre grand chambellan, a fait partie d'un complot... Nous le destituons par les présentes de tous ses titres, charges et honneurs...*

Habillée et coiffée avec le plus grand soin, Charlotte, qui a gardé sa belle figure sévère sous sa sombre chevelure, se promène de long en large en dictant, tandis que les poules vivantes, attachées au grand lit doré surmonté d'un dais de soie, battent des ailes, chaque fois que l'impératrice les frôle de sa crinoline. *Son visage,* écrit Blasio, *était tiré et amaigri, ses pommettes saillantes et rouges, ses prunelles dilatées brillaient d'un extraordinaire éclat, et quand ses regards ne s'arrê-*

taient pas fixement... ils erraient, incertains et hagards...

– L'officier pontifical, commandant l'escorte impériale, attend en bas, aux ordres de Votre Majesté...

– C'est bien. Qu'il aille m'acheter sur la place des châtaignes rôties ! J'aperçois d'ici le marchand de marrons... Il ne saura pas que c'est pour moi... On ne peut empoisonner des marrons...

Les marrons apportés, Charlotte se jette dessus avidement.

Maximilien, qui, à ce moment, se préparait à quitter Mexico et assistait au déménagement de son palais, reçoit les premières nouvelles de Miramar, lui annonçant la démence de Charlotte. Il reçoit aussi une lettre de l'archiduchesse Sophie : *Si Maximilien quitte le Mexique, qu'il ne revienne pas en Autriche, où son rang d'archiduc ne lui sera pas rendu.* (Le bruit court à Vienne, qu'après Sadowa, François-Joseph aurait été reçu dans sa capitale aux cris de « Vive Maximilien ».)

En proie à la fièvre et à la dysenterie, privé du soutien de Charlotte, Maximilien vit au jour le jour, préparant sa descente sur Orizaba, s'abandonnant, oscillant, donnant sa parole, oubliant qu'il l'avait donnée, voyant même sans regret partir l'armée française. Bazaine, bien que maréchal, a été remplacé par un général de brigade, Castelnau, homme de confiance des Tuileries. Castelnau est chargé de l'évacuation, qui commencera au début de 1867.

Déçu par les libéraux, Maximilien se rapprochait maintenant des cléricaux ; retour au passé, à l'Inquisition du temps de Ferdinand VII. Il fallait bien renouer avec ce passé, puisque le présent lui échappait. L'aventurier Miramon, Marquez, le père Fischer, à qui il donne désormais sa confiance, ramènent Maximilien à Mexico. Les rapports avec Napoléon III sont maintenant si tendus que, le 18 décembre 1866, les Tuileries ordonnent de faire rentrer, non seulement le corps expéditionnaire français, mais la Légion étrangère, et tous les Français du Mexique qui voudraient revenir. Castelnau redescend jusqu'à Puebla, à la rencontre de Maximilien, qui propose de réunir le Congrès constituant, conseillé par les Tuileries. Bazaine, qui joue double jeu, recommande à Maximilien de garder la couronne, et, en même temps, se plaint au ministre de la Guerre, maréchal Niel, que l'empereur refuse d'abdiquer. Maximilien convoque Bazaine pour une explication, mais celui-ci ne se donne même pas la peine de se déranger, tout occupé à organiser la retraite de ses troupes, de sa jeune épouse mexicaine et à poursuivre sa chasse aux papillons.

Le palais de Mexico était démeublé ; l'empereur s'installe dans une hacienda des environs. Il vit dans l'irréel, dans un royaume plus vide que son palais vide, plus désert que les grands déserts mexicains. Un mois plus tard, le 5 février 1867, Bazaine, évacuant vingt-six mille Français, descendait, musique en tête, pour masquer son déshonneur, vers Orizaba et la côte, où il s'embarqua le dernier, après avoir fait sauter toutes ses munitions.

A sa fenêtre, derrière un rideau, Maximilien regarda partir l'armée française. Marquez, son nouveau général en chef, prétend qu'il se serait écrié : « Enfin, me voilà libre ! » N'a-t-il pas plutôt évoqué la lettre par laquelle Napoléon l'avait forcé à accepter l'empire du Mexique : *Vous n'avez pas le droit de tromper les espérances que la France a mises en vous !*

L' « empire de Maximilien » s'est recroquevillé jusqu'à ne plus comprendre que Mexico, Puebla et la Vera Cruz. Sur Maximilien descendent du nord, comme des colonnes d'insectes meurtriers, les juaristes flanqués de flibustiers yankees.

Puebla tombe ; la route de la mer est encore libre, mais Maximilien dit : « Un Habsbourg ne s'en va pas en jetant son fusil. » Il s'enferme dans Queretaro où il n'a plus que sept mille hommes à opposer aux vingt-cinq mille du général juariste Escobado. Il est bloqué pendant soixante-douze jours dans Queretaro, épuisé, affamé, en proie à la dysenterie.

C'est la capitulation inévitable.

Juarez triomphe ; ce descendant des Indiens de Montezuma va se venger sur le descendant de Charles Quint.

Il le fait passer devant un tribunal militaire qui le condamne à mort.

Le monde enfin s'émeut. Les grandes puissances font des démarches ; la France et l'Angleterre pressent les Etats-Unis d'intervenir ; et Washington demande, pour le condamné, le traitement des prisonniers de guerre ; François-Joseph restitue à son frère ses biens et son rang d'archiduc ; une Américaine courageuse, la princesse Salm, supplie Juarez. « Non, hurle-t-il, il a fait fusiller mes partisans à Zacoteca (par ordre de Bazaine). Si je le gracie, c'est moi qui serai massacré. »

Incarcéré au couvent des Capucins, Maximilien reçut, avec cette indifférence que donne l'extrême souffrance, l'avis de sa condamnation à mort. Geste surprenant : dans sa prison, il met encore sur pied, avec l'aide du prince Salm, une promotion dans l'ordre de la Noblesse. Démence ? Inconscience ? Mépris de la mort ? Il ne tremble pas. Il écrit à sa femme :

Ma bien-aimée Charlotte, tu as emporté avec toi mon bonheur et mon âme. Pourquoi ne t'ai-je pas écoutée ?... J'attends la mort comme l'ange de la délivrance. Je meurs sans agonie. Je tomberai avec gloire comme un soldat, comme un roi vaincu. Si tu n'as pas la force de supporter tant de souffrance, si bientôt Dieu te rend à moi, je bénirai sa main... Adieu. Ton pauvre Maximilien. La peine de mort était exécutable dans les trois heures.

Maximilien avait retrouvé tout son calme et sa

majesté. Il ne demanda qu'une faveur : être tué seul. Elle lui fut refusée.

Il distribua une once d'or à chacun des soldats des trois pelotons d'exécution. Le tableau de Manet a immortalisé la scène.

L'empereur tomba, en habit noir, frappé de six balles, à l'ombre du drapeau rouge, jaune et vert.

La frégate *Novara* reçut, à la Vera Cruz, le corps de Maximilien, que Juarez accepta de rendre, non sans s'être fait longtemps prier. L'amiral autrichien Tegethoff ramena le corps à Trieste, d'où il fut transporté à Vienne et inhumé dans la crypte des Capucins, le 20 janvier 1867.

A Miramar, où les plus célèbres aliénistes avaient été appelés, derrière les fenêtres vissées du petit pavillon du Gartenhaus, la malheureuse Charlotte saluait dans le vide « Maximilien, maître de la terre ». Ses officiers et ses dames d'honneur mexicains la rationnaient, la maltraitaient et se partageaient sordidement les revenus de la démente. Entre Vienne et Bruxelles s'était engagée une lutte déplaisante à qui garderait Charlotte. Le roi Léopold II réclamait sa sœur ; enfin, la reine des Belges, ange de charité et de pitié, obtint la permission de la ramener en Belgique. L'archiduc Charles fut chargé de se rendre à Miramar et de déposer Charlotte entre les mains de la reine. Le train spécial dut attendre encore dix jours en gare de Trieste. Enfin, le 31 juillet 1867, l'impératrice du Mexique arrivait au palais de Laeken et, sept jours après, était transportée au château de Tervueren. Elle avait vingt-six ans. Pour ne pas effrayer la malade, tout le monde, ces jours-là, quitta le deuil de Maximilien...

A Tervueren, elle se promenait toute la nuit, et, à l'aube, se laissait tomber sur un siège, refusant de se déshabiller, partagée entre des rêves d'ambition et la terreur de l'empoisonnement. « Ses idées fixes reparaissent au moment où on y pense le moins », dit la princesse Clémentine. Charlotte avait de longues périodes de lucidité où elle retrouvait ses goûts, son plaisir de vivre, mais pas une fois elle ne mentionna Maximilien. Elle n'essayait pas de lui écrire. Vers 1868, sa santé s'améliora notablement ; on put même lui révéler la mort de son époux. Mais à partir de 1869, elle sombrait définitivement.

Elle ne savait rien, et pourtant elle semble avoir deviné que la grande guerre éclatait ; elle marmottait, en août 1914 : « La frontière est noire, très noire, on ne rend pas les prisonniers... »

Elle s'éteignit le 19 janvier 1927, au château de Bouchout[1] où on l'entendait parfois, la nuit, jouer toute seule l'hymne mexicain. Elle refermait le piano comme un cercueil, en prononçant ces mots qui résument toute sa vie : « Un grand mariage... et puis, la folie. »

1. Prononcer : Boukaout.

CHAPITRE VII

FRANÇOIS-JOSEPH

Il a dix-sept ans, encore presque un enfant, quand son oncle, le vieil empereur Ferdinand, à demi gâteux, cédant à la pression de sa femme Marie-Anne et de sa nièce l'archiduchesse Sophie, abandonne la couronne impériale au neveu agenouillé devant lui et murmure, en lui tapotant la joue : « Je le fais de bon cœur ; toi, sois sage. »

C'était un terrible cadeau : la révolution de 1848 avait éclaté à Vienne, et la Cour, en fuite, s'était réfugiée à Olmutz sous la protection de l'armée du prince Windischgrätz, cependant que les Hongrois en pleine révolte faisaient face aux soldats du général Paskevitch, que le tsar Nicolas, toujours prompt à étouffer les rébellions, envoyait au secours de la monarchie autrichienne.

Louis XIV enfant avait, lui aussi, quitté précipitamment sa capitale et pris refuge à Saint-Germain ; de même qu'il n'oublia jamais la Fronde et l'humiliation de Saint-Germain, de même François-Joseph se souvint toute sa vie d'Olmutz et, toujours, les tendances libérales lui paraîtront l'avant-garde de la révolution.

Cet enfant de dix-sept ans devient en quelques instants l'un des deux autocrates les plus riches et les plus puissants du monde. A-t-il conscience de ce qui lui tombe sur les épaules ? Probablement, car il murmure : « Adieu, ma jeunesse... », une jeunesse pourtant bien raisonnable et qui n'a connu ni les excès ni le libertinage.

François-Joseph, comme il s'appelle dorénavant, est grand, d'une minceur qu'accuse la tunique d'uniforme très serrée sur un corset, et le long pantalon étroit aux bandes dorées. Il a les cheveux blond-roux, les yeux bleus, les paupières épaisses, la tête allongée, la lèvre forte des Habsbourg. Il a aussi leur mélange d'orgueil et de modestie, leur phénoménale longévité. Etonnante pérennité physique et morale dans cette famille ; au cours de l'Histoire, toujours deux types humains : l'imaginatif, l'entreprenant, sans contact avec la réalité (Rodolphe IV, Maximilien Ier, Joseph II, Maximilien, empereur du Mexique) et le bureaucrate conservateur (Frédéric III, Rodolphe II, François II). Entre ces deux extrêmes se situent les équilibrés : Rodolphe Ier, Charles Quint, Marie-Thérèse. Dans laquelle de ces catégories François-Joseph rentrera-t-il ?

Cet adolescent a de redoutables éducateurs : sa mère d'abord, l'archiduchesse Sophie, « le seul homme de la famille », à qui il doit sa couronne, car c'est elle qui a forcé l'empereur Ferdinand à abdiquer et son propre mari à renoncer à la succession. C'est une des quatre « Dames Bavaroises », filles du feu roi de Bavière ; elles règnent à Dresde, à Berlin, et, plus modestement, à Possenhoffen. Tyrannique, héroïque et bigote, Sophie n'a peur de rien, pas même de Metternich dont elle a voulu et accéléré la chute.

Second éducateur, Metternich lui-même, le tout-puissant chancelier, sur le passage de qui, à la Hofburg, les archiducs, et le vainqueur d'Aspern en personne se rangent, le dos au mur, et en échange de leur salut, reçoivent un petit signe de tête. Ce maître de l'Autriche s'intéressait à l'enfant de douze ans, lui consacrant des heures de son temps surchargé, lui faisant d'instructives lectures, lui inculquant ses principes : la personne du monarque est sacrée, elle maintient l'unité de l'empire ; la révolution, c'est le Diable ; il faut la déceler et la combattre inlassablement ; la Russie, voilà le péril, à cause de sa force d'attraction sur les peuples slaves d'Autriche.

Il est curieux de penser que ce ministre, si foncièrement XVIIIe siècle, a vécu jusque après la guerre d'Italie et que toujours il fut consulté, sinon écouté. « Pour l'amour de Dieu, pas d'ultimatum, pas d'ultimatum surtout ! » répétait-il avec sagesse ; hélas, l'ultimatum partit et la guerre d'Italie éclata. Les ultimatums sont fatals à la Maison d'Autriche ; qu'on se souvienne de celui à la Serbie, en 1914...

Le troisième éducateur de François-Joseph, c'est le prince Schwarzenberg. Installé à la Cour, à Olmutz, par son beau-frère le prince Windischgrätz, Schwarzenberg se débarrassa vite de ce protecteur jugé inutile.

Curieuse figure que celle de Schwarzenberg ; il a débuté à l'ambassade d'Autriche à Londres par un scandale, l'enlèvement, puis l'abandon d'une des plus ravissantes femmes de l'aristocratie anglaise. Très beau garçon, très aimé, il a mené une vie de don Juan, passant d'une aventure amoureuse à une autre ; puis, tout à coup débarqué à Olmutz, voilà le roué qui se métamorphose en Richelieu et devient le plus habile, le plus glacial des Premiers ministres. Il a décidé de faire de son Habsbourg le maître, non pas seulement de l'Autriche, mais aussi du Reich allemand. Il ressuscite l'ancienne Confédération du Rhin à Francfort, composée des délégués, non plus des peuples, mais des princes. Il irait au besoin jusqu'à la guerre contre la Prusse, pour vider une fois pour toutes la querelle des Habsbourg contre les Hohenzollern, mais il se heurte à François-Joseph, soutenu d'ailleurs par le tsar ; les relations de famille jouaient encore leur rôle dans la politique internationale et l'archiduchesse Sophie était la sœur de la reine de Prusse. Schwarzenberg a néanmoins atteint son but à Olmutz, puisque François-Joseph est le chef de la Fédération et que le roi Frédéric-Guillaume de Prusse dit humblement : « Je ne suis pas le premier en Allemagne ; le premier, c'est l'empereur d'Autriche ; mais je ne suis pas non plus le troisième, je suis le second ».

Le prochain coup de maître de Schwarzenberg sera la nouvelle constitution : les émeutes de 1848 avaient été calmées par la poigne du prince Windischgrätz, assurément, mais aussi par la promesse d'une constitution libérale. Celle que promulgua le retors ministre fut un hypocrite chef-d'œuvre, d'apparence libérale et de réalité dictatoriale ; François-Joseph devient un souverain absolu, à l'ombre duquel gouverne une bureaucratie parfaitement organisée, et d'ailleurs si remarquable qu'elle pourrait encore servir de modèle à toutes les administrations du monde. François-Joseph laisse faire son Premier ministre. Il n'intervient même pas pour adoucir les excès de la répression en Hongrie : « Oui, oui, la clémence, grognait Schwarzenberg ; mais d'abord qu'on nous laisse pendre un peu ! »

Le drame hongrois fut effroyable. Les troupes autrichiennes, commandées par Heynau, avaient dû reculer devant l'armée de la révolte ; ce sont les Russes du prince Paskievitch qui rétablirent la situation ; Heynau, bâtard du duc de Hesse et complexé sadique, comme tant de bâtards, répandit des torrents de sang ; pour commencer, au mépris des conditions de l'armistice, il fit fusiller treize généraux hongrois, et, avec eux, le Premier ministre hongrois, comte Batthyani ; Kossuth,

Andrassy, cent autres, ne se sauvèrent que par la fuite et furent condamnés à mort par contumace ; Heynau se déchaîna au point qu'indigné, Paskievitch dut intervenir et lui arracher des victimes, Georgy entre autres. Ce bain de sang, il fallut vingt ans aux Hongrois pour l'oublier et pour reconquérir leur constitution huit fois séculaire, que Schwarzenberg abolit.

La cruauté de Schwarzenberg s'explique ; il lui fallait écraser la Hongrie pour forger l'unité autrichienne. Celle de François-Joseph est moins acceptable. Etait-ce, chez le tout jeune garçon, cette insensibilité, cette dureté de cœur fréquente dans la première jeunesse ? Mais aussi il sentait l'édifice trembler sous lui ; non seulement la Hongrie, mais la Lombardie, mais la Bohême se révoltaient, ou se préparaient à la révolte.

Ce serait méconnaître le fond du caractère de François-Joseph que d'ignorer ce qui toujours anima sa politique : la défense et la gloire de la Maison d'Autriche. Il n'oublia jamais les traditions de l'aigle bicéphale et qu'un diadème de Charlemagne repose dans le Trésor de la Hofburg. Avant le souverain de l'empire d'Autriche, il est le chef de la Maison d'Autriche. Il a le devoir sacré de conserver l'héritage de ses ancêtres. C'est pourquoi il accordera plus facilement une demi-autonomie à la Hongrie que quelques libertés aux autres provinces ; la Hongrie ne fait pas partie de l'héritage Habsbourg, elle n'est pas *Erbland,* au même titre que la Bohême ou la Croatie, elle est une acquisition relativement récente, vis-à-vis de laquelle François-Joseph se sent moins lié. Mais nous n'en sommes pas encore là ; le compromis austro-hongrois, œuvre de l'impératrice Elisabeth, dont la beauté conquit les magnats, est encore très loin. Pour l'instant, il fallait dompter la Hongrie et François-Joseph laissa faire son ministre.

La rébellion est partout étouffée, ou écrasée ; l'unité de l'empire d'Autriche est faite, son rang dans la fédération germanique est assuré, une constitution solidement agencée met le pouvoir aux mains de l'empereur. Tout cela, c'est l'œuvre du prince Schwarzenberg. Malheureusement pour François-Joseph, pour l'Autriche, peut-être même pour l'Europe, ce grand ministre meurt subitement en 1852, laissant son jeune maître seul, à vingt-deux ans, sur la cime vertigineuse où il l'avait hissé. Seul, mais assez confiant en soi pour déclarer, comme Louis XIV, qu'il va être Premier ministre et déléguer aux Affaires étrangères le vacillant, le lamentable Buol. Ce choix est malheureux ; l'esprit qui l'anime ne l'est pas moins. A cette époque, François-Joseph est un autocrate convaincu. Il approuve Napoléon III qui vient de réussir son coup d'Etat du 2 décembre et dit : « Je lui donne raison ; un souverain irresponsable ne serait qu'une machine à imprimer des signatures. » Par-dessus tout, il est allemand, absolument, profondément allemand ; il a toutes les qualités allemandes que le monde estime, sans parvenir à les aimer : la conscience professionnelle, la discipline, la faculté infinie de labeur ; quand il dit : « *Ich bin ein deutscher Fürst* », il exprime un sentiment intime autant qu'une revendication politique : tout jeune, président de la Diète d'Empire, il étonnait les princes par sa maturité politique et sa majesté naturelle. Il a subi des défaites, perdu des provinces, rien ne lui a plus coûté que son exclusion de ce Reich allemand, dont dix-huit de ses aïeux avaient été les empereurs ; jamais il ne pardonna à Bismarck de lui avoir enlevé le *leadership* de la Fédération, pour le donner aux Hohenzollern. C'est contre cette clause, et non contre l'insignifiante cession de territoire demandée par l'habile chancelier de fer, que François-Joseph a désespérément lutté, à Nickolsburg. N'est-ce pas cela aussi qui causa la seule action vraiment laide de sa vie ? Son impitoyable vengeance contre le vaincu de Sadowa, le malheureux Benedek, traité en bouc émissaire, chassé de son commandement, condamné et vilipendé sans pouvoir se défendre, car, comble de dureté, François-Joseph lui fit donner sa parole d'honneur de ne pas répondre aux attaques, même à celles du *Journal Officiel,* et le loyal Benedek n'y a jamais failli. François-Joseph avait, à la grande indignation de Nicolas Ier, accordé à l'empereur des Français, le qualificatif de : « Mon frère », tant désiré par le Bonaparte, toujours refusé par le tsar, ce qui a certainement contribué à lancer le vaniteux Napoléon III dans la guerre de Crimée. Le vrai vainqueur de la guerre de Crimée fut le Piémont, le vrai vaincu, ce fut l'Autriche ; elle avait perdu trente mille hommes morts de maladie pendant la mobilisation, elle avait ulcéré l'empereur Nicolas qui, se souvenant de 1848, répéta amèrement le mot de Palmerston : « L'Autriche étonnera le monde par son ingratitude » et, dans un geste méprisant, fit don à son laquais du buste de François-Joseph qui ornait son bureau. Il dit aussi à un ambassadeur : « Savez-vous qui sont les deux souverains les plus bêtes de l'Histoire ? Sobieski et moi, car l'un et l'autre nous avons sauvé la Maison d'Autriche. » L'Autriche voyait en outre lui échapper le protectorat des principautés danubiennes, nouvelle pomme de discorde avec la Russie, la possession des bouches du Danube, et s'aliénait les Français et les Anglais qui, devant les tergiversations de François-Joseph dont ils ne pénétraient pas le sens, crurent à sa duplicité. Il est certain que le choix était difficile entre les belligérants ; mais un Mazarin, un Disraeli, un Bismarck, même un Cavour ou un Schwarzenberg eussent su manœuvrer, tandis que le catastrophique Buol et son « ministère monosyllabique », tant raillé par Bismarck, multipliaient les gaffes.

La constitution de Schwarzenberg ne survécut guère à son auteur ; elle était libérale, comparée à l'absolutisme total instauré par Kubert, un plébéien, fils de tailleur, ivre d'autoritarisme. François-Joseph devenait le maître tout-puissant de l'empire le plus disparate du monde : sept peuples : Hongrois, Allemands, Croates, Bohèmes, Polonais, Italiens, Roumains, six confessions chrétiennes : catholiques romains, orthodoxes, uniates, calvinistes, luthériens, arméniens, sans compter les autres, musulmane et hébraïque. Au point de vue administratif, c'était un inextricable fouillis : la Pragmatique Sanction de l'empereur Charles VI, en 1713, avait proclamé *l'unité indissoluble et inséparable* des pays sous l'autorité *de la personne sacrée du monarque.* Mais chacun de ces pays possède sa Diète ; à Vienne, « centre politique des Etats impériaux et royaux », il y a le *Geheimrat* (Conseil privé) de Bohême, ceux de Haute et Basse Autriche, la commission suprême de Hongrie et le Conseil aulique hongrois ; la chancellerie de Galicie ; les départements de Transylvanie, de Flandre, d'Italie ; la députation d'Illyrie ; faute d'une langue commune, ces chancelleries correspondaient entre elles en latin ; la suprématie, dans cet empire en pièces détachées, revenait naturellement au peuple vainqueur qui avait conquis ou acquis les autres, aux Allemands. Mais comment assimiler, ou tout au moins soumettre au *Deutschtum* cette masse hétérogène où, à peine affranchie, chaque nationalité s'employait à tyranniser les autres ? C'est là le grand problème de la *Domus Austriae,* de la Maison d'Autriche qui a fondé cet empire bigarré, sorte de S.D.N. en miniature ; les Habsbourg sont, peut-on dire, la plus européenne des dynasties, puisqu'elle règne sur tant de races disparates et qu'elle a emprunté ses serviteurs : maréchaux, ministres, conseillers, à toutes les nations d'Europe : Gattinara, piémontais, le prince Eugène, savoyard, Mercy, lorrain, Bartensen, alsacien, Van Swieten, néerlandais, Laudon, balte, Metternich, rhénan, etc. Jusqu'à la Grande Guerre, l'échantillonnage existait, même dans l'armée qui comptait bien des étrangers dans son corps d'officiers. Ainsi, en 1914, il y avait des officiers danois, et même français, qui restèrent fidèles à l'Empire, malgré la liberté qui leur fut accordée de retourner chez eux.

François-Joseph était très jeune, très seul, et par surcroît, imperméable aux idées modernes.

Le principe des nationalités, ce grand moteur du XIXe siècle, lui était inconnu, incompréhensible, odieux. Il parlait parfaitement, et sans accent, toutes les langues de son empire, mais il ignorait tout des peuples sur lesquels il régnait et n'avait aucun contact avec eux.

Elevé militairement, il s'intéresse surtout à l'armée. En cela, il diffère de ses prédécesseurs qui n'avaient pas coutume d'y prêter grande attention ; on ne voyait pas les Habsbourg caracoler devant des régiments, ni parader en uniforme sur le front des troupes ; et leurs meilleurs généraux, Tilly, le prince Eugène, étaient des étrangers. Rompant avec cette tradition, François-Joseph ne portera jamais que l'uniforme, ce qui ne le rendait pas populaire à Vienne où on l'appelait « *Der Rothhaarige Leutnant* » (le lieutenant aux cheveux rouges). Il voulait forger solidement une armée qui serait son meilleur soutien ; il s'occupait des moindres détails, surveillait nominations et avancements, et, de fait, cet instrument de sa toute-puissance lui fut entièrement dévoué. Lorsque, abreuvé d'outrages par le machiavélique Cavour, qui s'efforçait de le pousser à bout, couvert de calomnies et d'injures, François-Joseph commit l'erreur de déclarer la guerre au Piémont, ce qui déclencha l'entrée en lice de la France, il voulut commander lui-même son armée, tandis que son vis-à-vis, Napoléon III, animé d'une même ambition, commandait la sienne ; pour finir, il y eut la bizarre bataille de Solferino, dont on pourrait presque dire qu'elle ne fit ni vainqueur ni vaincu, car il n'y avait aucune raison de s'en tenir là ; François-Joseph pouvait reprendre l'offensive et Napoléon poursuivre la sienne. Mais l'un et l'autre empereurs furent si horrifiés à la vue des blessés et des morts, qu'ils arrêtèrent les hostilités ; on imagine le sourire narquois de Napoléon Ier devant ses deux neveux, le neveu de sang et le neveu par alliance, retenus par des considérations humanitaires... Comme toujours (car les victoires des Autrichiens sont invariablement remportées sur les Italiens) le grand gagnant fut le Piémont, bien qu'écrasé par Benedek, à Custozza. Il acquit la Lombardie et émit des prétentions sur la Vénétie. Bismarck disait à Cavour : « Comment ! Vous n'avez pas encore perdu de bataille et vous réclamez déjà une province ! »

Jusqu'au XVIIIe siècle, la Cour d'Autriche a vécu sous l'étouffante tyrannie d'un cérémonial importé d'Espagne. Avec Marie-Thérèse et son époux lorrain, tout change : la Maison d'Autriche devient la Maison de Habsbourg-Lorraine, les traditions des Charles Quint et des Philippe II sont oubliées, la Cour et la ville cessent d'être espagnoles, pour devenir franchement viennoises. Cependant, la bonhomie et la simplicité des successeurs de Marie-Thérèse, les tendances libérales du « révolutionnaire couronné, Joseph II », « préfiguration de Lénine », dit un historien anglais, sa phrase célèbre quand on lui reproche d'avoir ouvert le Prater à la foule : « Si je devais ne fréquenter que mes pareils, il me faudrait m'enfermer dans la crypte des Capucins », les goûts démocratiques de l'archiduc Jean, charmant vieux *herr* mésallié à la fille d'un postier, Anna Plochl, devenue comtesse de Meran et vivant pastoralement en Suisse avec des paysans et des vaches, tous ces mirages, ces tentations et ces tentatives égalitaires ne doivent pas nous tromper sur la structure de la société autrichienne. Elle était restée aussi strictement hiérarchisée et compartimentée qu'au XIVe siècle. Vienne était divisée en trois classes, quatre, si on comptait le peuple, mais le peuple ne comptait pas ; son infinie petitesse s'opposait à l'infinie grandeur de l'Olympe où l'empereur planait, entouré des demi-dieux, les archiducs, sa famille, « l'archi-famille ».

Au pied de ce trône, et formant la Cour, il y avait la première classe de la société viennoise, le *Hochadel,* la haute aristocratie, la *Erste Gesellschaft.* Immense était l'importance de cette noblesse richissime, assise sur ses domaines de Bohême, de Hongrie, de Styrie, de Pologne, plus fière et plus indépendante que la noblesse courtisane de Versailles, plus pure d'apports nouveaux que la noblesse anglaise (qui n'est qu'une aristocratie, puisque ses alliances avec le monde de l'argent l'empêchent de compter ses quartiers), plus raffinée que la noblesse allemande, véritable soutien du trône des Habsbourg. Leurs cadets occupaient les charges de Cour ; ils étaient gouverneurs, aides de camp, dames d'honneur, officiers des Gardes, chambellans, qui veillaient jalousement sur la *Hoffähigkeit,* l'admissibilité à la Cour. A part les ministres et quelques hauts fonctionnaires, aucun membre de la bourgeoisie ne pouvait pénétrer dans le cercle enchanté qui isolait les Habsbourg.

Sous cette première société, s'étalait, non sans ostentation, la deuxième société viennoise, composée d'abord de bourgeois anoblis récemment avec le titre de baron. « En Autriche, disait Metternich, l'homme commence au baron. » Ce titre récompensait aussi de grands banquiers et de grands industriels, souvent venus d'Allemagne ; la deuxième société comptait également de hauts fonctionnaires, de grands commerçants, des juristes, etc. Cette société aimait la musique et le théâtre, protégea Schubert et adopta Grillparzer, grand poète autrichien, frondeur et trop souvent censuré. D'elle sont sortis les quelques ministres de François-Joseph qui ne furent pas insignifiants, Andrian, Schmerling, Kubert, Beck. Une place à part revient au ministre préféré de François-Joseph, au comte Taaffe.

La troisième société, très panachée, c'était la petite bourgeoisie ; elle n'avait aucun statut, aucune existence par rapport à la Cour, dont elle était exclue. Parfois, cependant, elle s'en rapprochait en établissant des liens avec la haute finance chrétienne ou israélite, ou en se distinguant par une écurie de courses, ou par la beauté de ses femmes. Active et intelligente, cette troisième société englobait les intellectuels, écrivains, journalistes, avocats, etc.

L'étanchéité des classes, favorisée d'ailleurs par l'esprit traditionaliste de l'empereur, faisait que François-Joseph ne connaissait pas plus les citoyens de sa capitale que les sujets de sa monarchie. Il lisait fort peu, n'ayant de goût que pour les connaissances pratiques, absorbé par une vie toute d'action. Il voyait presque exclusivement la première société, qui formait sa Cour, et n'entrait en contact avec les deux autres que quand les hasards de la politique ou de l'administration en faisaient sortir quelque individu plus ou moins notable. Certes, il recevait en audience, audiences générales ouvertes à tous, ou audiences privées, mais strictement minutées, et si brèves que quelques propos banals étaient seuls échangés, bien que ses ministres se soient plaints parfois que l'empereur « était toujours de l'avis du dernier opinant ». François-Joseph dédaignait le *small talk,* pour lequel il n'était pas doué ; il parlait peu, d'une voix basse et douce, détestait les discoureurs. On peut dire qu'il n'a connu personnellement aucune des célébrités de son empire ; seuls les peintres arrivaient jusqu'à lui, en faisant son portrait ou ceux de sa famille.

La première société, l'aristocratie, dont les membres étaient liés entre eux par des parentés proches, si bien que, dans le monde, on n'entendait le plus souvent retentir que des prénoms, ou même des diminutifs, des Seppi, Pepi, Mitzi, Franzl, etc., obéissait, malgré cette intimité à une étiquette sévère où le « canapé » à la droite de la maîtresse de maison, rappelant le « tabouret » de Versailles, jouait son rôle, car on n'y prenait place qu'à partir d'une certaine ancienneté dont le degré était établi par la date d'admission de l'ancêtre à la Diète de Ratisbonne. Malheur à qui s'asseyait sur ce canapé sans en avoir le droit !

Les bals de la Cour servaient aussi à différencier les classes ; il y en avait deux par hiver, le *Hofball* (bal de la Cour) et le *Ball bei Hof* (bal à la Cour), beaucoup plus select, réservé à la seule *Erste Gesellschaft* et (mais sans plaisir) au corps diplomatique. Au Hofball étaient invités les chambellans, les officiers, les chevaliers des Ordres, et, naturellement, les nobles à seize quartiers. Pour être invité, il fallait être *hoffähig,* c'est-à-dire avoir été présenté à la Cour ; si d'aventure, étant *hoffähig,* on avait épousé une femme qui ne l'était pas, on y allait seul. François-Joseph étant couche-tôt, les bals commençaient à six heures de l'après-midi et finissaient à huit. Les dames recevaient de petits bouquets, les mêmes depuis cent cinquante ans, dits « bouquets de Marie-Thérèse » et, à souper, on buvait le même bouillon que Marie-Thérèse.

Saint-Aulaire, qui fut en poste à l'ambassade de France à Vienne, nous décrit aussi les autres bals, ceux des grandes corporations, employés des chemins de fer, étudiants, industriels ; les bals des nationalités, polonais, hongrois, tchèques ; les bals des religions, bal protestant, bal grec, etc. Il y avait aussi les bals payants, dits bals de l'Elite, auxquels la première société ne dédaignait pas de se rendre, et où la deuxième et la troisième se précipitaient en foule. L'empereur lui-même y allait, et, avec son exactitude presque maladive, envoyait sa voiture faire d'avance le trajet, pour s'assurer du temps qu'elle y mettrait.

La Cour faisait son entrée à neuf heures précises, les archiducs en uniformes éclatants, les archiduchesses scintillant de tous les diamants Habsbourg. Ils défilaient entre les haies de dos courbés, et montaient sur une estrade où le grand-maître des cérémonies faisait les présentations nécessaires ; après quoi, descendant de l'estrade, se tenant deux à deux par la main, ils dansaient une polonaise, « lente marche rythmée à laquelle l'immobilité et la silencieuse ferveur du public donnaient le caractère d'une danse sacrée ».

Dans les bals, seules les douairières étaient couvertes de bijoux, « lanternes sur des démolitions », les jeunes femmes devaient attendre l'heure de l'héritage. Les gens « bien » avaient, cela va sans dire, leur équipage ; ceux qui n'en avaient pas, il leur fallait pour aller dans le monde louer un *Zweispänner,* fiacre à deux chevaux ; pas question de prendre un fiacre à un cheval ; le portier, armé de sa hallebarde, les aurait laissés à la grille.

Ce monde archaïque était régi par l'empereur avec un parfait dosage de courtoisie, de gentillesse et de fermeté. Il veillait au respect des traditions. L'empreinte catholique était profonde sur l'aristocratie, élevée surtout par les Jésuites, et sur la famille impériale, dont les membres communiaient tout le temps (les Habsbourg d'Autriche ne devaient-ils pas leur grandeur aux victoires remportées sur le protestantisme ?) La Maison d'Autriche était placée sous la protection de la *Magna Mater,* la Mère de Dieu ; le sanctuaire de Mariazell était pèlerinage d'Etat, et la plus grande fête était le *Frohleichnam,* fête de l'Eucharistie. Elle était née du geste pieux de Rodolphe Ier, au XIIIe siècle ; rencontrant un prêtre qui portait le Saint-Sacrement, il mit pied à terre, fit monter le curé à sa place et lui donna en cadeau le cheval, afin de ne plus monter un animal qui avait porté Notre-Seigneur. Le *Frohleichnam* était célébré avec une pompe inouïe et à jamais disparue ; on ne verra plus ces carrosses peints par Rubens, ces trabans empanachés, ces peaux de tigre sur des épaules de magnats, ces pelisses de velours rouge fourrées de zibeline, ces princes de l'Eglise et ces princes de la monarchie, éblouissants ; ni ce vieil empereur acclamé par un peuple qui avait fini par l'aimer pour ses grandes vertus, ses grands malheurs et son grand âge.

Détail curieux : un Congrès eucharistique s'étant une fois tenu à Vienne, et les fonds ayant manqué pour le recevoir dignement, des banquiers israélites le financèrent, et du coup furent nommés barons ; ce fut la « Promotion juive de l'Eucharistie » : Tissot prétend que, sur les dix-huit mille trois cent quatre-vingt-dix-huit banques de Vienne, il n'y en avait que deux de chrétiennes.

Une autre cérémonie, qui date aussi des premiers Habsbourg, était le lavage des pieds des mendiants par l'empereur, tous les Vendredis saints. On lui amenait douze « mendiants ». C'étaient toujours les mêmes ; ils étaient bien payés, inamovibles, et fonctionnarisés. L'empereur, à genoux, versait l'eau d'une aiguière sur des pieds préalablement lavés et pédicurés. Là aussi, François-Joseph était entouré d'une nuée d'archiducs dont le nombre, avec les années, allait naturellement croissant. (Nous vîmes encore cette même cérémonie à la Cour d'Espagne, en 1918.)

François-Joseph exerçait sur ses magnats une autorité absolue ; ils ne pouvaient ni voyager, ni changer d'emploi, ni se marier sans son consentement ; aussi en avaient-ils une peur extrême. Pourtant l'empereur est indulgent et généreux, il paye leurs dettes sans mot dire ; mais son maintien grave et silencieux, sa froideur rendent son abord difficile, et les dîners de famille, où personne n'ose dire autre chose que oui ou non, sont sinistres. L'empereur ne trouve pas, parmi ses neveux, d'amis selon son cœur. Autrefois, il fut lié avec son oncle Albert, grand général, esprit remarquable par la vigueur de ses vues sur l'autorité et la quasi-divinité de la Maison d'Autriche, son « nimbe » ; mais il mourut dès 1895. Pour ses frères, François-Joseph n'avait guère de tendresse. Le plus brillant, le plus doué, le plus populaire, Maximilien, irritait l'empereur par sa popularité même, ses perpétuelles critiques, ses aspirations à peine voilées à la succession ; lorsque François-Joseph fut légèrement blessé au cours d'un attentat,

Maximilien accourut avec une hâte où l'affection fraternelle n'était pour rien. Son horrible fin, à Queretaro, fut pour l'aîné une cause de pitié profonde et d'intolérable humiliation. Un autre frère, l'archiduc Charles-Louis, insignifiant et dévôt, était mort en 1896, laissant deux fils célèbres, l'archiduc Othon, le roué de la famille, et l'archiduc François-Ferdinand, l'assassiné de Sarajevo. Quant au troisième frère Louis-Victor, l'empereur, écœuré par ses mœurs homosexuelles, l'exila dans son château de Kesheim et ne voulut plus en entendre parler. François-Joseph avait un ami sûr et aimé en la personne du grand-duc de Toscane, chef de la branche italienne des Habsbourg : mais comment reporter cette affection sur les deux enfants, l'archiduc Léopold qui cultivait le scandale et se mésalliait sottement pour mieux divorcer ensuite, et la reine Louise de Saxe qui égaya toute l'Europe par ses fugues amoureuses avec un pianiste ?

On peut donc imaginer cet empereur seul, irrémédiablement seul, au milieu de sa cohorte de parents, de son monde d'aristocrates, de son armée de chambellans et de serviteurs, dans son palais aux murs tendus de velours améthyste, broché d'or et d'argent. Ce luxe ne l'attire pas ; bien au contraire, ce luxe le repousse. François-Joseph vit dans des pièces nues, couche dans un petit lit de fer, se lave sans salle de bains, déjeune à son bureau d'un plat de viande et de quelques légumes, avec un verre de bière brune, dans des assiettes et une argenterie simples, lui qui possède la plus grande vaisselle d'or massif du monde entier. A souper, rien ! En été un verre de lait caillé et du pain noir. Le soir, rentrant du théâtre, il a soif, mais ne veut pas réveiller son valet de chambre ; heureusement, l'admirable Catherine Schratt, qui pense à tout, a demandé qu'une bouteille de champagne soit mise à rafraîchir dans la chambre à coucher de l'empereur. François-Joseph a des uniformes par centaines, et ceux de toutes les armées d'Europe, mais il porte la même tunique, si usée qu'une fois de plus Catherine Schratt intervient, et lui en fait faire une neuve. Ce n'est pas de l'avarice : personne n'a jamais été plus généreux que l'empereur, et quand il s'agit de l'impératrice, cela devient une folle prodigalité ; mais pour lui-même il ne demande rien ; il n'aime que la simplicité ; dans son beau château d'Ofen, parmi tant de pièces magnifiques, il choisira la vieille aile minable, qu'il a habitée dans sa prime jeunesse. Le bureau devant lequel il écrit n'a rien de la somptuosité de ceux de nos rois ou même de nos ministres républicains ; là s'entassent les dossiers du gouvernement, les rapports des ministres et des chefs de chancelleries. Levé à quatre heures du matin, l'empereur se met au travail. Son labeur est immense : il est son propre secrétaire, se sert du télégraphe, mais jamais du téléphone, écrit toutes ses lettres, signe tous les actes, se plaît à mettre la ponctuation, comme Poincaré, et, avec sa prodigieuse mémoire, classe sans se tromper tous ses papiers. On l'a appelé un « rond de cuir couronné », mais quel rond de cuir accepterait de travailler comme un forçat, de cinq heures du matin à six heures du soir, sans trêve ni repos, pendant soixante-cinq ans ? A cet épuisant travail de bureau il faut ajouter les audiences innombrables (aucun de nos présidents de la République n'en a accordé autant), les revues, les corvées officielles, les visites de chefs d'Etat. Aux yeux de tous, grands et petits, il a un immense prestige, que lui valent sa dignité souveraine, sa haute conscience et son affabilité. Ses manières étaient admirables : il parlait le ravissant allemand de l'élite viennoise, le français et l'anglais les plus purs, et, avec la plus parfaite simplicité, en imposait même aux puissants monarques, le tsar, Edouard VII, Guillaume II. « *Every inch an emperor* » (empereur de la tête aux pieds), disaient de lui les Anglais. Son tact était sans défaut, et les nuances de sa courtoisie, infinies ; il saluait les femmes de chambre, mais ne tendait pas la main aux évêques, car il lui eût fallu baiser leur anneau, geste incompatible avec la dignité impériale. Il ne baisait la main qu'aux femmes, et se levait à leur entrée.

Ce type achevé de très grand seigneur rappelait, par plus d'un trait, son aïeul Charles Quint : majesté innée, haine de toute pompe, sentiment de sa responsabilité devant Dieu, refus de la flatterie : « Celui à qui je permettrais de me louer en face, disait François-Joseph, je lui donnerais ainsi congé de me blâmer, ce qui est inadmissible. » Timidité et modestie sans gaucherie, conscience du retentissement mondial de ses actes, jugement lucide sur ses serviteurs, isolement voulu. Porreño, décrivant Philippe II, qui en cela aussi suivait les conseils de son père, parle de *cette ligne frontière que même les intimes ne peuvent franchir sans tomber sur le nez.* Cette frontière entourait François-Joseph.

On pourrait poursuivre ce parallèle entre les deux Habsbourg, que trois siècles séparent, et qu'une frappante ressemblance de famille rapproche. Le portrait de Charles Quint par Titien nous fait deviner le tragique dans le caractère et le destin du grand empereur. Le même sentiment tragique qui remplissait le cœur de François-Joseph ; frappé des mille coups de la fatalité, il a laissé échapper cette phrase poignante : « Rien ne m'a été épargné. » Soldat sur la brèche, il défendait une place qu'il savait perdue, car il a dit : « Depuis longtemps je suis conscient de ce que, dans le monde actuel, nous sommes une anomalie. » Et à Theodore Roosevelt : « Vous voyez en moi le dernier monarque de la vieille école. »

Plus heureux que son descendant, Charles Quint avait un fils qui lui ressemblait, tandis que Rodolphe n'a cessé de désoler son père par sa vie dissolue, ses intrigues dangereuses et enfin cette mort honteuse qui laissa François-Joseph foudroyé ; l'Empereur se reprit, se remit très vite au travail, mais quelque chose d'essentiel avait été détruit en lui.

Sur un point, François-Joseph différait de son ancêtre : il n'avait pas les larges vues et les décisions rapides du plus grand des Habsbourg. C'était un cerveau moyen, plus doué de bon sens que d'imagination, servi par une grande connaissance des hommes et des situations politiques. Quarante ans de règne avaient bien changé le jeune autocrate des débuts. Souvent mieux avisé que ses ministres, il prenait des décisions que l'on attribuait à l'impatience (lui, l'homme de la plus grande endurance). « Il jette le manche après la cognée », disait-on ; « c'est une faille dans ce caractère bien trempé ». En fait, il avait vu plus juste que son entourage. C'est ainsi qu'à la grande stupéfaction de son gouvernement, il accorde brusquement le suffrage universel à tous les peuples de l'empire : il voulait ainsi soustraire les Slaves à la tyrannie magyare. « Seul monarque double de l'Histoire », il eût accepté d'être un monarque triple, couronné non seulement à Vienne et à Budapest, mais à Prague. Cela eût slavisé la monarchie, par trop magyarisée ; les hurlements furieux des Hongrois empêchèrent ce nouveau compromis qui eût peut-être sauvé le trône. Quant à la réforme électorale, ce n'est pas la faute de François-Joseph si le Parlement devint un objet de scandale, une arène grotesque où les nationalités se battaient à coups de poing, où les députés empêchaient tout vote par l'obstruction, où l'un d'eux parla seize heures sans une minute d'arrêt.

Cette existence si laborieuse et si dure avait un délassement, la chasse, grande passion de tous les Habsbourg, depuis Maximilien Ier jusqu'aux deux morts tragiques, Rodolphe et François-Ferdinand. François-Joseph chasse en bon bourgeois, avec ses deux amis, le roi de Saxe et le grand-duc de Toscane. Chaussé de souliers cloutés, vêtu de la petite culotte de cuir qui laisse les genoux nus, de la jaquette de loden gris, coiffé du chapeau tyrolien vert orné du classique blaireau, il s'en va dans la montagne, content et détendu ; il cause familièrement avec ses gardes-chasses, ses rabatteurs, et parle leur argot. Il demande que ses invités soient vêtus comme lui. « Quels beaux souliers jaunes ! » fait-il en voyant arriver le baron Beck, tout battant neuf et rutilant. A la troisième exclamation sur ses souliers, Beck comprend et s'achète des bottines cloutées. L'empereur aime aussi les fusils d'un vieux modèle ; en cachette, les invités s'en font apporter de plus modernes à leurs postes d'affût. François-Joseph est extraordinairement compétent en tout ce qui touche la chasse ; il a ébloui par sa science les grands fusils français, le comte Clary, le marquis de l'Aigle, invités en 1911, à Vienne, à l'Exposition internationale de la chasse, dont l'empereur à quatre-vingt-un ans, fit les honneurs, avec une vivacité et un plaisir visibles.

La chasse a été une des trois joies de la vie de l'empereur. Les deux autres s'appellent Elisabeth d'Autriche et Catherine Schratt. Le monde entier connaît, par le cinéma, l'histoire du romanesque amour et des fiançailles de François-Joseph. Lui n'était pas indigne de l'adorable fiancée : vingt-quatre ans, grand, svelte, élégant, il charmait, comme elle. Léopold Ier de Belgique, écrivant à sa nièce la reine Victoria, dépeint *sa grâce en dansant, ses beaux yeux chauds, sa gaîté, mais aussi un air d'autorité immédiatement senti autour de lui.* Il était le meilleur danseur de son empire, nageur excellent, cavalier si accompli qu'à quatre-vingts ans encore, il galopait des heures, sans fatigue. Comment Elisabeth eût-elle pu ne pas aimer ce bel empereur ? Lui l'a adorée toute sa vie, avec une immense ferveur, comme une idole, comme une fée. Il a souffert de ses absences continuelles, de ses imprudences, de ses excentricités, mais l'idée ne lui venait pas de la blâmer. Il la couvrait d'or, inlassablement. « Les mystères de la comptabilité de ma femme sont pour moi comme les mystères de la religion », disait-il, et il payait sans arrêt ; il l'entourait de sa sollicitude, lui écrivait des lettres d'amant : *Mon ange adoré, j'ai cru voir ton ombrelle blanche sur le balcon et j'en ai eu les larmes aux yeux.* Lorsque le comte Paar lui annonce en tremblant l'assassinat de l'impératrice, François-Joseph, livide, écrasé, murmure en sanglotant : « Le monde ne sait pas comme nous nous sommes aimés. » Ceux qui ont osé accuser d'insensibilité cet homme courageux, parce que son sens du devoir l'obligeait à faire taire sa souffrance pour retourner à son labeur, ne l'ont assurément pas vu à l'enterrement d'Elisabeth, redressant avec peine sa taille et s'oubliant jusqu'à caresser doucement d'une main tremblante le cercueil...

Elisabeth a-t-elle mérité ce grand amour ? Quand il l'agaçait, il lui arrivait de s'écrier : « L'empereur est un sergent-major », mais elle ne lui a jamais manqué, dans aucune des circonstances graves de sa vie, s'efforçant à Trieste de le protéger contre un éventuel attentat, l'accompagnant en Italie pour calmer les révoltes, à Szegedin aux inondations, à Sadowa en consolatrice, à Budapest pour séduire les Hongrois ; la seconde fois qu'elle y fait une apparition publique, les *Pesti Hirlap* la décrivent *tout en noir* (c'est après la mort de Rodolphe), *voile noir, perles noires et dans ce noir, un visage blanc d'une tristesse infinie* ; *la salle l'acclame longuement* ; *le beau visage insensible s'anime* ; *elle s'incline doucement, à peine, avec un charme indicible.*

Elle revint souvent auprès de François-Joseph, quoiqu'il pût en coûter à ce grand oiseau échappé de retourner, même momentanément, dans sa cage. Elle est là aux noces d'argent. Elle est là au moment de Mayerling, et c'est elle qui a la force d'annoncer à l'empereur la mort de leur fils. C'est elle, enfin, qui saura amener auprès de lui l'amie capable d'adoucir sa solitude.

L'impératrice avait remarqué que François-Joseph

allait au Burgtheater chaque fois que jouait une excellente comédienne, la Schratt. Lors de la visite du tsar Alexandre III, les souverains autrichiens reçurent leurs hôtes au château de Kremsier, suffisamment isolé pour calmer chez Alexandre III la peur des attentats nihilistes qui coûtèrent la vie à son père. Des fêtes y eurent lieu et une représentation, où jouèrent les quatre vedettes tragiques et comiques du Burgtheater, la Wolter, Sonnenthal, Beaumeister et... la Schratt. L'impératrice Elisabeth portait une grande robe au col montant, en satin fleur de pêcher, la tsarine était en broché blanc brodé de roses. Les souverains complimentèrent les acteurs et Elisabeth échangea avec Catherine Schratt quelques phrases suffisantes pour lui faire deviner le naturel honnête et attachant de l'artiste.

Au printemps de 1886, le peintre à la mode dans toutes les Cours d'Europe, Heinrich von Angeli, fut convoqué à la Hofburg. L'impératrice le reçut, et, d'un mot, dissipa ses illusions ; ce n'est pas d'elle qu'il allait faire un portrait, mais de Catherine Schratt, pour l'offrir à l'empereur. Ce projet devait rester secret, même pour l'actrice. Von Angeli était si célèbre que la Schratt se montra fort flattée d'être invitée à poser pour lui. Les séances furent nombreuses ; Schratt insistait :

– Vous me donnerez bien mon portrait pour mon salon ?

– Non, non, il occupera une place plus haute.

– Où donc ? A une exposition ?... Au foyer du Burgtheater ?...

– Plus haut... plus haut.

A la dernière séance :

– Apprenez, lui dit-il, que votre portrait est destiné au bureau de l'empereur !

A ce moment, coup de théâtre, on annonce l'arrivée des souverains. La Schratt, très émue :

– Où vais-je me retirer ?

– Dans ce petit salon et m'y attendre...

Les souverains entrent, s'exclament d'admiration :

– J'aimerais comparer le portrait au modèle, dit Elisabeth.

– Rien n'est plus facile ; si Votre Majesté le permet... Mme Schratt est là.

Il l'appelle, et alors commence cette longue conversation où l'empereur qui, sur les quatre-vingt-six étés de sa longue vie, en passera quatre-vingt-trois à Ischl, apprend avec plaisir que Mme Schratt a loué une villa non loin, au Wolfgang See, la villa Frauenstein. « Parfait, dit-il, je vous y ferai visite. »

En effet, deux mois plus tard, Catherine Schratt, qui vient de débarquer et est encore entourée de ses malles, est avisée par un aide de camp que l'empereur s'annonce chez elle pour le lendemain matin. Elle s'affole ; rien n'est prêt, les magasins déjà fermés. Avec sa cuisinière, elle fait des miracles et, quand l'empereur arrive, elle l'invite timidement au petit déjeuner ; il y trouve non seulement un thé exquis, un café viennois merveilleux, *melanche* avec crème, ou *capucin,* sans crème, et le célèbre *Kugelhof Schratt,* des *Kaisersemmeln,* des *Zuckerkipfeln,* des *Mohnbrötchen,* mais même un cigare, un *Regalia media,* seule marque que lui permet son médecin, depuis que lui sont interdits les horribles petits cigares de sa jeunesse, les *Virginia,* traversés d'une paille, spécialité de Vienne. L'empereur passe plus d'une heure à écouter le charmant babil de Mme Schratt ; on disait d'elle qu'elle était la dernière virtuose du « *plauschen* » (en dialecte viennois *plauschen,* c'est *plaudern,* bavardage facile, spirituel et gai).

Ce jour-là commença, entre un empereur de cinquante-six ans et une jeune femme de trente, cette liaison unique dans l'Histoire par sa durée, sa fidélité et sa pureté. Incrédules, les gens supposèrent qu'ils étaient amants. Le contraire est certain ; si même la présence du mari de Mme Schratt, le baron Kirsch, noble hongrois, propriétaire de domaines dans le Banat et petit-neveu d'un des condamnés de 1848, n'avait rendu invraisemblable des rapports autres qu'amicaux entre François-Joseph et Catherine Schratt, la nature même de cette liaison connue de tous, le respect dont elle était entourée, la profonde amitié mille fois témoignée par Elisabeth à l'actrice qu'elle invitait chez elle au Cap Martin, à qui elle ouvrait son cœur, l'affection des filles de l'empereur et le style de leurs lettres à Mme Schratt, tout démontre l'innocence de ce lien. Elle est aussi prouvée – s'il fallait des preuves écrites – par les lettres de François-Joseph à Catherine Schratt. Ces lettres, nous devons leur présentation au baron de Bourgoing : l'éditeur les tenait du fils de Mme Schratt, le baron Kirsch von Ettele. Bourgoing les a présentées avec une grande élégance morale, en une préface qui est une véritable biographie. On y voit aimer et vivre deux êtres qui trouvent ensemble un bonheur modeste, sans passion ni amertume, sans péché ni mensonge, digne de ces âmes parfaitement polies. Il n'y a aucun doute que la belle Viennoise ne soit tombée amoureuse d'un monarque qui était son aîné de vingt-sept ans. Elle passe, le plus souvent qu'elle peut, au Josefplatz, au pied de la Hofburg, et lève les yeux vers la fenêtre d'où l'empereur, invisible derrière ses rideaux, contemple son amie en manteau de fourrure, boa et chapeau à plumes... *seul point lumineux de ma journée,* écrit-il. Par les froids les plus terribles, Mme Schratt est dès l'aube à l'église où l'empereur écoute la messe, afin de le voir de loin. *Voir est une façon de parler,* écrit François-Joseph, *car il fait nuit noire dans cette église.* Et il supplie son amie de ne pas exposer ainsi sa santé. Catherine Schratt se promène en compagnie d'une camarade de théâtre, dans le parc de Schönbrunn, avec l'espoir d'apercevoir l'empereur ; comme, un jour, le hasard la sert, on décide de se retrouver, désormais, de loin en loin, dans ce parc. Pendant des années, les amoureux ne se seront vus qu'à travers mille difficultés. C'est que les on-dit se sont déchaînés, à Vienne ; il a fallu que l'impératrice les fasse taire en se liant elle-même, et en liant sa fille Valérie, avec l'actrice.

Le jour vient enfin où Catherine Schratt envoie à François-Joseph une lettre qui a dû être une déclaration d'amour, à en juger par la réponse de l'empereur :

Si je ne savais que vous êtes toujours vraie avec moi, j'aurais peine à croire à votre lettre, devant le vieux visage ridé que me renvoie mon miroir ; mon adoration pour vous, vous la connaissez... Eh bien ! voici que nous nous sommes expliqués et c'est bien, car tôt ou tard, nous n'aurions pu nous empêcher de parler. Mais nous devons nous en tenir là, si nous voulons que nos relations durent, et il faut qu'elles durent, car j'y trouve le bonheur. Vous dites que vous saurez vous dominer ; je le saurai aussi, car je ne veux rien commettre de mal ; j'aime ma femme et je n'abuserai jamais de la confiance qu'elle vous témoigne. Je me juge trop vieux pour être votre ami fraternel ; permettez-moi d'être votre ami paternel et traitez-moi comme vous l'avez fait jusqu'ici. (Ce n'est pas là l'amour : c'est le *Beaucoup plus que l'amour*, de Chardonne.)

La correspondance continue ; on compte plus de six cents lettres de François-Joseph ; trente ans de règne s'y reflètent, car l'empereur, si fermé, si muet, s'ouvre entièrement à son amie. Cette femme avait le don charmant de tant de femmes de son époque : elle savait délasser, amuser l'homme, le soigner, le servir, garder ses secrets. Elle a réussi à tirer l'empereur de l'isolement où il étouffait. Avec elle, il a des timidités de sous-lieutenant ; il lui parle avec la ferveur d'un chevalier du Moyen Age. Lui qui inspirait le respect au monde entier et même, tout jeune, au chancelier de fer, il témoigne à Mme Schratt une déférence qui est plus que de la courtoisie. Et quelle sollicitude pour sa santé, pour son enfant, pour ses intérêts ! Il s'inquiète de son budget de toilettes et lui envoie de petites sommes, en s'excusant de ce geste : *Ce n'est que ce que je fais pour ma fille Valérie.* François-Joseph attache un prix immense à ce qui lui vient de son amie, lettres, bouquets de violettes, une breloque en forme d'ange ou un encrier porte-bonheur.

Ces tendres cœurs, on ne peut toutefois s'empêcher de les trouver par trop scrupuleux. L'empereur se prive de ce qui est, pour lui, l'air respirable, et pendant les longs mois qu'il lui faut passer à Vienne, ne voit l'actrice que rarement. Il faudra des années pour qu'il se décide à lui ouvrir l'accès de son appartement de la Hofburg ; il est à ce point respectueux des droits et de l'indépendance de ses sujets, qu'il n'ose même pas demander au directeur du Hofburgtheater un rôle convenable pour Catherine Schratt ; une seule fois il s'y risque, mais avec quelles réticences ! Si Catherine n'a pas éprouvé de l'agacement devant ce protecteur trop timide, c'est qu'elle fut vraiment un ange. Nous ne pouvons que nous étonner de cette discrétion, habitués à voir tant de ministres imposer aux théâtres subventionnés leurs vieilles amies, toujours prêtes au scandale si les directeurs résistent. Frau Schratt, elle, n'exigera jamais rien.

Catherine Schratt était le prototype réussi de la Viennoise ; belle, fraîche et blonde, de longs yeux bleus sous des sourcils bien marqués, elle avait la grâce naturelle, la gaieté qui détend, le cœur chaud, la tendance à une rêverie douce, alliée au bon sens et au tact. Excellente maîtresse de maison. François-Joseph, incarnation de la majesté impériale, n'avait de goût que pour la vie bourgeoise, et la trouvait chez Mme Schratt, assaisonnée d'un parler vif et drôle. Par cette amie, il connaissait tous les incidents, les potins de sa capitale ; elle était une précieuse source de renseignements. Quand il se trouvait à la Hofburg, elle venait le voir, introduite par le vieux valet de chambre Ketterl, qui, certes, n'avait rien d'un entremetteur de comédie ; elle entrait directement, sans avoir à passer par l'aide de camp de service. Pour elle était ouverte une porte que seuls les archiducs avaient le privilège de franchir... et encore, car l'archiduchesse Stéphanie, ayant fait irruption un jour, pour se plaindre, comme d'habitude, de Rodolphe, comprit vite, à l'attitude de l'empereur, son mécontentement.

L'âge venant, l'empereur abandonnait le plus souvent la Hofburg pour s'installer à Schönbrunn, où il retrouvait le même décor sobre et sans beauté que dans son appartement de Vienne. Pour être plus près de lui, Mme Schratt avait acheté une villa, par annuités, ce qui prouve qu'elle ne provenait pas d'un don de l'empereur. La maison de la Schratt, la villa *Felicitas,* était de la même époque, du même style et de la même couleur jaune que le palais, « le jaune Schönbrunn ».

Levé à trois heures et demie du matin, ayant pris son bain dans un grand tub de bois et s'étant fait frictionner par son valet de chambre, l'empereur se mettait au travail pendant deux heures. Puis il sortait et, traversant le palais encore endormi, gagnait le Kammergarten, qui le menait à une porte dans la haute muraille, ouvrant sur la Gloriettastrasse. Quelques pas, et il était devant la villa *Felicitas.* Mme Schratt l'attendait, habillée et coiffée. Ensemble, ils prenaient l'exquis petit déjeuner. Puis il emmenait son amie en promenade dans le parc de Schönbrunn, dans le jardin tyrolien, les grands parterres fleuris et les allées de la Ménagerie ; un demi-pas derrière elle, par déférence, la tête penchée, il écoutait son babil ; au bout d'une heure, il la ramenait à la villa *Felicitas* et la quittait à sa porte ; les gens qui les croisaient avaient fini de s'étonner. S'il pleuvait, François-Joseph protégeait Mme Schratt avec son parapluie ; si l'averse était trop forte, le tout-puissant empereur prenait un simple fiacre à un cheval, n'ayant pas, lui, le snobisme du *Zweispänner.* C'étaient les seules heures lumineuses dans le train-train gris du monarque. Avec tact, Catherine savait l'intéresser à autrui. Elle lui parlait de tous les sujets et même, mais plus rarement, de politique, car elle s'est toujours refusée à faire agir son influence pour quelque cause que ce fût, bien que le prince Eulenburg, ambassadeur d'Allemagne à Vienne, ait un jour écrit à son gouvernement : *Ici, la Triplice ne repose que sur Goluchovski* (le ministre des Affaires étrangères), *sur Mme Schratt et sur moi.* En politique, François-Joseph était naturellement mieux informé qu'elle, car il lisait tous les journaux, et non pas seulement des coupures, comme on l'a dit. Si elle s'animait sur quelque sujet, il la calmait gentiment : « *Aber, aber...* » (Voyons, voyons...) A la villa *Felicitas,* elle recevait beaucoup, des ministres, des ambassadeurs, des princes, des acteurs, mais venus de partout et très variés, afin d'éviter tout ce qui eût pu former une coterie. Là aussi son tact servait l'empereur ; il n'a jamais fait la moindre apparition aux réceptions de son amie. Un matin, elle raconte à l'empereur qu'un de ses invités lui a amené la veille un inconnu qui portait un admirable uniforme exotique ; renseignements pris par l'empereur (que les uniformes ont toujours passionné), l'inconnu était le comte Herberstein, attaché militaire à Paris, et l'uniforme exotique, celui des hussards autrichiens. « On voit bien, madame, dit François-Joseph, scandalisé, que vous n'entendez rien à nos uniformes. »

A Ischl, l'empereur la voyait plus rarement, car il était obligé de recevoir constamment des hôtes importants. Edouard VII y vint, et on le soupçonna d'avoir cherché à détacher l'Autriche de la Triplice afin d'achever l'encerclement du Reich. En fait, il s'est borné à demander à François-Joseph de conseiller à son allié une réduction de son armement naval, sujet de perpétuelles inquiétudes pour l'Angleterre. François-Joseph refusa, et, loyalement, prévint l'Allemagne. Rentré à Vienne avant Mme Schratt, il télégraphiait tous les jours à la « *Gnädige Frau* ». (C'est ainsi qu'il l'a toujours appelée et qu'autour de lui, tous, des plus grands aux plus petits, la nommaient.) Pour Elisabeth seulement, elle était « l'amie ».

A la Cour, la *Gnädige Frau* n'avait qu'un ennemi, le premier chambellan, prince de Montenuovo ; jaloux de l'empereur et maniaque d'étiquette, il rêvait de chasser l'intruse... Avec la complicité du directeur du Burgtheater, il monta une intrigue, qui aboutit à la démission de Mme Schratt ; du vivant de l'impératrice, il n'eût pas osé ; elle eût vite éventé le complot ; mais François-Joseph était plus facile à berner. Dûment trompé, et croyant bien faire, il accepta la démission. Catherine Schratt, blessée, quitta Vienne pendant une année entière, laissant François-Joseph seul, irritable et malheureux ; il comprit à la fin la manœuvre et fit sentir sa colère à Montenuovo, qui perdit tout crédit auprès de lui... Le grand-maître de la Cour, prince Liechtenstein, obtint de Mme Schratt qu'elle reparût, mais il fallut que l'empereur se présentât chez elle le premier, sans se faire annoncer ; de son côté, elle accepta de ne jamais mentionner l'incident.

Catherine Schratt était revenue, mais pour s'éloigner plus souvent qu'autrefois, en des tournées et des voyages très longs. Privé d'elle, l'empereur a des plaintes d'asphyxié ; le contraste entre l'incroyable humilité de ces phrases et la situation de celui qui les écrit est ridicule et poignant. Il faut lire ces lettres à l'amie lointaine pour mesurer l'effrayante solitude de l'homme que le sort a placé au sommet. On pense au *Moïse* d'Alfred de Vigny.

Les années coulèrent, adoucies par la présence de Catherine Schratt, assombries par les soucis politiques et les ennuis familiaux. Les Habsbourg aspiraient à une vie régulière. Sitôt qu'ils tombaient amoureux, ils voulaient se marier et, si ce mariage était une mésalliance, ils se jugeaient inaptes dorénavant au rôle d'archiduc, et s'en allaient. C'est ainsi que l'ami de Rodolphe, le noble et beau Jean de Toscane, épris d'une femme qu'il lui était interdit d'épouser, sacrifia son rang, ses prérogatives et jusqu'à son nom, et, devenu Jean Orth, partit incognito avec la femme aimée sur son yacht, le *Santa Margherita ;* le yacht périt corps et biens. Pour le monde entier, Jean Orth était mort ; en fait, il vivait, sauvé on ne sait comment, et travaillait en Argentine dans une scierie dont le propriétaire, Villarey (ou Villa Rey), traitait avec des égards extraordinaires cet employé, tout en prétendant que c'était un simple *Monsieur Hirsch.* La police fit une enquête, et apprit que « Hirsch » s'était inscrit dans un hôtel sous le nom de Jean Orth (dont il ignorait évidemment le retentissement mondial), qu'il payait toutes ses dépenses en or et se promenait parfois avec une dame. Bien que vivant caché, il voulut rassurer sa famille ; à en croire l'empereur Charles IV, il correspondait régulièrement avec l'archiduc Othon, et sans doute aussi avec sa mère, la grande-duchesse de Toscane, car elle cessa brusquement de porter le deuil de ce fils tant pleuré.

Il y eut d'autres mésalliances : l'archiduc Léopold devint M. Wöllfling, l'archiduc Ferdinand-Charles, M. Burg... L'empereur fermait les yeux : pour lui, mésalliés, ce n'étaient plus des Habsbourg.

Il en alla tout autrement avec François-Ferdinand ; celui-là était l'héritier présomptif, et bien décidé à le rester. Désespéré et furieux, l'empereur lutta de toutes ses forces ; son souci n'avait rien de chimérique ni de désuet : reconnaître la légitimité dynastique d'une union contraire à toutes les lois dynastiques, et par conséquent les droits des descendants, c'était ouvrir la voie aux revendications. Il est malsain pour un pays d'avoir des prétendants révoltés contre le souverain ; le carlisme en Espagne, les guerres des Stuarts en Ecosse l'ont bien prouvé ; pour l'Autriche, où la monarchie était la seule colonne soutenant un édifice décrépit, c'eût été mortel. Du vivant même de François-Joseph, les difficultés avaient commencé ; les partis d'opposition hongrois avaient déclaré ouvertement que *l'Ebenbürtigkeit* étant sans valeur en Hongrie, la duchesse de Hohenberg, simple mortelle à Vienne, pouvait être couronnée reine à Budapest. On cesse donc de trouver inhumaine la réaction de François-Joseph, au moment de l'attentat de Sarajevo ; d'abord bouleversé, il murmura plus calme : « Le Tout-Puissant ne se laisse pas égarer ; une Haute Instance a établi l'ordre que je n'ai pas su maintenir ».

On a reproché à François-Joseph de n'avoir pas profité de l'esclandre Chotek pour se défaire d'un héritier qu'il n'aimait pas. C'est que l'empereur n'avait pas le choix. Après François-Ferdinand, le tour de succession passait à son frère, l'archiduc Othon, le joyeux chenapan, personnage impossible ; merveilleusement beau et doué, marié à une femme irréprochable, et père du futur Charles IV, il était syphilitique jusqu'aux moelles et c'est peut-être la seule excuse aux folies par lesquelles il scandalisait Vienne, sautant à cheval, lors d'un enterrement, par-dessus le corbillard, se promenant nu dans les couloirs du restaurant Sacher, et croisant l'ambassadrice d'Angleterre qui manqua s'évanouir ; nu encore, et son uniforme peint sur sa peau, caracolant au Prater ; saoul, cherchant à entraîner ses compagnons chez lui pour leur faire voir « une archiduchesse à poil ». L'infortuné devait mourir, rongé et atrocement défiguré par son mal, laissant un fils d'à peine quatre ans, futur et dernier empereur.

François-Joseph était donc forcé de supporter François-Ferdinand dont le caractère violent et les empiétements continuels l'exaspéraient. Toujours respectueux en apparence, l'héritier considérait avec colère et mépris ce vieil oncle qui ne se décidait pas à mourir, que les ministres, sous couleur de l'épargner, tenaient sous cloche et rendaient incapable de gouverner, prétendait l'archiduc qui intervenait tout le temps et partout. Il dirigeait les opérations contre l'autorité impériale avec l'assistance de son aide de camp, le major Brosch, imposait des nominations qui déplaisaient à l'empereur, celle par exemple du belliqueux Conrad von Hoetzendorf, à la tête de l'armée, si bien que, sur leurs collines respectives, la Hofburg de François-Joseph et le Belvédère de François-Ferdinand étaient parfois comme le quartier général de deux chefs ennemis et que les délicates démarches des ministres, entre ces deux puissances opposées, ressemblaient à « une danse de l'œuf ».

– Je ne suis pas mieux informé que le dernier valet de Schönbrunn, grondait l'archiduc.

Et l'empereur :

– Il finira par ne plus me laisser même mon droit de grâce.

Le pauvre empereur a pu penser, plus tard, que la mort de son héritier était plus néfaste encore que sa vie. On disait de François-Joseph qu'il n'aimait pas les guerres, parce qu'il savait qu'on les perd. Il avait imposé silence, autrefois, aux plaidoiries de Rodolphe et du comte Andrassy pour une guerre préventive contre la Russie. De même, il oppose un refus catégorique à Conrad von Hoetzendorf, qui rêvait d'attaquer l'Italie. Cette volonté pacifique était connue de tous ; elle rassurait et ajoutait à l'affection des Autrichiens pour ce vieil empereur qu'ils avaient fini par considérer comme une sorte de mascotte, à laquelle ils devaient cinquante ans d'une tranquille prospérité.

La guerre de Troie eut lieu, malgré l'empereur, malgré tout le monde, sauf les bellicistes de Vienne et de Berlin, qui talonnaient des gouvernants incapables. François-Joseph en voulait moins que personne. « L'ultimatum à la Serbie est trop dur », dit-il. Le seul homme d'Etat de la monarchie finissante, le comte Tisza, Premier ministre de Hongrie, sentit le danger et écrivit à l'empereur, pour le mettre en garde, une lettre que des ministres interceptèrent jusqu'à ce qu'il fût trop tard... « La Serbie cédera », prétendaient-ils ; quand on apprit que la Serbie ne cédait pas, on affirma à l'empereur qu'il s'agirait d'une simple promenade militaire.

Comment ne pas plaindre ce vieux monarque qui voyait crouler autour de lui ses armées et sa monarchie ? « Nous périrons dans l'honneur », affirma-t-il, dès le début. Il ne se faisait guère d'illusions : « Nous aurons de la chance, dit-il à Mme Schratt, si nous nous en tirons avec des ecchymoses. » Il souffrait de la souffrance de ses armées, de l'incompréhension et des tyranniques exigences de l'allié allemand, du chantage de l'allié italien qui, pour prix de sa neutralité, réclamait le Tyrol du Sud et le Trentin. A quatre-vingt-quatre ans, sa vie était une lutte désespérée où, seule, de temps en temps, quelque victoire lui rendait courage.

Au début de novembre 1916, l'empereur s'était enrhumé ; insignifiant au début, ce refroidissement amena, le 8 novembre, un point de côté ; dès le 15 novembre, la fièvre commença et la faiblesse alla croissant. L'empereur, néanmoins, ne changea rien à ses habitudes. Le 18, l'état empira à vue d'œil, mais François-Joseph continuait à se lever à trois heures et demie du matin, à travailler à son bureau et même à fumer son cigare. Le 20, on diagnostiqua une congestion pulmonaire qui n'empêcha pas l'empereur, toujours debout, de recevoir en audience de trois quarts d'heure l'archiduc Frédéric, commandant en chef des armées autrichiennes ; les médecins commençaient à craindre une issue fatale et les membres les plus proches de la famille impériale furent prévenus, ainsi que l'archiduchesse Valérie qui, déjà, ne quittait plus son père. Le 21 novembre, levé comme d'habitude avant le jour, François-Joseph s'assit à sa table de travail, à la surprise de l'aide de camp. La mort était certaine et imminente ; on voulut faire administrer les derniers sacrements à l'empereur, sans avoir à l'inquiéter sur son état. Le prince de Montenuovo vint, en conséquence, prier Sa Majesté de recevoir l'aumônier Mgr Seydl, porteur d'une bénédiction papale. En entrant, Mgr Seydl fut stupéfait de trouver l'empereur, qu'il croyait mourant dans son lit, debout, au milieu de la pièce. Le soir, François-Joseph recommanda à son valet de chambre Ketterl de le réveiller à l'heure habituelle, le lendemain, « car il n'avait pas encore fini son travail ». Le moribond s'endormit, pour se réveiller aussitôt et entrer dans le coma. La chambre impériale était pleine de monde ; outre les archiducs, les archiduchesses et les médecins, il y avait le premier chambellan, prince de Montenuovo, le premier aide de camp, comte Paar, les autres aides de camp et les deux valets de chambre. Mgr Seydl donna l'absolution plénière *in articulo mortis.* Au dernier mot de l'absoute, *amen,* le pouls de l'empereur cessa de battre.

Mme Schratt était venue la veille ; mais, ultime vengeance, le prince de Montenuovo lui avait fait interdire la porte qui était toujours ouverte pour elle, et l'avait renvoyée vers l'aide de camp. Elle se retira, mais, le lendemain, c'est Montenuovo qui dut lui annoncer la mort du monarque, et c'est le nouvel empereur Charles qui vint à sa rencontre, lui offrit le bras pour la mener auprès du corps étendu sur le petit lit de fer, un crucifix entre les mains. Elle déposa une rose. Se souvint-elle des bouquets de violettes que, de Nice, elle lui envoyait tous les jours ?

Mme Schratt a survécu de longues et terribles années à l'ami perdu. Elle a connu une pauvreté extrême ; assaillie de demandes d'interviews, d'offres d'achat pour les lettres de l'empereur, de propositions de la presse américaine pour la publication de ses souvenirs, elle a tout refusé. Le silence de Catherine Schratt est unique et exemplaire.

De la Hofburg à la cathédrale de Saint-Etienne, les rues sont pleines d'une foule morne, profondément affligée. Un seul régiment, en tenue de campagne, rend les honneurs ; le silence est écrasant. Le deuil est mené par quatre rois, les rois de Bulgarie, de Bavière, de Saxe, le Kronprinz, et, en tête, le jeune empereur Charles IV, avec l'impératrice Zita et un ravissant petit garçon blond et bouclé, l'Héritier, le petit Otto de Habsbourg.

A neuf heures du soir, précédé de cent cavaliers montés sur des chevaux noirs et de cent cavaliers sur des chevaux blancs, le cercueil est amené à l'église des Capucins et porté vers la crypte, parmi les moines porteurs de torches. Arrivé à la porte, un héraut d'armes dit à voix haute : « Ouvrez, je suis Sa Majesté l'empereur d'Autriche, roi de Hongrie. » La porte reste close. « Ouvrez, répète le héraut, je suis l'empereur François-Joseph, roi apostolique de Hongrie, roi de Bohême, roi de Jérusalem, grand-prince de Transylvanie, grand-duc de Toscane et de Cracovie, duc de Lorraine... » La porte est encore fermée. « Ouvrez, dit le héraut, je suis François-Joseph, un pauvre pécheur, et je demande humblement la grâce de Dieu. – Tu peux entrer », dit alors le grand prieur ; la porte s'ouvre ; François-Joseph est arrivé parmi ses pairs. Il sera le dernier empereur d'Autriche inhumé dans ce caveau, profond comme l'orgueil habsbourgeois.

CHAPITRE VIII

L'IMPÉRATRICE ÉLISABETH

C'est une femme d'aujourd'hui, qualités et défauts ; elle est entrée dans le siècle précédent, le dix-neuvième, comme on se trompe de porte. Une reine pour démocrates, remplaçant le dais du trône par une tente de camping, tenant les honneurs pour rien, sans toutefois détester le luxe, le confort et la dépense, loin de là. Une fausse sauvage, une vraie grande nerveuse. Sa nature, son milieu natal, l'époque et sa littérature, de George Sand à Henri Heine, tout joue un rôle dans son comportement. Mélange de duchesse d'Albe chez les gitans et de Marie Baskirtscheff à Nice, composé de milliardaire américaine (la boisson en moins) et de princesse russe mâtinée de tzigane, elle semble issue du *Cosmopolis* de Paul Bourget. Type répandu depuis à satiété, mais rare alors, passionnée de son âme et de son corps, consciente de ses sentiments farouches, cultivant son originalité, surveillant avec narcissisme ses quarante-six kilos et ses quarante-cinq centimètres de tour de taille, elle vaut surtout par le contraste qu'elle offre avec ce rigide milieu Habsbourg où elle a été jetée malgré elle ; elle émeut par sa mort tragique sous le stylet d'un anarchiste, victime d'une guerre de classes encore à ses débuts, d'une mésaventure de hasard, sans précision technique et entachée de romantisme social.

Comme son cousin Louis II de Bavière, Elisabeth a passé sa vie à se chercher, à se définir, à ne pas ressembler aux autres, et à ne pas se trouver. Excellente toutefois dans son rôle de composition, qui a gardé pour nous beaucoup de saveur, elle a fait les délices de ses historiens. Elle, qui fuyait les photographes, n'a pas pu se débarrasser de ces excellents portraitistes posthumes qui ont noms Corti, Fleming, Saint-Aulaire, Tschupik ou Vallotton, sans parler du nombre infini des auteurs de Mémoires, et de quelques commérages infamants, comme le *Secret d'une impératrice,* par sa protégée, la comtesse Larisch.

Elisabeth a été très admirée dans le monde et très détestée en Autriche ; elle a étonné, stupéfié, surpris, choqué toute l'Europe, pendant quarante ans. Aujourd'hui, les historiens, les scénaristes, les dramaturges restent sous le charme : une impératrice libertaire, une tête couronnée qui étouffe sous les devoirs de sa charge et se révolte contre son rang, suffit à ravir le grand public des hebdomadaires qui veut que les reines s'habillent comme des reines et se conduisent comme des poules ; ainsi que le disait sa voisine Carmen Silva, souveraine plus intelligente que les autres, et qui ne voulait à Elisabeth que du bien : « La mode est faite pour les femmes sans goût, l'étiquette, pour les gens dépourvus d'éducation, et les églises pour ceux qui n'ont pas de religion. » Elisabeth avait assez de classe pour se passer de tout cela, même si elle a, par ses façons impossibles, hâté la mort de ce vieux « tronc pourri », le trône des Habsbourg. Elle était convaincue que la Maison d'Autriche lui avait valu tous ses malheurs ; ce n'était pas vrai car, en dot, Elisabeth apportait les siens propres, au point qu'elle finit par mettre la Dame Blanche sur les dents.

Son assassin l'acheva d'un mot, beaucoup plus terrible que son stylet meurtrier ; lors de son arrestation, Luccheni avoua être venu à Genève dans le dessein de tuer le duc d'Orléans :

– Mais alors, lui demanda le juge d'instruction, pourquoi avoir tué l'impératrice Elisabeth ?

– Je n'avais pas pu trouver le duc d'Orléans, répondit l'Italien ; alors j'ai assassiné l'autre, *faute de mieux*.

Jouer les doublures, quand on se veut grand premier rôle, c'est être assassiné deux fois.

Née dans une famille esthète, excentrique, charmante, enfant d'un père vivant au Tyrol les genoux nus, dilapidant sa fortune avec désinvolture, enthousiaste, vagabond, sauvage et affectueux, prince en culotte de cuir dont la nature, les enfants, les paysans et les animaux sont les seuls trésors, Elisabeth restera toute sa vie la fille de ce fantaisiste qui faisait bâtir un cirque et un manège de haute école dans son parc, qui adorait le cheval, au point de s'écrier : « Si je n'étais prince, j'aurais voulu être écuyer. »

Elisabeth reste le type même d'une parfaite Wittelsbach, aggravant son cas par la consanguinité. Son père Maximilien n'était pas duc *de* Bavière (titre appartenant à la branche aînée), mais duc *en* Bavière (branche collatérale, les ducs des Deux-Ponts Birkenfeld-Gelnhausen). Prince à demi ruiné, mais joyeux, bohême respecté, salué et aimé par les paysans, emmenant sa fille chez ses maîtresses lorsqu'il fait une tournée parmi ses bâtards, toujours accompagné d'un joueur de cithare, Maximilien compose des valses, ou préside des banquets à une Table Ronde des Buveurs. La mère d'Elisabeth est Ludovica, princesse *de* Bavière (ces distinctions entre *de* et *en* ravissaient Proust), fille de la princesse Caroline de Bade et du Grand Electeur Maximilien-Joseph, fait roi de Bavière par Napoléon, en 1805, et ayant alors pris le titre de Maximilien Ier. Ludovica avait, en 1828, épousé son cousin Maximilien (d'où la consanguinité) qui, après avoir beaucoup voyagé, avait acheté en Bavière du Sud le domaine de Possenhofen, dont les quatre tours dominent le lac du Starnberg. Les sœurs de sa mère, brillamment mariées, ont contribué à jeter un lustre royal sur la famille d'Elisabeth, ces Wittelsbach campagnardes qui continuent, loin des cours et des honneurs, à vivre peu à Munich parmi les Bavarois, et beaucoup à Possenhofen parmi les animaux.

A quinze ans, une Elisabeth en sabots règne sur un daim, un mouton, des lapins et des poules. Elle n'aime que la bière et le saucisson. Comme Louis II, avec qui elle a beaucoup de traits communs, elle pourrait saluer les plus beaux arbres de son parc comme des personnages ; elle les connaît individuellement, elle les aime, elle leur parle ; elle qui, plus tard, perdra la foi, se contentant d'un très vague animisme, a des accès mystiques, elle se jette à terre pour prier. Elle ne se plaît qu'avec les villageois et les palefreniers. Elle dessine, elle écrit des vers, elle vit sans faire de projets, sans désirer bijoux ou robes, honneurs ou promotion politique.

Elisabeth (du nom de la reine de Prusse, sœur de sa mère, sa tante et marraine), va régner bien malgré elle sur François-Joseph, comme ce dernier, empereur depuis l'abdication de son oncle Ferdinand, en 1848, règne sur l'Autriche-Hongrie. Un mariage avait été arrangé entre François-Joseph et Hélène, sœur aînée d'Elisabeth, plus tard princesse de Tour et Taxis. Ludovica, accompagnée de ses deux filles, appelée par Sophie, partit pour Vienne ; le duc Maximilien se contenta de les accompagner jusqu'à la frontière ; là, il souleva son chapeau à queue de chamois, en leur souhaitant bonne chance. Elisabeth, indifférente à cette séparation, ne pensait qu'à faire boire les chevaux, au relais. Aussitôt la frontière passée, baisemains des délégations, sociétés à bannières, arcs de triomphe, uniformes officiels, tuniques et dolmans blancs, la police partout ; ce n'était plus la Bavière, c'était l'empire bicéphale ; le royaume des animaux faisait soudain place au pays, non pas des hommes, mais des gens de qualité.

Charmant bohème, le prince Max était retourné vivre parmi les bûcherons et les yoddleurs. A peine rentré, quelle n'avait pas été sa stupéfaction de recevoir de sa femme un télégramme lui annonçant que sa fille Elisabeth venait d'être demandée en mariage par François-Joseph, que ce ne serait pas Hélène, mais *Sissi* (on écrit aussi *Sisi* ou *Sici)* qui serait impératrice d'Autriche ! Il haussa les épaules, Sissi, une *backfish,* impératrice ! et répondit aussitôt à Ludovica : « Je te le déconseille, c'est un sot. »

Arrivée en août 1853 à Vienne, et restée durant les premiers jours à l'écart des fêtes, Elisabeth était entrée, inopinément, dit-on, dans la salle à manger, pendant le dîner de fiançailles, le grand repas de trois heures de l'après-midi. L'empereur, à première vue, était tombé amoureux fou de cette fillette en robe de soie verte galonnée de noir, à col et manchettes de dentelle blanche, « amoureux comme un lieutenant, heureux comme un dieu », dira-t-il. En vain avait-on essayé de l'en dissuader ; elle était son destin : il fonça. Elisabeth ne devait revenir à Munich que pour préparer son trousseau et obtenir le consentement, non de son père, qui, ici, ne venait pas en premier, mais celui du roi de Bavière, son souverain.

Elisabeth redescendit ensuite le Danube, sous les fleurs, à Passau, pour rencontrer son fiancé, si épris qu'il l'enleva dans ses bras dès le débarcadère, dans sa robe de taffetas rose, fou de cette ravissante brune à peau très blanche. Le mariage eut lieu à Vienne, le 24 avril 1854 ; ce furent ensuite les meilleurs moments de cette longue union infortunée de deux êtres pleins de tendresse et de respect l'un pour l'autre, mais incapables de vivre ensemble. « J'aime déjà l'empereur, disait la jeune princesse ; si seulement il n'était pas l'empereur ! »

Dès le lendemain du mariage (évêques, cardinaux, carrosses sommés d'aigles d'or), il est évident qu'Elisabeth ne se pliera jamais aux devoirs d'une impératrice. Elle refuse le rituel petit déjeuner en famille ; elle refuse de se laisser présenter les vieilles dames d'honneur à seize quartiers ; écrasée par le poids des sept siècles de la Hofburg, elle court se réfugier dans sa chambre et s'abat en pleurant sur son lit. Le jour où elle reçoit communication de la liste des préséances, de toutes les *Palastdame* et les *Hofdame,* avec l'aide-mémoire des cérémonies, elle comprend qu'elle sera incapable de subir les corvées de la Cour, les repas solennels et sans conversation, où on n'a le droit de répondre que par oui ou par non, d'obéir aux règles de la « séance du feu », conversation postprandiale avec l'empereur, sorte d'audience devant la cheminée. Elle étouffe : « Qu'on me laisse vivre en paix... vivre avec les humains m'est impossible ! » Dans cette Cour où l'étiquette a tout prévu, même la largeur des galons et la longueur des gants, entre une arrivée triomphale dans une capitale et un rinçage de cheveux (sa chevelure était si belle qu'il lui fallait, pour la laver, une journée entière), entre la visite d'un souverain et une conversation avec sa coiffeuse Fanny, l'impératrice ne devait jamais hésiter. C'est charmant, du moins de loin ; il ne nous déplaît pas de voir la vieille Cour autrichienne punie dans ce qui la blesse le plus, et notre admiration pour la patience de François-Joseph s'en trouve accrue ; Elisabeth se sent en prison.

Madame de Staël, un demi-siècle plus tôt, dans son

livre *De l'Allemagne,* avait décrit Vienne comme une cité douce, heureuse et sans nerfs ; les intellectuels autrichiens s'insurgèrent : Corinne, selon eux, n'avait rien vu ; l'Autriche était un bagne. C'en fut un pour Elisabeth. Elle avait cru y trouver une seconde Bavière, et, en sa tante, l'archiduchesse Sophie, le « seul homme de la Hofburg », une seconde mère ; elle découvrait, dès le lendemain de son voyage de noces en Italie, que la Cour c'étaient les travaux forcés, et Sophie, un garde-chiourme. Ce que représente Vienne, pour tout le monde, la fantaisie, la gaieté, un agréable désordre, pour la jeune mariée, c'étaient le cérémonial espagnol, la grande politique rigide, les revues, les corvées et les présentations. Plus de déjeuners sur l'herbe, mais des dîners privés, plus de patinage sur la glace : la vraie glace, c'était le protocole. L'art, la poésie, la nature, les voyages faisaient place aux génuflexions, aux audiences, à la surveillance d'une belle-mère, doublée d'un terrible Grand-Maître de l'Armée, le comte de Grünne. Tout était interdit : se promener à cheval sans écuyer, entrer chez sa belle-mère sans se faire annoncer, aller seule faire des courses en ville.

Elisabeth est indomptable, incorrigible : elle fait mal la révérence, elle n'a pas le sens de la hiérarchie, elle ramène au palais des enfants rencontrés dans la rue, elle monte trop à cheval, elle refuse de dîner gantée, suivant l'usage, elle déjeune au lit, bref, « elle se croit en Bavière », dit avec mépris sa belle-mère qui, déjà, déteste cette « excentrique » (style du temps). On ne la trouve jamais quand il faut (quelle différence avec la ponctualité militaire de François-Joseph !) ; elle est toujours entre les mains des masseuses, des professeurs de gymnastique et des coiffeuses, mettant entre ces mains, au moins deux heures chaque jour, son admirable chevelure brun acajou ; tantôt elle fait entrelacer ses nattes de rubans de soie, et tantôt elle les tresse en couronne ; quand elle les laisse traîner à terre, son fils

Rodolphe marche dessus, comme sur un tapis. Il lui faut des piscines, des chasses à tir dans les fossés de Schönbrunn, des manèges, des cirques, des bains de vapeur, des professeurs de tout, de voltige, de grec, de saut, des maîtres d'armes. Elle qui déteste « les corvées », elle aime celles qu'elle choisit librement. « Pour échapper à tout ce qui l'étouffe », elle s'entoure d'un milieu, non moins étouffant, de médecins hollandais, de vagabonds, d'originaux, de masseurs suédois, d'écuyers, de coiffeuses, elle s'encombre de toutes sortes d'animaux, vaches, chiens danois, chevaux de cirque, perroquets, qui la suivent en voyage, et tous ces déplacements coûtent une fortune. Elle saute à la corde « comme un chamois ». « Nous ne marchons pas comme doivent marcher les reines... les Bourbons, qui ne sont jamais sortis à pied, marchaient comme des oies savantes, mais comme de vrais rois. » Elle conclut : « marcher est une chose qui doit s'apprendre » ; et, à tous ses professeurs, elle adjoint un professeur de marche.

François-Joseph, méticuleux, pratique, ponctuel, automatique, militaire pour revues de détail, est amoureux de sa femme, beaucoup plus intelligente et plus intellectuelle que lui, impulsive et névrosée ; il ne trouvera jamais avec elle un terrain d'entente ; il n'y aura jamais que des *modus vivendi* successifs, de la tendresse, de l'affection, du respect, de la confiance, de sa part à elle, mais jamais d'amour, sauf dans les premiers mois ; tandis que François-Joseph, lui-même excédé, déçu, abandonné à sa solitude, en proie aux reproches de sa mère, et à la désapprobation muette de sa Cour, ne cessera jamais d'être amoureux comme aux premiers jours, ces jours assombris par une première nuit, où il n'a pas su rendre Elisabeth heureuse, où il l'a épuisée, la laissant, comme me disait un jour Paléologue : « meurtrie, méfiante et désenchantée ».

La naissance des enfants ne changera rien à cette

tragédie domestique, au contraire : belle-mère acariâtre, mari maladroit, ce sera la mésentente classique de tant d'unions. Ce que l'empereur doit à Sophie ne fera qu'aggraver l'opposition entre lui et Elisabeth, entre ces deux êtres jeunes et beaux, les éloignant définitivement l'un de l'autre, les séparant désespérés à jamais. Les scènes éclatent à propos de rien, parce qu'Elisabeth, regrettant les chopes de grès de sa chère Hofbrau munichoise, a demandé de la bière bavaroise à un grand dîner ; scènes qui se terminent toujours par les mots obligatoires de l'épouse offensée : « Choisis entre moi et ta mère. » A la dernière et à la plus violente de ces scènes (octobre 1860), Elisabeth, qui a dû plier devant sa belle-mère lorsque les deux premiers enfants lui ont été arrachés, comme l'exige le protocole, et élevés dans un appartement éloigné du palais, cédera la place à Sophie, après la naissance de l'archiduc Rodolphe, et quittera Vienne pour Madère.

Toute sa vie ne sera plus désormais qu'une fuite. Elle ne reviendra à Vienne qu'en étrangère. Elle méprise cette capitale qui lui semble n'être habitée que par d'innombrables Sophie, cette ville stupide qui ignore tout ce qui compte intellectuellement dans l'époque, Wagner, Schopenhauer et Nietzsche, cette Cour qui l'a détestée dès le premier jour, cette ennuyeuse administration au centre de laquelle règne la Hofburg, que la présence de vingt-trois gentilshommes de la chambre et de deux cent vingt-neuf dames de la Cour suffirait à rendre détestable, et où, hier encore, les lectrices lisaient agenouillées devant l'impératrice ! Cette vie d'évasion, ce sera, pour elle, la recherche d'un incognito continuel ; elle se cachera derrière son ombrelle (ce qui l'empêchera même de voir le stylet de l'assassin) ou derrière son éventail, qu'elle tient toujours à la main, pour échapper aux photographes, cette expression effroyable de la curiosité publique. Comment une personne aussi voyante, toujours entourée d'une nuée de policiers et d'espions pouvait-elle croire à l'incognito ? En parlant des idées reçues, elle disait un jour : « Les gens détestent qu'on bouleverse leurs tiroirs. » Elle-même fit-elle autre chose que de « bouleverser les tiroirs » de la capitale autrichienne ?

L'empereur, ce bel homme à barbe rousse et aux yeux bleus, ne put rien contre les fuites de sa femme ; tout Vienne s'en scandalisait. Elisabeth s'embarque à Anvers, pour Madère, sur le yacht *Osborne,* mis à sa disposition par la reine Victoria ; elle emmène avec elle la comtesse Caroline Hunyadi, des dames d'honneur, son médecin, et le comte Paul Hunyadi. Celui-ci fut-il pour Elisabeth autre chose qu'un chambellan, comme certains biographes l'ont répété ? Hunyadi fut-il rappelé plus tard à Vienne, disgracié et a-t-il disparu à la suite de ce voyage (Fleming), c'est un point resté obscur... A Madère, Elisabeth, solitaire, toussant, toujours menacée de tuberculose, se promène dans une belle nature, et dans la poésie, fidèle à ses deux écrivains préférés, le Rousseau des *Confessions* et les *Reisebilder.* De ce poète, préféré entre tous, et méprisé par François-Joseph – « Heine, petit révolté juif », dit-il – elle fera son livre de chevet.

Qu'ils sont intéressants, inhabituels et touchants les rapports entre les deux époux ! François-Joseph et Elisabeth, de natures si opposées, ne se sont pas méconnus ; ils se sont même mieux connus que beaucoup de ménages en apparence plus unis. L'empereur a dépensé pour sa femme des trésors de patience, d'indulgence, de bonté ; tout en elle devait le blesser, le choquer, mais la beauté unique d'Elisabeth, cette destinée qu'elle n'avait pas souhaitée, son intelligence singulière, aux antipodes de ce qu'il avait vu et ressenti, le subjuguaient. Un amour qui ne se démentit jamais fit le reste.

Malgré les calomnies, rien ne permet d'affirmer qu'Elisabeth lui ait été infidèle ; tous les Autrichiens interrogés par nous n'ont jamais douté de sa moralité. Ses absences extravagantes, elle les corrigeait, les atténuait, en étant toujours là aux heures graves ou tragiques, que ce soit Sadowa ou la mort de Rodolphe. Elle réparait le mal que l'immobilisme de la Cour faisait en Bohême, en Allemagne, en Italie, en Hongrie. Elle ne cessa jamais d'être la conseillère et l'amie de tous les jours ; son action personnelle, son charme, son intuition ont beaucoup servi François-Joseph ; elle lui a, dès leur voyage de noces, conquis les sympathies italiennes ; elle lui a valu l'adhésion d'une Hongrie révoltée qui accepta de se donner à elle, à elle seule ; elle lui a trouvé en Mme Schratt une remplaçante, une amie des bons et des mauvais jours ; sa fantaisie, son humour, ses singularités, et même ses extravagances servaient de contrepoids au tempérament utilitaire, terre-à-terre et pratique de François-Joseph. Elisabeth a été sa poésie, son bonheur d'un moment, le coup de tête de sa vie, son contrepoids, la folle de son triste logis.

L'empereur fait tout ce qu'il peut pour obtenir qu'Elisabeth revienne, tant il en est épris, tant il est humilié par son abandon. Il lui offre tout, châteaux, argent, protection, amitié. Il est prêt à tout subir, chiens et perroquets qu'il hait, régimes extravagants. Il triple le budget d'Elisabeth, ce qui ne l'empêchera pas d'être toujours en déficit ; les chevaux la ruinent. Lorsqu'elle se rendra en Angleterre avec ses écuries, elle coûtera à l'empereur les yeux de la tête (les comptes existent encore) ; sans parler de la police, car l'empereur la fait toujours surveiller, à son insu, par sollicitude. L'impératrice a la hantise de l'hydrothérapie ; ni à Schönbrunn ni à la Hofburg, il n'y a de salles de bains ; l'empereur n'a qu'un bain de pieds en porcelaine (on peut le voir encore). Il installe dans la chambre à coucher de sa femme des agrès, un trapèze, des anneaux (ils y sont toujours).

1862 la retrouve à Corfou, où les cyprès de Nausicaa

se détachent sur la neige des montagnes d'Albanie. François-Joseph, qui était venu à sa rencontre, à Trieste, commence par lui envoyer des émissaires, et le pire de tous, son ennemi le comte de Grünne, une créature de Sophie. Avec son espièglerie native, Elisabeth se venge en exténuant le grand écuyer par des marches à pied forcées. Mais elle refuse de rentrer à Vienne. En octobre, François-Joseph fera lui-même le voyage de Corfou pour venir chercher sa femme. Sa présence à Vienne est nécessaire, car Sophie fait discrètement courir le bruit qu'Elisabeth est folle. Sophie est une forte personne de cinquante ans, à petits yeux durs dans une figure rouge. C'est une Bavaroise, qui, elle, n'est pas bohème, ne plaisante pas sur l'étiquette, sur le rang, sur ses devoirs, ni sur les principes. (On a peine à croire que cette redoutable *grossmutter* ait été, trente ans plus tôt, le seul amour de la vie du duc de Reichstadt.) Bien que Sophie préfère son fils cadet Maximilien, dont François-Joseph est fort jaloux, elle a pour l'empereur une affection farouche. Il est sa créature. François-Joseph ne voit que par ses yeux, il lui cédera, sinon toujours, du moins jusqu'à la naissance de Rodolphe. Le conflit restera latent, il durera jusqu'à la mort de Sophie, en 1870, et l'archiduchesse mourra sans avoir jamais pardonné à sa belle-fille, qui vit avec les cheveux dans le dos et fait de la voltige en culotte de satin noir, qui, jeune mariée de quinze ans, a dû plier devant elle, mais qui a fini par lui résister et réussira à éloigner l'empereur de cette terrible mère.

Pendant la guerre avec la Prusse, Elisabeth sera exceptionnellement à son poste, car sa nature compatissante l'amène d'emblée vers ceux qui souffrent. Mais elle hait Vienne, sentant que Vienne la déteste, ne lui pardonne pas ses longues et méprisantes absences, lui reproche d'abandonner l'empereur, lui en veut de son entourage hongrois, lui tient rigueur de sa trop vive affection pour la baronne de Wallersee Larisch, choquée de cette vie décousue, de ce monde à l'envers. Les Viennois ne devaient-ils pas se voiler la face en entendant Elisabeth dire : « Dans la grande cohue des portefaix et ânes du Caire, je me sens moins oppressée que dans un bal de Cour... » « Il y a des gens qui me sont aussi agréables que les arbres et la mer, ce sont les pêcheurs, les paysans et les fous de village. »

Politiquement, la mainmise de la Prusse sur l'Allemagne ne semble pas avoir bouleversé Elisabeth, ni en son âme de Bavaroise ni en son cœur d'impératrice. Que pouvait faire d'autre cet empire vermoulu sur lequel elle règne, que de céder à la Prusse une Allemagne qui lui échappe, après tant de siècles, et qui vient de passer de dix-huit à quarante millions d'habitants ? Ce n'est pas Bismarck qui est responsable de l'unité allemande, ce sont les guerres napoléoniennes.

Elisabeth sent que l'avenir de l'Autriche n'est plus de protéger l'Occident contre l'Orient, mais de faire alliance avec cet Orient slave. « L'instruction de mon fils (il s'agit de l'archiduc Rodolphe) doit être aussi peu allemande que possible », dira-t-elle au comte de la Tour ; d'où la magyarophilie future de Rodolphe, qui sera une des causes de sa rupture avec son père, et indirectement de son suicide.

La révolution de 1848 ayant séparé l'Autriche de la Hongrie, la Diète hongroise avait proclamé l'indépendance ; pour éviter une rupture définitive, il fallait rapprocher Budapest de Vienne. Ce sera l'œuvre personnelle d'Elisabeth, la seule action politique à porter à son actif, mais elle y réussira ; le fameux compromis de 1867, qui permit à l'Autriche et à la Hongrie de vivre ensemble jusqu'à 1918, c'est à elle qu'on le doit. Le couronnement de François-Joseph et d'Elisabeth à Budapest (8 juin 1867), cette rapide et belle revanche de Sadowa, restera comme une des heures les plus resplendissantes de l'histoire hongroise. *Je n'ai jamais vu une telle pompe,* écrit Cosima à Franz Liszt. Certes, il y aura des gaffes (François-Joseph a eu tort de faire son entrée à Budapest en uniforme de maréchal d'Autriche, au lieu d'être vêtu en Hongrois), mais dans l'ensemble, le rapprochement est un triomphe.

Il amène, par contrecoup, un autre rapprochement, momentané celui-là, entre les deux époux. Elisabeth a maintenant trente ans et François-Joseph trente-huit. L'année suivante naîtra son quatrième enfant, Valérie, sa fille préférée.

La Hongrie est désormais la vraie patrie d'Elisabeth, elle apprend le hongrois ; aussitôt après avoir déposé le grand manteau blanc du sacre, brodé de diamants, sorti du Trésor, à peine descendue de son carrosse d'or à huit chevaux blancs, parmi les magnats en zibeline très amoureux d'elle, Elisabeth se donne aux poètes, aux paysans, se passionne pour le folklore hongrois, pour les haras locaux, pour l'immensité de la puszta. Elle découvre cet art populaire hongrois admirable, pour moi le plus beau d'Europe, tous ces trésors qu'on peut voir au musée d'ethnographie de Budapest, mais qui était encore, il y a cent ans, dispersé dans les chaumières, ornements d'argent, de corne, broderies des costumes, etc. Comme elle se sent loin de Vienne, qu'elle pourrait appeler, comme Louis II parlant de Munich, une « ville maudite ! » Comme elle respire à l'aise dans la plaine hongroise, pourtant si proche de Vienne ! A Budapest, sa popularité est immense, Andrassy et Deak ne jurent que par elle. (Ils ont été condamnés à mort, c'est tout ce qu'elle aime.) Dans le nouveau domaine de Gödölö, qu'elle vient de faire acheter à la frontière par François-Joseph, Elisabeth s'écrie : « Je me sens plus heureuse au milieu des chevaux qu'à la Cour. » De Gödölö, Elisabeth semble narguer la Hofburg, qui ne lui pardonnera jamais ; au lendemain de son assassinat, quarante ans plus tard, une dame de cette Cour hostile et centralisatrice soupirait :

« Enfin, nous n'aurons plus à compter avec les idées hongroises ! » Pour vivre près d'elle, l'impératrice choisit une Hongroise pauvre (elle préférera toujours les déshérités), la comtesse Marie Festetics. Quand elle ne vit pas dans sa Bavière natale ou sur son yacht, c'est à Gödölö qu'elle s'installe, qu'elle chasse à courre, à l'anglaise, entraînant dans ses galops effrénés François-Joseph lui-même et le comte Andrassy réconciliés.

Ses passions torrentielles se résument, pour le moment, en une seule : le cheval. Quand l'empereur lui demande d'acheter des tableaux dans les expositions de peinture, elle n'achète que des tableaux de chevaux. Elle ressemble à une de ces belles amazones de l'époque de Dreux, à chapeau à plumes, à la robe très longue dont les plis descendent jusqu'à terre. Toute la terre est amoureuse d'elle : le prince de Prusse, le Schah, Napoléon III, le Khédive, des peuples entiers, les Hongrois, les Italiens ! A Rome, où elle accompagne l'empereur, parfaitement indifférente aux intrigues du Concile, Elisabeth ne pense qu'à courre le renard, sur la voie Appia. A Ischl, elle installe pour l'été, comme elle a vu faire à son père, un manège, où elle se fait enseigner le dressage par Emilie Loisset ou par Elisa Renz, la fille du fameux écuyer de cirque du Franconi autrichien ; elle vit dans l'intimité de ces écuyères ; les amitiés féminines d'Elisabeth sont, elles aussi, torrentielles, ses rapports avec Fanny Engerer, sa jeune coiffeuse, ne laissent pas d'être étranges... la beauté, elle l'aime partout. N'admire-t-elle pas un jour les cheveux d'une voisine de table en les lui caressant et en disant : « c'est du velours » ? N'a-t-elle pas commencé une collection photographique des plus belles femmes du monde ?

La Hongrie ne lui suffit plus. Chaque automne la retrouve désormais en Angleterre, aux plus célèbres rendez-vous de chasse ; à Easton Weston, à Belvoir Castle, à Melton Mowbray, ces Mecques du *fox hunting,* dans les comtés préférés des veneurs, le Leicestershire, le Cheshire, le Northamptonshire, chez le Earl of Spencer, chez le Earl of Cumberland ; bientôt, les obstacles anglais ne suffiront plus à l'intrépide ; il lui faudra les hauts murs de pierre de l'Irlande et la voici à Summerhill, près de Dublin. Partout l'accompagneront les meilleurs cavaliers d'Angleterre, le capitaine Middleton, dit Bay (dont la longue intimité avec Elisabeth fera extrêmement jaser, et qui se tuera plus tard sur l'obstacle). Ses sujets les plus sportifs et les plus élégants semblent aspirés dans son sillage et suivent leur souveraine en Angleterre, les comtes Kinsky, Clam, Larisch, le prince Rodolphe de Liechtenstein, le comte Antoine Apponyi. Elisabeth reste facilement en selle six heures de suite, et couvre dans une journée jusqu'à deux cents kilomètres. Elle monte sans gants, les mains en sang. Deux années de suite la voient en Irlande (« le grand avantage de l'Irlande, dira-t-elle, c'est qu'il n'y a pas de princes »), mais elle doit y renoncer, les Anglais, vexés, disant qu'elle y favorise le Home Rule. Ces déplacements coûtent à François-Joseph des prix exorbitants : 106.516 florins pour aller tomber de cheval, près de Windsor, chez les Ferdinand de Rothschild, c'est cher ; 158.337 florins pour aller voir *Domino* s'emballer à Meath, chez Lady Langford, ce n'est pas donné.

En 1875, Elisabeth loue pour elle et une suite de quatre-vingt-dix personnes, en Seine-Maritime, à Sassetot-le-Mauconduit, une propriété, où elle emmène ses chevaux préférés, *Mahomet* et *Shadow,* ainsi que ses dogues favoris. Elle ne sort pas du château par la porte, mais d'un bond, par-dessus le saut-de-loup ; à l'étonnement des paysans, et à leur fureur (comme tous les cavaliers, elle trouve nos paysans très hostiles à la traversée de leurs champs), elle se lance dans les prés, s'arrêtant pile au bord de falaises de quatre-vingts mètres de haut. « Beaucoup de mes chevaux sont allés à la mort pour moi (dit-elle), ce que nul homme n'a jamais fait ; eux voudraient plutôt m'assassiner. » Bien entendu, elle refuse de voir la noblesse locale, comme son père, qui, de passage à Athènes, n'avait pas même fait une visite de courtoisie au roi Othon. Elle snobe la duchesse de la Mothe Houdancourt et le prince de Montmorency Luxembourg ; à leur tour, l'archevêque de Rouen et le sous-préfet d'Yvetot trouvent porte close au château. Lorsque l'impératrice traversera Paris pour rentrer à Vienne, le maréchal de Mac-Mahon, Président de la République, exprime le désir de venir la saluer dans son sleeping ; elle fait répondre qu'elle dort. A Chantilly, le duc d'Aumale invite Elisabeth à une chasse à courre en costumes Louis XV ; après les rites sportifs du *fox hunting,* Elisabeth trouve que les veneurs de Chantilly ne sont que figurants de théâtre. Sassetot ne se remettra pas de longtemps des excentricités d'Elisabeth. Aussi, lorsque l'impératrice devra s'aliter trois semaines, après une terrible chute de cheval, ses voisins de Sassetot se vengeront-ils en disant qu'elle est venue accoucher clandestinement en Normandie. Parfois, elle se promène dans la campagne en travesti et, parfois, elle loue une cabine de bains avec un salon, et descend jusqu'à l'eau par un passage de toile, comme le « sabot » pour les lions des ménageries, afin de ne pas être vue des estivants ; elle loue un yacht à Trouville, pour elle toute seule, ou bien elle sort la nuit avec des pêcheurs.

Tout d'un coup (sera-ce le premier signe d'un dérèglement ?), vers 1880, les chevaux cessent d'intéresser l'impératrice. L'équitation lui fait mal au ventre, déclare-t-elle. Sa nouvelle passion, c'est la marche à pied ; des courses de huit à neuf heures, où elle tue de fatigue ses dames d'honneur, ne l'effraient pas. A Vienne, on la surnommera : la locomotive. Elle qui montait jusqu'à trois chevaux par jour, liquide ses écuries, vend tous ses *hunters* et ses *hacks,* même les préférés. « Brusquement et sans raison, j'ai perdu courage », dit-elle. Même dégoût pour la nourriture ; elle tombera bientôt dans les plus absurdes régimes. Elle ne vit plus que pour sa santé, avec des menus incroyables, mangeant de la viande crue, buvant du sang de bœuf et absorbant des glaces. Elle ne peut plus supporter les festins officiels à quarante-huit plats. Ischl, Wiesbaden, Paris, Amsterdam la voient tour à tour entre les mains des médecins, des charlatans, des guérisseurs, des allopathes et des masseurs ; elle fait souvent quatre à cinq cures dans la même année. « Il ne faut passer dans les maisons que les heures indispensables », dit-elle. Ces heures indispensables, c'est moins celles du sommeil que le temps des massages, des cures anti-rhumatismales (car l'excès des bains de mer exaspère ses sciatiques), des pesées, de la préparation des panacées, et des matinées passées devant sa coiffeuse.

Ce qui demeure constant chez elle, c'est l'horreur des obligations de Cour, sa répugnance pour le Cérémonial viennois ; elle se met à dos, tour à tour, l'impératrice Eugénie, pourtant très curieuse d'elle, mais dont elle jette au panier l'invitation à l'Exposition universelle de Paris, se contentant d'y envoyer François-Joseph à sa place (1867) ; la reine Victoria, la reine de Portugal et Guillaume II ne lui pardonnent pas de refuser leurs invitations ou de se décommander à la dernière minute. Elle n'aime vraiment que sa fille Valérie, le reste du monde lui est indifférent.

Elle se sent de plus en plus attirée par la présence des fous, visitant en tous pays les asiles d'aliénés, Bedlam ou Brünfeld. « Le malheur est plus fort et la folie plus vraie que la vie », dira-t-elle. Aussi ne manquera-t-elle pas de répondre au culte fraternel que lui voue son cousin Louis II de Bavière. Ces deux Wittelsbach ont des rencontres secrètes à travers le lac de Stamberg. Ils se font, d'une rive à l'autre, des signaux au drapeau rouge. L'île des Roses, de Louis II, est voisine du château natal d'Elisabeth, Possenhofen. Souvent le yacht de Louis II, le *Tristan,* croise sous les yeux d'Elisabeth ; le roi fou en descend, vient la chercher, pour un de ses dîners où les valets sont masqués (pour les avoir trop aimés, Louis II ne peut plus les voir) ou invisibles, et où la table toute servie monte par une trappe. Une correspondance mystico-amoureuse s'échange entre *l'Aigle* (Louis II) et *la Colombe* (Elisabeth). Loin du *verbiage exécrable des fonctionnaires,* les deux souverains communient dans un amour commun pour la Grèce. Par un étrange transfert sentimental, le roi de Bavière ira jusqu'à se fiancer à Sophie-Charlotte, fille du duc Maximilien, et sœur cadette de l'impératrice Elisabeth. Mais il a trop présumé de ses forces ; venu à Possenhofen surprendre sa fiancée, il ne pourra se décider à lui parler, se contentera de poser un bouquet de roses sur le piano, et s'enfuira. *Je vois approcher avec terreur le jour de mon mariage,* écrira-t-il ; un peu plus tard il notera dans son *Journal* : *Dieu merci, cette chose affreuse ne s'est pas accomplie !*

Est-ce pour avoir voulu forcer sa nature à des amours normales que Louis II perdit la raison ? Ses médecins décident, peu après, de l'interner. Amené à Berg, dans une voiture grillagée, il s'échappe et disparaît ; on ne retrouvera d'abord de lui que son chapeau ; une barque, qui s'est lancée à sa recherche, heurte un cadavre : Louis II est noyé, ainsi que son médecin. L'accident eut-il lieu au cours d'une tentative d'évasion, tandis qu'il s'efforçait d'aller rejoindre Elisabeth sur l'autre rive, à Feldafing, où elle se trouvait, peut-être par hasard, ce soir-là ? Une des dernières lettres de leur correspondance, c'est une lettre du roi, datée de Hohenschwangau : « l'Aigle *n'a plus d'espoir qu'en* la Colombe... » Mon vieil ami Ferdinand Bac, qui alla consciencieusement interroger, plus tard, l'aubergiste de Berg, et Nicodème, le rameur de la barque, m'a affirmé que le roi se serait jeté à l'eau, poursuivi par son médecin, le Dr Gudden : Louis II aurait assommé l'aliéniste avec un galet (on retrouva de la cervelle du docteur qui flottait sur l'eau) ; Bac m'affirmait que, le soir de la mort de Louis II, Elisabeth serait venue attendre le roi en voiture, au bord du lac. (Il ajoutait que l'impératrice Eugénie, au cap Martin, le lui avait confirmé.) Ferdinand Bac nous disait jadis avoir entendu l'impératrice Elisabeth prononcer ces mots : « Quand les armoires s'ouvriront, on sera stupéfait d'apprendre que Louis II n'a jamais été fou. »

Depuis deux ans, Elisabeth est sur les routes. Sa vie n'est qu'un film dément, où défilent en accéléré les mots ensoleillés d'Athènes, Corfou, Alger, Bastia, Ajaccio, dans un envolement de prospectus de maisons de santé, Carlsbad, Lucerne, Zürich, etc. Elle résiste à tout. « Je suis de pierre », dit-elle. Son yacht *Miramar,* de mille huit cents tonneaux, mouille à Malte, à Palerme, à Tunis. Partout, les consuls autrichiens viennent, en grand uniforme, la saluer à bord. Etendue dans son pavillon de pont tendu de soie bleue, « inspiré de la tente d'Isolde », maussade, elle les congédie. Pour ne plus être importunée, elle affrétera à Douvres, sous le nom de Mrs Nicolson, le *Chazalis,* un mauvais bateau qui risque de se perdre par gros temps ; mais Elisabeth adore le danger, et, pendant les ouragans, se fait attacher au mât. La voici à Lisbonne, à Cintra, à Gibraltar, à Capri, à Naples où elle retrouve le *Miramar,* à Trieste enfin, où François-Joseph vient la rejoindre, pour la conjurer de venir faire sa paix avec les Viennois. Mais l'impératrice entend ne plus quitter son bateau, elle déclare : « La vie à bord est une vie chimiquement pure, sans conscience du temps, d'où tous les désagréments et relations sont bannis... Sur la mer la respiration s'élargit, se règle sur la houle. » Elle se croit une héroïne shakespearienne. Du roi Lear, elle dira : « Sa douleur est plus forte que l'ouragan sur la mer. » C'est à la mer qu'elle veut confier tout son désenchantement de la vie à terre : « La mer est mon confesseur », explique-t-elle. Elle voudrait n'avoir plus de patrie, voguer, inconnue, sous un pavillon de fantaisie, « un arc-en-ciel sur fond d'azur ». (Elle oublie que l'arc-en-ciel n'est jamais sur fond d'azur.) Après la mer, la chasse, les cures, Elisabeth va se livrer passionnément à l'étude du grec, d'abord avec un avocat, Thermojanis, puis avec un professeur de langues orientales, Russopoulos, puis avec un Anglais du Caire, et enfin avec son lecteur de grec Christomanos, qui lui lit Homère dans le texte, lyriquement, et qui est amoureux d'elle. Ils vont ensemble, en barque, au couvent de Paleocastrizza, déposer dans une anfractuosité du rocher les perles de son collier, qui se meurent ; elle les oublie et elles y sont encore... Christomanos admire ses mains « maigres, frêles, comme des fleurs qui auraient froid ». Elle n'aime que cette vie sauvage de l'Antiquité, elle refait le voyage d'Ulysse. En 1891, elle décide de construire un palais grec, à Corfou, parmi les magnolias, les cyprès et les mimosas, l'Achilléion. Aussitôt qu'il sera terminé, insatisfaite comme à l'habitude, elle décide de le vendre.

Chaque été, elle saute d'une ville d'eaux à une autre, Carlsbad, Kissingen, Baden, Ischl, ou les stations suisses ; elle passe les hivers à Malaga, Grenade, Cadix, Alger, Majorque, sans d'autres liens avec l'empereur qu'un échange de télégrammes quotidiens ; elle lui répète inlassablement « tu me manques » mais ne fait rien pour se rapprocher de lui. François-Joseph, « vieux Monsieur » dans sa jaquette étriquée et son étroit pantalon sans pli, son chapeau melon, vient la retrouver au-dessus de Montreux, à Territet, Mont-Fleuri ou à Veytaux, où la vue s'étend depuis la sortie du Rhône valaisan jusqu'à la grande courbe du lac, en direction de Genève. Ces quelques heures de vie commune, c'en sera assez pour l'année entière. « Vivre comme un étudiant », ce sera toujours le rêve d'Elisabeth, un vrai étudiant sans examens, sans succès, sans diplômes. Echappant à la surveillance des policiers, cette furtive impératrice sort des grands hôtels par l'escalier de service. Entre la Hongrie et le Cap Martin s'écoule la vie, d'un luxe misérable, de cette désenchantée, égoïste, inoccupée, que Barrès appelait l'impératrice de la Solitude. Elle saute les repas, ne s'assoit même plus à table, assiste sans manger aux grands dîners, quand il lui faut les subir, avec leur classique gigot de chevreuil et leurs vingt entrées, s'y fait servir du lait glacé, ou des œufs crus battus dans du porto. Trois ans de suite, elle habite au Cap Martin, non loin de l'impératrice Eugénie. *Un petit lit sans matelas, avec la peau d'un chamois sur le sommier ; levée à cinq heures du matin, déjeunant d'un jus de viande pressée, troquant sa jupe longue, dès qu'elle arrive en montagne, contre une jupe courte* (M. Gilbert). Chaque année, elle court passer en Bavière quelques jours d'été, à son château natal, à moins que son bohème de père ne vienne la voir. Celui-ci voyage toujours de Munich à Vienne, en troisième classe. Parfois son père refuse de venir ; en 1892, en réponse à une invitation de l'impératrice, il lui télégraphie : *Impossible de laisser les chiens tout seuls.* Elisabeth riposte : *Apporte-les !* Le duc arrive avec eux à la Hofburg. Il est accompagné d'un horloger, dont il a fait la connaissance en wagon ; celui-ci, ne l'ayant pas cru sur parole, quand il lui a révélé qui il était, le prince l'amène sans façon dîner au palais.

Elisabeth ne vit plus que pour sa santé ; elle se pèse trois fois par jour ; elle en est à quarante-six kilos, à force de cures, de macérations, de trapèze, d'haltères et de marches forcées. A partir de cinquante kilos, elle jeûne ; « régime de jockey », disent les médecins effarés ; elle tient registre de son poids. Elle est devenue tout muscle, et hâlée, ridée, moins jolie qu'autrefois, mais très étrange et plus belle.

Flâneuse, rêveuse, fantasque, indisciplinée, dormant

nue sur son lit de sangle, à force de parler de la mort et de la misère de l'homme, Elisabeth semble attirer le malheur sur elle. Elle ne se remettra jamais du drame de Mayerling. En apprenant la mort de la duchesse d'Alençon, sa sœur, brûlée vive, en mai 1897, au Bazar de la Charité, elle prédit : « Nous mourrons tous de mort violente. » Après ce choc terrible : – *Je désire la mort,* écrit-elle à sa fille –, elle retourne à Paris à l'automne, y retrouve, pour fêter son soixantième anniversaire, ses sœurs, l'ex-reine de Naples (que Proust admirait tant) et Mathilde, comtesse de Trani. Que de morts autour d'elle !

Dans l'été 1898, elle part pour Territet. La baronne de Rothschild l'ayant invitée à déjeuner au bord du lac Léman, dans sa belle propriété de Pregny, elle décide d'y aller en voiture et de revenir à Caux par le bateau blanc, le vapeur à aubes, du service régulier Genève-Territet (il existe encore) ; Elisabeth refuse le yacht de son hôtesse (celle-ci ayant donné l'ordre à son équipage de ne pas accepter de pourboire, la fierté d'Elisabeth en a été blessée). En outre, la baronne, voulant faire bien les choses, et pour que nul n'en ignore, avait décidé que le drapeau autrichien serait hissé en haut du mât, à Pregny ; c'était mal connaître Elisabeth qui supplie qu'on l'enlève.

Elisabeth est descendue à l'Hôtel Beaurivage, à Genève. Ce 9 septembre au soir, elle s'entretient de la mort avec sa dame d'honneur. Elle pense rentrer à Caux, le lendemain 10 septembre, par le service ordinaire de treize heures quarante. Elle s'apprête à monter sur le vapeur, lorsqu'en passant devant le monument de Charles de Brunswick, elle va se trouver face à face avec son destin : se faufilant derrière les arbres du quai, un individu la guette, la croise, s'approche d'elle, se baisse pour passer sous son ombrelle, lui porte un violent coup à la poitrine (où donc étaient, ce jour-là, les policiers qui l'avaient importunée toute sa vie ?)

Refusant l'aide du portier du Beaurivage, l'impératrice se précipite à bord, en disant à sa dame d'honneur, la comtesse Sztaray : « Je n'ai rien, vite, nous allons manquer le bateau. » Derrière elle, on retire la passerelle, et le vapeur quitte le quai. A ce moment, Elisabeth s'affaisse. On essaie de la ranimer, on la déshabille... sur la chemise, une petite tache brune : l'alène de Luccheni lui a perforé le cœur... On l'emporte sur une civière faite de deux rames. Le capitaine du bateau apprend le nom de sa passagère : il revient à quai. L'impératrice succombe en arrivant à l'hôtel.

Certaines morts sont en harmonie avec les vies qu'elles terminent. Ainsi d'Elisabeth : « Je voudrais m'envoler de ce monde comme un oiseau, comme une fumée... » disait-elle souvent. Ce fut sa fin, une fumée dans le ciel pur de septembre.

La veille de ce voyage fatal, à Caux, la Dame Blanche lui était apparue. Elisabeth rappela les précédentes apparitions du spectre : 1621, 1740, 1809, 1866 ; cette fois, il était le très attendu ; est-ce en pensant à lui qu'elle avait déjà distribué toute sa garde-robe, dès le lendemain de la mort de Rodolphe ? Lorsqu'elle se baignait dans la tempête, à Biarritz, elle éloignait toute surveillance, en disant : « Laissez-moi, je veux mourir seule. »

Elle avait demandé à être enterrée à Corfou. Il ne fut naturellement pas tenu compte de ses désirs ; dans les familles royales, les souhaits d'outre-tombe sont rarement exaucés. Le protocole autrichien fut, cette fois, le plus fort. Rituellement, le beau corps, qui lui avait donné tant de joies, alla aux Capucins, son cœur aux Augustins, dans l'urne d'argent traditionnelle, ses viscères à la cathédrale Saint-Etienne.

La mort s'était fait attendre. Elle était enfin venue, tant Elisabeth l'avait impétueusement désirée ; seul despotisme qu'elle eût accepté. Un être fait pour la joie de vivre, et qui l'avait toujours refusée, poussé par quelque originel désenchantement.

– Vous avez assassiné une désespérée, dit le juge d'instruction à Luccheni.

– Je croyais avoir tué une heureuse du monde, répondit l'Italien.

La Dame Blanche avait eu raison de la Dame en Noir.

CHAPITRE IX

L'ARCHIDUC RODOLPHE OU LES NOCES INTERDITES

Mayerling. Situé sur les derniers contreforts du Wienerwald, cet ermitage de Carmélites qui prient pour une faute dont elles doivent rêver avec effroi, est le triste écho de la Vienne chantante, couchée au-dessous, dans la plaine du Danube. La vallée du Helenenthal descend vers Baden, où l'état-major russe avait, il y a quelques années, établi son quartier général. C'est dans ce Helenenthal que Beethoven méditait la *Neuvième* et que, toute honteuse de ne pas être invitée aux fêtes, se réfugia Marie-Louise, pendant le Congrès de Vienne. Le temps y est suspendu ; il n'est plus marqué, sur le massif d'un établissement balnéaire, que par une grande horloge en fleurs, le cadran composé de pensées blanches et les aiguilles de pensées bleues. Aujourd'hui Baden, à odeur de soufre, est redevenue une petite ville d'eaux premier Empire, où d'autres gourmands que ceux de l'époque de Marie-Louise soignent les mêmes rhumatismes, où sur les pentes qui servaient à l'Aiglon de terrain de galop, se garent les grands autobus amenant les touristes vers le lieu voisin du pèlerinage. Au-dessous du pavillon de Mayerling se trouve le monastère de Heiligenkreuz, près des moulins de Schubert ; ici Marie Vetsera dort son dernier sommeil, à l'ombre du clocher bulbeux dont le vert-de-gris brille parmi le noir vert des sapins ; ici les tombes jadis profanées par les Turcs l'ont été à nouveau, en 1945, par de nouveaux Vandales. Dans la cour, une fontaine baroque, éclairée de lanternes de carrosses dorés, indique qu'une épidémie de peste s'y brisa un jour. Le monastère, badigeonné du même jaune ocre que tant de palais et de monuments autrichiens, s'enfouit dans les lilas en fleur ; tout est resté intact, tandis que, plus haut, la route monte vers le pavillon qui servit de décor à la tragédie de l'archiduc Rodolphe ; reconstruit, après avoir été démoli de fond en comble par François-Joseph, qui semble avoir voulu détruire tous les témoignages du drame, n'avoir rien voulu laisser debout de ce lieu maudit.

Maudit, dès le jour où l'archiduc Rodolphe y tira à balles un dix cors blanc, meurtre qui, dit la légende locale, entraîne toujours la mort du chasseur. Rien ne trouvait grâce devant lui, ni les oiseaux d'eau du Danube, ni les chamois des Alpes, ni les aigles de Gödölö, ni les vierges de dix-huit ans : en cette frénésie destructrice, semblait revivre ce goût de la mort de son ancêtre Philippe II et la démence des Wittelsbach. Tout ce que Rodolphe a touché est assombri par sa seule présence ; tous les endroits où il a vécu, son appartement de garçon à la Hofburg, ou sa chambre de Mayerling, ressemblent à des décors d'une nouvelle d'Edgar Poe : courtines de velours rouge, meubles d'ébène, *parfait accord entre le caractère des lieux et celui de la race* (Edgar Poe : *la Maison Usher).* Ce n'est pas lors de la disparition des remparts de Vienne, mais lors de la disparition de Rodolphe, que Johann Strauss aurait dû composer sa célèbre *Polka de la démolition.* Si Elisabeth est une impératrice pour cinéma, son fils ressemble à l'archiduc d'un roman de George Sand, ou d'Eugène Sue. Né en 1858, il a le physique de Trémor, dans *Lélia,* « né grand et âpre, cherchant vainement la cause de ses larmes qui tombent au fond de sa coupe dans le festin de la vie ». Les princes héritiers sont souvent le négatif du monarque qui est sur le trône : le père freine, le fils accélère ; l'un s'engage à droite, l'autre s'enfuit à gauche, « cinquième roue de carrosse », comme disait un ancêtre de Rodolphe ; chacun a ses courtisans, qui se surveillent, se détestent, les uns servant le puissant du jour, les autres préparant le régime de demain. « Victime expiatoire de l'époque », comme Herder disait déjà de Joseph II.

Tout opposait l'archiduc Rodolphe à François-Joseph, ce dernier disciple de Metternich ; dissimulant à peine ses mauvais sentiments, dans sa jeunesse, le prince héritier les remplaça par un étalage de passions, exacerbées par la morphine. François-Joseph croyait que des réparations au gros œuvre de l'édifice autrichien étaient encore possibles ; Rodolphe désespérait de l'avenir ; l'empereur gérait l'Autriche comme un bien de famille, appliqué, honnête, consciencieux, sans nerfs, sans bruit, grattant les virgules. Rodolphe est un individualiste, un nerveux, un malade, peut-être tuberculeux, peut-être syphilitique, d'une intelligence rapide et superficielle ; quelques injections de morphine suffiront à lui faire perdre son peu d'équilibre ; il introduit du sentiment partout, dans la politique intérieure, ce qui est regrettable, et dans la politique étrangère, ce qui est catastrophique. Il est plus militaire que soldat, comme son père, très « sergent-major » ; de sa mère il a l'intelligence, la fougue, le décousu, le pessimisme, le besoin de liberté, d'autodestruction.

Ses premiers devoirs d'écolier contiennent ces mots

prophétiques : *La royauté n'est qu'une grande ruine qui s'écroulera au prochain orage.* Lui s'écroulera avant elle. Dans une Autriche qui se défendait lentement, il s'est dissous très vite, malgré une forte éducation et une cinquantaine de professeurs qui ne lui ont appris à régner ni sur l'Autriche ni sur lui-même.

A huit ans, au lendemain de Sadowa, il suit sa mère se réfugiant en Hongrie. Le jeune Rodolphe, fuyant les troupes prussiennes, a compris que l'Autriche vient d'être chassée ignominieusement d'Allemagne par cette Prusse que Metternich a eu l'immense tort de remettre sur pied en 1813. Rodolphe sait que l'avenir de l'Autriche est maintenant ailleurs, sur le Danube ; il comprend que son rôle sera de barrer la route à la Russie en Orient. A dix-sept ans il écrira sur ce thème une de ses premières dissertations. Inspecteur de l'infanterie (1886), il dresse tout un plan de campagne contre la Russie, *principe asiatique du despotisme, adversaire le plus redoutable de toute civilisation.* Rodolphe est antiréactionnaire, antirusse, antihobereau, antiprussien, brouillé avec Guillaume II avec qui il avait pourtant fait une grande amitié à Berlin, lorsque celui-ci était Kronprinz ; il déteste Bismarck ; il est bien décidé à régner à gauche. Anglophile, mais le prince de Galles ne le prendra jamais au sérieux ; quant à sa francophilie, elle se heurtera à un court et décourageant contact avec Clemenceau.

Colonel à vingt ans, cet impulsif se précipite à Bruxelles pour demander la main de la princesse Stéphanie de Belgique ; dès que fiancé, il annonce la chose par télégramme à l'impératrice Elisabeth ; sa mère, méfiante, garde entre ses mains le télégramme, sans l'ouvrir : « J'espère que ce n'est pas un malheur... », dit cette superstitieuse souveraine ; elle en prend connaissance, puis ajoute : « Dieu veuille que ce n'en soit pas un ! »

Sous les ailes du nez de Rodolphe s'avancent les

lèvres épaisses de Philippe le Beau, celles, dit-on, héritées d'une princesse portugaise. Séparé de sa mère par la terrible Sophie, sa grand-mère, l'Héritier, Rudi, a connu la sévère éducation des archiducs, d'abord celle du général comte de Gondrecourt, qui s'ingéniait à l'effrayer, à l'enfermer avec les fauves parce qu'il avait peur des chiens, à lui faire éclater des coups de fusil aux oreilles, parce que le bruit l'épouvantait. Tout cela, fait pour l'aguerrir, ne réussissait qu'à lui briser les nerfs, jusqu'à ce que l'impératrice Elisabeth intervienne et impose le colonel Latour von Thurnberg. Rodolphe recherche les réprouvés, les anarchistes, comme l'archiduc Jean de Toscane, son meilleur ami, ce yachtsman communiste, qui n'a de goût que pour les journalistes israélites, les nihilistes. Tout se mélange dans sa tête peu solide, la glorification romantique du réprouvé, l'orgueil, le vice, l'humilité, le *mea culpa* et les soucis d'argent. *Il est le champion du travail contre le capital, ce qui ne l'empêche pas de faire payer ses dettes par le baron Hirsch, comme Cassel paie les dettes d'Edouard VII, et Ballin celles de Guillaume II* (Saint-Aulaire).

Ce touche-à-tout, après s'être adonné aux problèmes militaires, se passionne maintenant pour les problèmes politiques. Il parcourt l'Orient, partageant l'horreur de sa mère pour la vie de Cour. Il tient son journal de voyage. Il se lie avec de mauvais garçons. Il établit d'étroits contacts avec des publicistes démocrates, Frischauer, Futtaki, Szeps surtout, dont la fille a épousé Paul Clemenceau ; c'est par elle qu'il fera la connaissance de Georges Clemenceau (1886), à qui il expose ses vastes et naïfs plans d'action antiprussiens et antirusses, et son grand projet d'une alliance de l'Autriche avec l'Ouest, contre l'Est. (Clemenceau répond par une fin de non-recevoir : ce rêve est impossible tant que l'Alsace-Lorraine ne sera pas française.) Et, pourtant, il allait falloir trouver à l'Autriche, à ses peuples, une raison de vivre en commun ; ce qui avait sauvé toutes ces races et ces nations, c'était la peur du Turc : la Turquie d'Europe venait de tomber en ruine, après un siècle de décadence, les peuples de la Double Monarchie devaient être désormais émancipés, non contre les Habsbourg, mais par ceux-ci. Rodolphe serait-il appelé à ce rôle immense ?

Doutant de lui-même, Rodolphe mêle à des visées politiques souvent profondes et intuitivement justes – il a pressenti la trahison italienne de 1916, et de Guillaume II il dira : « Il est probable qu'il mettra bientôt notre vieille Europe à feu et à sang ; c'est l'homme à ça. » –, son dégoût de la vie, ses peurs enfantines, l'effroi devant sa lourde hérédité, son désarroi à l'idée d'avoir, un jour, à régir les neuf nationalités ingouvernables de l'Empire. L'archiduc héritier ne compte plus ses ennemis : à la Cour, il est détesté ; il se met à dos les pangermanistes ; il méprise les fonctionnaires de la Ballplaz, qui le lui rendent ; il se voit attaqué jusqu'à la tribune du Parlement (1888). Drumont, dans *la Fin d'un Monde,* ne le ménage pas. Mauvais mari, il fait à l'archiduchesse Stéphanie des scènes d'une violence folle, déjà menace de la tuer et de se suicider ensuite. Comme sa mère, cet homme vieux avant l'âge a toujours à la bouche le mot de mort ; la mort l'a hanté toute sa vie. Un jour, il a même proposé à une jeune actrice de mourir avec lui ; mais cette fille simple, qui n'a rien lu, refuse net. « J'ai suivi une autre voie que la plupart de mes parents », dit Rodolphe, dix ans avant le drame, dans son testament de 1879 ; « la réaction est partout... Ceux qui la prêchent sont mes ennemis les plus dangereux... » Puis, après avoir pris cette position politique avancée, il pense à autre chose : « Ultime baiser à toutes les jolies Viennoises que j'ai tant aimées... »

Ses goûts vont aux Levantines, aux Juives, aux brunes, aux tziganes ; mais il épouse la blonde Stéphanie,

« la paysanne flamande », de sept ans plus jeune que lui, sans charme, et qui après avoir accouché d'une fille, ne pourra plus avoir d'enfant. Il s'en lasse vite, court les mauvais lieux, et, à en croire l'interpellation du député Pernerstorffer, « à la suite d'une ignoble orgie avec ses compagnons de débauche, également haut placés, les conduit dans la chambre de sa femme ». (Pour Othon, on racontera plus tard la même histoire.) Il admire le futur Guillaume II, puis le déteste ; après avoir dénoncé la Russie dans les termes qu'on a vus, il devient brusquement russophile, et, au moment d'accompagner son père à Berlin, propose d'aller négocier à Saint-Pétersbourg. (Est-ce l'influence de Jean Salvador, le futur Jean Orth, qui, par peur de l'Allemagne, disait « la Russie est notre refuge » ?)

Mêmes embardées en amour, même besoin de se détruire en détruisant les autres. Rodolphe fait la connaissance d'une jeune fille, Marie Vetsera, hongroise par son père, qui était de petite noblesse, grecque par sa mère, dont la famille smyrniote est venue habiter cette Vienne bien-aimée, cette première capitale de la civilisation que les Orientaux rencontrent sur leur route vers l'ouest. Marie a seize ans ; cette très jolie brune aux yeux bleus est très liée avec la comtesse Larisch Wallersee, intrigante cousine du prince héritier, qui va faciliter ses amours. Cette sinistre entremetteuse, fille du mariage morganatique de Louis de Bavière, le frère aîné d'Elisabeth, et de l'actrice Henriette Mendel, est l'auteur de souvenirs calomnieux sur l'impératrice, sa bienfaitrice ; c'est elle qui a présenté Marie à Rodolphe, dès 1887. La jeune fille n'avait jamais approché l'archiduc, mais elle l'aimait, en imagination, à la folie, comme toutes les filles de Vienne, et elle fait en sorte qu'il ne l'ignore pas. Les amoureux se rencontrent, d'abord au bal, puis au Prater, puis à la Hofburg, secrètement (du moins ils le croient, comme s'il pouvait y avoir un secret à la Hofburg !) dans l'appartement de garçon qu'a conservé Rodolphe marié et qui se situe dans une aile opposée à l'appartement conjugal. Les deux serviteurs de Rodolphe, le cocher de fiacre Bratfisch et son valet de chambre Loschek ne sont bientôt plus seuls à savoir que, le 13 janvier 1889, les amoureux sont devenus des amants ; l'empereur François-Joseph l'a appris très vite, et avec lui toute la Cour.

Marie Vetsera a déjà eu une aventure, une seule, au Caire, avec un officier anglais, mais elle est vierge d'âme. Lorsque l'archiduc reçoit les premières lettres d'amour de la jeune fille, cette conquête l'amuse ; il fera chercher secrètement Marie rue des Marocains, par Bratfisch, qui l'amène en fiacre à la Hofburg, devant la petite porte de fer ; là attend Loschek, qui introduit la jeune fille (début novembre 1888, ou, d'après la Larisch, janvier 1889).

Tout Vienne est au courant. Un soir, à l'Opéra, Marie se couvre de bijoux ; les regards des loges vont vers elle ; Stéphanie la lorgne ouvertement. « Un vrai petit démon », confie Rodolphe à sa cousine. La baronne Vetsera, ravie, fait semblant de ne rien savoir (elle sait tout, dit la Larisch) ; son but est d'arriver à une union morganatique, après avoir fait annuler le mariage de l'archiduc héritier.

Sa fille, désireuse de ne pas accompagner sa mère un jour de gala, reste à la maison sous prétexte de se laver les cheveux, puis, dès le départ de ses parents, se précipite à son rendez-vous d'amour ; la baronne ferme les yeux.

Les Vetsera ont acheté un palais, rue des Salésiens, au centre du quartier diplomatique, près des Metternich, des Hoyos et des Schwarzenberg ; la mère cherche, à coups de liaisons flatteuses, à s'élever dans la société ; les oncles, les frères Baltazzi, ont beau gagner le derby anglais et suivre l'impératrice dans ses chasses au renard, ils restent, comme dit la comtesse Festetics,

« des gens introduits par contrebande et qui se poussent partout », des banquiers de Smyrne ; ils n'ont naturellement pas leurs entrées à la Cour, n'approchent cet empyrée que dans les kermesses de charité, ou sur le terrain neutre des ambassades étrangères. Ils connaissent tout le monde, mais ne sont pas reçus ; ils ne sont pas *hoffähig*.

Le 27 janvier 1889, lors d'une soirée pour l'anniversaire de Guillaume II chez l'ambassadeur de Prusse à Vienne, le prince Henri de Reuss, chacun vient saluer l'archiduchesse Stéphanie, qui remplace l'impératrice absente. Marie ne perd pas des yeux Rodolphe, en grand uniforme de ulhan allemand, qui accompagne l'archiduchesse. Folle d'orgueil, Marie Vetsera refuse de faire la révérence ; il faut que la baronne, sa mère, la contraigne à plier le genou devant l'épouse de Rodolphe. Les deux femmes se regardent « comme deux tigresses prêtes à bondir ». Le scandale est si public que, dès le lendemain, l'archiduc est convoqué chez l'empereur.

Que se passa-t-il dans ce long entretien du 28 janvier 1889 ? On ne l'a jamais su. Le dialogue s'est-il engagé ainsi :

– Une jeune fille qu'on dit amoureuse de toi s'est permis d'insulter ta femme et, en sa personne, toute notre Maison, qu'elle représentait officiellement, hier soir, dans une ambassade étrangère.

– Je n'y suis pour rien.

– Tu es marié, plus âgé que cette fille ; je te rends responsable de tout.

La querelle s'envenime ; François-Joseph reproche à son fils de ruiner sa position d'archiduc héritier, déjà compromise par des interventions occultes, il fulmine l'anathème contre une politique d'écervelé qui dure depuis des années. Exige-t-il qu'il rompe sa liaison ? C'est probable. « Je lui ai interdit de revoir la Vetsera », aurait dit, le lendemain, l'empereur à l'impératrice.

L'historien Tschuppi affirme que Rodolphe promit à son père de rompre, obtenant cependant la permission de dîner avec sa maîtresse, le lendemain, pour la dernière fois.

François-Joseph a-t-il d'autres griefs contre son héritier ? On a dit que l'archiduc Rodolphe avait conçu le projet de se faire élire roi de Hongrie, en évoquant le précédent de l'empereur Ferdinand. Mais Ferdinand était un infirme d'esprit, à qui on a voulu seulement éviter d'avance les difficultés que lui susciteraient les Hongrois à son avènement au trône impérial. Il n'eût jamais passé par cette pauvre cervelle l'idée de faire une politique quelconque en Hongrie. Avec Rodolphe, le danger était évident. En tout cas, la scène entre le père et le fils a dû être d'une violence inouïe, pour que l'on ait retrouvé l'empereur évanoui, comme l'a rapporté son aide de camp, le général Margutti.

Ce qui est certain, c'est qu'en sortant de chez l'empereur, l'archiduc avait résolu de se tuer. Dans ses *Souvenirs* (plus que suspects), Marie Larisch affirme que Rodolphe s'est annoncé au Grand Hôtel pour venir déposer entre ses mains, en secret, une cassette contenant des papiers confidentiels, afin de les mettre à l'abri d'une perquisition. S'agissait-il du complot hongrois monté par le comte Etienne Karolyi ? (Ces Karolyi auront été fatals aux Habsbourg !)

« S'il m'arrivait quelque chose, aurait dit Rodolphe à Mme Larisch, sache qu'un homme viendra réclamer cette cassette ; tu la lui remettras ; le mot de passe sera RIVO. » La Larisch dira plus tard que le mystérieux visiteur n'était autre que l'archiduc Jean de Toscane, car elle l'a reconnu sous son déguisement.

Maintenant, la trace de Rodolphe se perd. L'intendant de la Hofburg a affirmé que l'archiduc avait passé cette nuit dans son appartement, avec Mitzi Kaspar, cette actrice qu'il emmenait même aux manœuvres. Des historiens le nient, et déclarent que, le lendemain de la soirée à l'ambassade d'Allemagne, Rodolphe a disparu. Personne ne sait où il est, en ce 28 janvier, après avoir quitté la Hofburg à onze heures du matin ; son départ a été avancé à la suite d'un mystérieux télégramme.

Quant à Marie, vers la même heure, elle est sortie de chez ses parents, pour n'y plus revenir. On ne la retrouvera qu'à Mayerling, où tout est préparé pour la recevoir ; ses pantoufles, sa chemise de nuit sont près du lit...

En cette fin d'après-midi, la tragédie est près de se dénouer. Si Rodolphe a décidé de se tuer, ce n'est pas par amour. Sa décision fut certainement prise pour un motif différent ; il n'a jamais aimé Marie ; n'a-t-il pas avoué à la Larisch qu'il désirait rompre avec la jeune fille, mais « ne pouvait la faire tomber d'une secousse » ? Il est, dit-on, épris d'une princesse russe. Il a une liaison avec l'actrice Mitzi Kaspar. Lorsqu'il fera à sa cousine allusion à « une situation intolérable », est-ce parce qu'il a trahi, abandonné, à Budapest, ses partisans hongrois ? S'est-il livré à de regrettables opérations financières ? Ce qui est certain, c'est que Rodolphe ne fera part à Marie de sa décision de se tuer qu'une fois qu'il l'a prise. Il lui demande simplement, égoïstement, de « lui faciliter la chose », et de l'accompagner dans la mort. Elle accepte, de la façon la plus naturelle ; elle accepte comme une héroïne shakespearienne, afin d'avoir enfin son bien-aimé à elle toute seule. Ce n'est plus la fille exaltée qui, le soir où elle se donne à lui pour la première fois, écrit : *Nous avons perdu la tête tous les deux, nous nous appartenions corps et âme.* Elle montre à son amie Larisch un porte-cigarettes, cadeau de l'archiduc, où sont gravés ces mots : *Merci pour l'heureuse date* (13 janvier 1889). Elle est tout à fait consciente, calme, résolue. Le 18 janvier elle a rédigé son testament. Lorsqu'on prit d'elle des photographies, quelques jours plus tard : « Ce seront les dernières... », dit-elle.

Rodolphe écrit ses lettres d'adieu, à sa mère, à sa femme, à sa sœur ; mais pas à son père ; seulement, dans sa lettre à l'impératrice, cette phrase : *Je sais trop que je n'étais pas digne d'être son fils.* A Stéphanie, ces mots : *Tu es délivrée de ma présence et du fléau que je suis.* A Valérie, cet étrange : *Je meurs contre mon gré,* qui est demeuré inexplicable. Cette phrase, plus le premier télégramme qui obligea Rodolphe à quitter Vienne très vite, puis deux entrevues avec Szeps, puis un second télégramme reçu à Mayerling, le soir de l'accident, épaississent à jamais le mystère...

L'archiduc arrive à son pavillon où Marie l'attend au premier étage ; seuls sont présents Philippe de Cobourg et le comte Hoyos, ses deux intimes qui chasseront sans lui, car Rodolphe est enrhumé. Après la chasse, le prince de Cobourg qui doit dîner à Vienne à la table impériale, repart, le thé pris, dans la neige ; le pavillon est entouré de policiers déguisés en paysans, qui le voient passer. Rodolphe télégraphie à sa femme qu'il ne reviendra pas à la Hofburg. Il dîne avec Hoyos ; après le dîner, le fidèle Bratfisch vient, comme d'habitude, amuser son maître par ses tyroliennes, lui chanter son air favori : *Il n'y a qu'une Vienne...*

Rodolphe se retire dans son appartement où l'attend Marie Vetsera. Elle est en train d'écrire à sa mère : *Nous sommes à présent très curieux de savoir comment est fait l'autre monde... Pardonnez-moi, je ne pouvais résister à l'amour...* D'autres lettres aussi, à sa sœur ; elle lui annonce *qu'elle va être très heureuse* ; à un de ses petits frères, à Bragance qui fut son fiancé...

Sur un cendrier on retrouva ces mots, à l'encre violette : *Le revolver plutôt que le poison, c'est plus sûr.* Rodolphe a-t-il attendu que sa compagne soit endormie pour la tuer, ou bien la serre-t-il vivante dans ses bras, en même temps qu'il presse doucement le revolver contre sa tempe ?

Rodolphe descend du lit où ils sont couchés tous deux, après avoir recouvert le visage de la morte d'un oreiller ; il sort de la chambre et va dire à Loschek de ne le déranger sous aucun prétexte, même si l'empereur appelle au télégraphe intérieur, d'être prêt à lui servir son petit déjeuner le lendemain matin, à six heures trente, et de commander la voiture pour cette heure-là. Il rentre en sifflotant dans son appartement. Il s'assied dans un fauteuil, et rédige pour son ami Szögyeny et pour son valet ses dernières instructions : *Qu'on ne télégraphie pas à Vienne* ; *qu'on envoie chercher un moine au monastère voisin de Heiligenkreutz.* L'archiduc se verse un verre de cognac (le verre sera retrouvé, mi-plein, à côté de lui). Il prend un miroir et, de la main sûre du bon tireur, de tout près, comme il visait les ours, il appuie fortement le canon du revolver contre sa tempe droite. Il regarde la mort en face, en vrai Habsbourg, pareil à son oncle Maximilien devant le peloton d'exécution mexicain. Le crâne vole en éclats... Après le bruit des bouchons de champagne, les détonations du revolver : Eugène Sue.

Au matin, le valet trouve la porte fermée, frappe en vain. Pris de panique, il va réveiller le comte Hoyos ; ils décident d'attendre le retour de Cobourg à huit heures. A eux trois, ils enfoncent la porte à coups de hache, tandis que sonnent les trompes de chasse...

Hoyos se précipite à la gare. Le premier train qui va passer est l'express Trieste-Vienne. Le chef de gare refuse d'arrêter le convoi. Hoyos prend sur lui de dire : « Le Kronprinz est mort. »

A Vienne, visite précipitée de Hoyos, à la Hofburg, chez Bombelles, le grand-maître du palais, puis chez le comte Paar, premier aide de camp. C'est à qui n'entrera pas chez l'empereur. Hoyos se rend alors chez l'impératrice avec le baron Nopsca, met au courant Ida de Ferenczi qui entre tremblante : Elisabeth est en train de se faire lire Homère par son lecteur de grec, tandis qu'on lui brosse les cheveux :

– Une très mauvaise nouvelle pour Votre Majesté..., commence Nopsca.

C'est Elisabeth qui annoncera à François-Joseph la mort de leur fils. Personne n'est à même de fournir des détails : accident ? empoisonnement ? Quand Hoyos est parti de Mayerling, la chambre était encore obscure ; il se rappelle seulement qu'il y avait un verre à moitié plein sur la table...

L'impératrice va affronter seule son mari : plus tard, elle fait venir Mme Schratt ; elles ne seront pas trop de deux pour aider l'empereur à supporter ce terrible coup du sort. « Rien ne m'aura été épargné »... gémit François-Joseph. Une commission de médecins est aussitôt constituée, qui part pour Mayerling.

Quelques heures plus tard, sortent les premières éditions des journaux, le drame est public, car le chef de gare de Mayerling a parlé ; le chemin de fer du Sud appartient aux Rothschild et le chef de gare leur a télégraphié ; pour les uns, c'est un accident de chasse, pour les autres, un attentat ; certains parlent d'un accès de démence. La police fait saisir aussitôt ces premières éditions. Les bruits les plus extraordinaires circulent : Marie Vetsera était enceinte ; Marie Vetsera était la sœur de son amant ! La Vetsera a tiré la première... L'archiduc a été tué à coups de bouteilles au cours d'une orgie... Il s'est tué parce que le pape n'a pas voulu annuler son mariage, etc. Toujours Eugène Sue !

A la Cour, l'affolement est général. On annule les audiences. L'empereur télégraphie la nouvelle à tous les chefs d'Etat ; il annonce une mort « probablement par apoplexie ». Le lendemain, 31 janvier 1889, les médecins déposent leurs conclusions : double suicide.

Rodolphe a demandé à être inhumé dans le monastère de Heiligenkreutz, à côté de Marie, mais sa dépouille est ramenée à la Hofburg.

Derrière la douleur de l'empereur se cache mal son ressentiment : « Rodolphe est mort comme un garçon tailleur », a-t-il pensé. Le sang des Habsbourg n'est pas fait pour rougir le dernier acte d'un mauvais mélo. Si Marie Vetsera nous émeut, si elle se montre digne du tombeau de Juliette, Rodolphe, lui, n'est qu'un pauvre raté romantique, jouant un drame qui ne lui attire même pas la sympathie du poulailler.

La mort de Marie Vetsera, c'est le *Liebestod* d'Iseult ; le suicide de Rodolphe, c'est la fin du détraqué ; un obsédé qui parle sans cesse de trépas, envie tous les disparus ; aux grandes manœuvres, il dit à ses aides de camp : « Je ne serai jamais empereur d'Autriche ; c'est celui qui va là qui le sera », montrant du doigt François-Ferdinand. D'où l'incoercible, l'éternel désespoir de l'impératrice, qui se sent responsable de la lourde hérédité Wittelsbach. D'où aussi le pieux mensonge de l'empereur qui, pour couvrir ce fils dont la folie a causé les égarements, écrit contre toute vraisemblance, à Mme Schratt, sa confidente : *Rodolphe, le meilleur des fils et le plus fidèle des sujets.*

La baronne Vetsera accourt chez le préfet de police ; sa fille a disparu depuis trois jours. Où est-elle ? Le fonctionnaire ne veut rien dire ; il dirige la baronne sur la Hofburg. Celle-ci va voir Mme Schratt, par qui elle obtient une audience de l'impératrice ; la baronne, qui verse à la fois des larmes de désespoir et de snobisme comblé, tombe dans les bras d'Elisabeth.

Le 5 février ont lieu les funérailles de l'archiduc. L'impératrice Elisabeth, pour ne pas laisser voir sa douleur, n'y assistera pas ; elle, qui attend tous les jours la visite de la Dame Blanche, pardonne, comprend sans l'excuser, Rodolphe : il est de sa race, il est, comme elle, un révolté qui a été jusqu'au bout de sa révolte. Dans la chapelle ardente, le masque de cire dont on a revêtu le visage du mort fond à la chaleur des cierges ; une nouvelle sueur d'agonie.

Le 9 février, ne pouvant plus dormir, ni supporter le poids de son chagrin, Elisabeth se lève au milieu de la nuit. Elle étouffe dans ces couloirs surchauffés par les poêles blancs de la Hofburg. Personne ne l'empêchera d'aller s'entretenir avec l'ombre de son fils qui dort, si près d'elle, sous le sol même du palais. L'impératrice se fait conduire au caveau des Capucins ; qu'on ouvre cette porte qui descend à la crypte ! Le frère portier a de la peine à la reconnaître. Précédée d'une torche, elle gémit sous les voûtes blanches à la chaux, où son ombre se découpe en noir, elle crie : « Rodolphe ! Rodolphe ! »

A Mayerling, le jour d'hiver s'est levé très tard ; mais maintenant, il est à peine quatre heures et il fait déjà nuit. Un traîneau attend à la porte du pavillon de chasse (rapport du préfet Habreda). Voici une apparition extraordinaire : Marie Vetsera s'avance, soudain comme ressuscitée, soutenue par son oncle Alexandre Baltazzi et par le comte Stockau, chef de la police de Vienne, qui sont arrivés à la fin de la matinée. Ils hissent Marie dans la voiture, l'installent entre eux. Le cocher prend les rênes ; les chevaux ferrés à glace se mettent en marche, dans une tempête de neige, vers le couvent Heiligenkreutz. Marie est droite et immobile entre les deux hommes : fixé à une canne, ce corps presque enfantin, qui a été en hâte habillé à dix heures du soir, se balance parmi les flocons de neige, dans l'obscurité, aux violents chaos d'une route dure et défoncée ; parfois elle retombe sur l'épaule de l'un, puis dans les bras de l'autre, tout d'une pièce. Ce fantôme dressé semble fier d'entrer dans l'Histoire, même par la porte du scandale. Le sol est si dur que la tombe n'a pu être creusée ; la terre refuse d'engloutir ce trop jeune corps.

Sept personnes ont tout su sur le drame : l'empereur,

Elisabeth, le comte Hoyos, Bratfisch, Loschek, le Premier ministre Taaffe et un fonctionnaire des Affaires étrangères, Szogycny, ami intime de l'archiduc, celui qui a reçu la dernière lettre de Rodolphe, écrite un instant avant le coup de revolver fatal. *Personne n'a parlé.*

François-Joseph exigea que le dossier concernant le drame ne fût pas versé aux archives de famille, qu'il fût remis au président du Conseil, le comte Taaffe. Ce dossier fut ouvert en 1912 : il ne contenait que du papier blanc...

François-Joseph a dit un jour un mot qui peut s'appliquer à tous les prétendants : « Chaque époque garde en réserve un Philippe-Egalité. » Rodolphe fut un Philippe-Egalité qui devait voter sa propre mort. Le chasseur impénitent de Gödölö, ce tueur d'aigles, aura descendu, de ses propres mains, l'aigle bicéphale.

CHAPITRE X

FRANÇOIS-FERDINAND OU LES NOCES DE SANG

Rodolphe disparu, l'archiduc François-Ferdinand d'Este montait en ligne, son père, qui l'eût précédé, étant mort de fièvre typhoïde pour avoir voulu pieusement boire l'eau du Jourdain. Par sa mère, Marie-Annunziata de Bourbon-Sicile, François-Ferdinand descendait du roi de Naples, l'affreux « roi Bomba », dont le plus grand plaisir était de voir, de ses yeux, river les chaînes aux pieds des condamnés politiques. Quelques traits de cet aimable aïeul avaient dû renaître chez le petit-fils, car l'archiduc était coléreux, vindicatif et hautain. François-Ferdinand, futur assassiné, était moins un chasseur qu'un assassin de gibier. Ses battues sont des hécatombes ; grand massacreur de cerfs (il en a près de cinq mille sur la conscience), il abat dans la même journée deux mille cent quarante pièces ; ses fusils sont toujours brûlants ; il tire sur tout, pour rien, pour couper des branches ; on dit même qu'il tire les rabatteurs et qu'il a failli tuer l'empereur à la chasse.

Dans ses palais et ses châteaux magnifiques, car il est richissime, ayant toute la fortune Este, on chercherait en vain un objet d'art ; les dépouilles de millions de bêtes innocentes ornent les murs, dûment naturalisées, avec la date de leur trépas. Il y a mieux : dans une vieille tour à Konopischt, il a installé un musée d'instruments de torture anciens ; terrifiant ! Peut-être croit-il en saint Georges, car il possède trois mille sept cent cinquante Saint-Georges en peinture, sculpture, bibelots, presque tous affreux. Est-ce pour conjurer le démon qui le terrassera, la fin tragique qu'une voyante lui a prédit ?

On ne sait si, comme pas mal de chasseurs, il aime les bêtes qu'il abat, mais en tout cas, il hait et méprise le genre humain et la méfiance caractéristique des Habsbourg est portée chez lui au paroxysme.

Il n'avait jamais pardonné à la Cour le dédain avec lequel elle s'était détournée de lui lorsque, atteint de tuberculose, on l'avait cru inapte à régner ; il avait serré les dents, décidé qu'il guérirait coûte que coûte, et il avait guéri.

L'équité oblige à reconnaître à ce prince peu sympathique quelques qualités majeures, le courage, l'énergie, la force de travail ; beaucoup plus intelligent que son oncle, et d'esprit plus ouvert, il était plus capable que lui de saisir le danger des nationalités déchaînées et le côté désuet du seul lien entre elles, la dynastie impériale. Mais sa violence gâtait tout. « Plus explosif encore qu'impulsif », disait-on.

Tel qu'il était, toute l'Europe le voulait pour gendre. L'archiduchesse Frédéric, née Isabelle de Crouy, cherchait à l'attirer pour une de ses filles et François-Ferdinand se rendait volontiers à ses invitations. Les jeunes archiduchesses avaient une dame d'honneur, presque une gouvernante, une fille d'ancienne famille tchèque, montée en graine, modeste et effacée ; il faut toujours se méfier des personnes effacées. Elle s'appelait la comtesse Sophie Chotek.

Un jour qu'elle voyait le prince frissonner, elle courut lui jeter un châle sur les épaules. François-Ferdinand, qui se savait peu aimé, qui, lui-même, n'aimait que son coiffeur et son valet de chambre, fut touché de ce geste plus humain que protocolaire, et jeta les yeux sur l'insignifiante dame d'honneur ; elle était sans beauté, grande, massive, mais pas insignifiante : des yeux trop intelligents pour l'être.

L'idylle se noua à l'insu de tous, avec promenades nocturnes dans le parc, et cela pendant des années... jusqu'au jour où l'archiduc, jouant au tennis, oublia sur une table sa chaîne de montre avec son médaillon. L'archiduchesse Isabelle s'en empara, l'ouvrit, pleine d'espoir... et y vit la miniature de la gouvernante. Furieuse, elle fit un esclandre et chassa la Chotek. Une gaffe : François-Ferdinand était orgueilleux et, de plus, à cheval sur l'honneur. Il se piqua au jeu et annonça ses fiançailles avec Sophie Chotek.

On imagine l'indignation, le chagrin, la fureur de François-Joseph. Le dogme sacro-saint de *l'Ebenbürtigkeit,* l'égalité des naissances, était violé par celui-là même qui aurait dû en être le défenseur. L'empereur imposa une année de réflexion au fiancé et fit travailler la fiancée par des ecclésiastiques ; ils y perdirent leur latin ; elle leur répondait qu'elle avait mission du ciel de sauver l'âme de François-Ferdinand. (Après quoi, elle ne cessa de les poursuivre de sa rancune.) L'Histoire connaît des femmes qui se sont sacrifiées à la raison d'Etat ; Sophie Chotek n'était pas de celles-là. Quant à l'archiduc, son caractère impérieux lui commandait de résister ; on prétend que l'impératrice Elisabeth, toujours tendre aux révoltés, l'y aurait encouragé : « Tiens bon, Franzl ». Ce n'est guère probable...

Le délai écoulé, François-Ferdinand obtint le consentement de l'empereur, mais à quel prix ! Le mariage serait morganatique ; l'épouse ne serait jamais impératrice ; elle et ses enfants n'auraient aucun rang à la Cour, aucun droit à la Couronne. François-Ferdinand devait prendre publiquement, par serment, l'engagement d'accepter et de respecter ces conditions.

La renonciation solennelle fut prononcée, le 28 juin 1900, à la Hofburg, en présence de tous les archiducs et de tous les hauts dignitaires. Ce fut sinistre ; on aurait dit une cérémonie de deuil. L'empereur, très sombre et qui parut très vieilli, demanda d'un air presque menaçant la prestation du serment à l'Héritier du Trône, qui répéta d'une voix étouffée la formule exigée.

Deux jours plus tard, il épousait au château de Reichstadt la femme de son choix. Il n'y a aucun doute qu'il l'a profondément aimée et qu'elle lui a donné trois superbes enfants. A-t-elle été, pour cet homme à qui on n'a connu précédemment aucune aventure, l'initiatrice, celle qui a su éveiller le mâle en un égrotant ? Elle n'a rien d'une séductrice ; c'est une provinciale distinguée et comme il faut. Lui, avec sa forte carrure et ses grosses moustaches, a, disait un diplomate : « l'air d'un flic déguisé en archiduc ». Ce couple, qui ne plaît pas beaucoup au premier abord, s'entend à merveille et est très heureux... ou plutôt il le serait, si la situation de la femme morganatique n'était absolument impossible, ce qui lui fait fuir Vienne, la rage au cœur. Dans le monde, elle n'avait pas de position définie. A la Cour, c'était pire : le premier chambellan, prince de Montenuovo, petit-fils de Marie-Louise et de Neipperg, qui se considérait comme Habsbourg officieusement et souffrait de ne pas l'être officiellement, veillait d'autant plus jalousement sur les prérogatives impériales que lui-même en était exclu. Il ne manquait pas une occasion d'humilier l'ancienne gouvernante : on ouvre les portes à deux battants quand arrive l'archiduc ; on referme un battant quand passe sa femme. Accompagne-t-elle son mari à la gare, elle a droit à la voiture impériale ; revient-elle seule, il lui faut se contenter d'une calèche non armoriée. A Londres, au couronnement de George V, elle n'est pas invitée à la cérémonie, mais seulement, furtivement, à une chasse, à Windsor.

Entre les nouveaux mariés et l'empereur, c'est la guerre froide : l'archiduc fait attaquer l'empereur par la presse ; l'empereur refuse à l'archiduc – injure suprême – l'accès au Conseil de la Couronne.

Le couple dut attendre la visite du kaiser pour obtenir certaines satisfactions ; soucieux de s'acquérir l'amitié du prince héritier, jusque-là réticente, Guillaume II demanda à être présenté à la comtesse Chotek, lui baisa la main et la traita avec des égards qui ne furent pas sans influencer Francois-Joseph. Grâce à l'intervention du kaiser, François-Ferdinand fut nommé inspecteur général de l'armée, et sa femme élevée au rang de princesse, puis de duchesse de Hohenberg. Ainsi elle avait une place à la Cour ; mais quelle place ! La dernière à table ; dans les cortèges, l'empereur était en tête, Francois-Ferdinand immédiatement après lui, et la duchesse de Hohenberg en queue, après de petites archiduchesses de treize ans en jupe courte..., comme une institutrice.

François-Ferdinand répond à la haine par la haine ; d'ailleurs, il sait haïr : seule l'Allemagne trouve grâce devant lui, effet de la diplomatie du kaiser ; mais à part l'Allemagne, qui aime-t-il ? Ni le pape, qui s'est montré peu favorable à son mariage, ni les calvinistes, ni la Russie, ni les Israélites, ni surtout les Hongrois qu'il déteste, et là, il n'a pas tout à fait tort ; du compromis austro-hongrois, les Magyars ont tiré profit au détriment de la monarchie, tyrannisant les Slaves de Croatie et les Roumains de Transylvanie, et par là suscitant toutes ces querelles qui affaiblissent la Couronne. Le dualisme austro-hongrois, qui a paru nécessaire et que d'ailleurs l'Allemagne favorise, exaspère l'archiduc, qui est bien décidé, après la mort de son oncle, à le dénoncer et à créer une monarchie tripartite. Ce projet, mortel danger pour la Hongrie, n'est guère moins redoutable pour la Serbie, qui eût vu alors lui échapper à jamais ces Slaves du Sud autrichien, objets de ses convoitises, et dont l'agitation continuelle nourrissait ses espérances d'une grande Yougoslavie future, remplaçant un petit royaume serbe. En Bosnie-Herzégovine, récemment annexée par l'Autriche, les menées irrédentistes et les complots se multipliaient. Des sociétés secrètes naissaient. Tout cela peut expliquer bien des choses. Et d'abord l'attentat.

En juin 1914, de grandes manœuvres vont se dérouler en Bosnie ; elles ont précisément pour thème une attaque éventuelle contre la Serbie. L'archiduc héritier, inspecteur général de l'armée, décide de s'y rendre. La duchesse de Hohenberg, que sa situation fausse et son ambition rendent avide d'honneurs, que son amour pour l'archiduc pousse à ne jamais le quitter, exige d'accompagner son mari, qui ne peut jamais rien lui refuser. C'est de cela qu'ils vont mourir. En effet, l'empereur se serait certainement opposé, non seulement à la présence de la duchesse, mais surtout à ce voyage de l'Héritier aux confins d'un empire, dans une province notoirement en ébullition ; aussi, contrairement à toutes les règles qui interdisent aux archiducs de se déplacer sans une autorisation de l'empereur, François-Ferdinand passera outre.

Sarajevo voudrait préparer à l'archiduc héritier une réception triomphale. Et, bien sûr, cette pensée enchante la duchesse. Pour cette visite, on choisit, comble de légèreté (ou de préméditation), l'anniversaire de Kossovo, où, au XIVe siècle, s'écroula la puissance serbe.

A croire qu'on a accumulé les provocations.

Le 28 juin, à l'entrée de la voiture archiducale, une première bombe ricoche et tombe sur le capot de l'auto, blessant le colonel de Merizzi que l'on transporte à l'hôpital, cependant que l'auteur de l'attentat, Gavrilovitch, qui a tenté de se sauver à la nage, est lynché par la foule. L'archiduc continue son chemin le long du quai et arrive à l'Hôtel de ville, où il laisse éclater sa colère. « Allons-nous essuyer d'autres bombes ? » demande-t-il furieux. Le gouverneur de Bosnie, Potiorek, qui semble avoir vécu dans l'ignorance de l'état d'esprit de sa province, affirme à François-Ferdinand qu'il n'y a plus de danger et le chef de la police, Dr Gerde, renchérit. Sur l'ordre de l'archiduc, on va donc se rendre à l'hôpital pour visiter les blessés, en longeant l'Appelquai sans traverser la ville, noire de monde. Là, se place l'incident inexplicable. La duchesse supplie François-Ferdinand de l'emmener avec lui et Potiorek insiste pour qu'il lui soit permis de prendre place en face de l'archiduc, cependant que le comte Harrach, malgré les protestations du prince, se tient debout sur le marchepied pour lui faire un rempart de son corps. Les voitures suivent l'itinéraire indiqué, quand tout à coup, à l'entrée de la FranzJosephstrasse qu'on était convenu d'éviter, la première voiture où se trouvait le bourgmestre de Sarajevo (un musulman slave) et le Dr Gerde (un Hongrois, dont le rôle est suspect) tourne brusquement à droite et entre dans la rue dangereuse ; le chauffeur de l'archiduc suit. « Que faites-vous ! » crie Potiorek. Il y a un arrêt d'une seconde devant un café ; une main, qui a visé juste à travers les uniformes et les shakos à plumes de coq, décharge son revolver dans la voiture (une tragique bagnole à roues de bois, que l'on peut voir aujourd'hui encore, criblée de trous, au musée de l'Armée, à Vienne). François-Ferdinand est atteint à la colonne vertébrale ; la duchesse a reçu une balle dans le ventre.

— Ce n'est rien... crie l'archiduc.

Il se penche vers sa femme qui est tombée à genoux, sous son ombrelle ouverte.

— Sophie, il faut vivre pour nos enfants !

François-Ferdinand est mort, victime de son imprudence, victime aussi du protocole autrichien et du règlement militaire qui interdisait aux soldats en tenue de campagne de faire la haie dans les villes ; victime enfin de l'incroyable légèreté (pour ne pas dire plus) des autorités de Vienne, qui étaient très renseignées sur les complots préparés en Bosnie ; le ministre de Serbie à Vienne, lui-même, a multiplié les démarches pour avertir le ministre Bilinsky, préposé aux questions de Bosnie-Herzégovine et ennemi de l'archiduc, qui était décidé à s'en défaire. Des rapports de la police d'Agram font état de renseignements précis sur les sociétés secrètes, la *Narodna Obrana* ou la Main Noire, et portent en toutes lettres le nom de Princip, cet étudiant qui devait tuer l'archiduc. Si tout cela n'a pas été concerté, cela en a assurément l'air. Il est indéniable que la mort de l'archiduc a soulagé beaucoup de gens : Hongrois, Russes, Serbes, pangermanistes, socialistes sont dans la joie ; et la Cour elle-même... En tout cas, le prince de Montenuovo en profite pour couvrir d'opprobre, après sa mort, celle qu'il haïssait en vie ; elle était pourtant morte avec un bon courage. Affolée par les menaces qui avaient assailli son mari toute l'année 1914, assoiffée aussi, hélas, de considération, elle a voulu vivre devant l'armée, dont son mari l'archiduc est le maître, en impératrice, quitte à en mourir.

Le premier chambellan utilisa toutes les finesses du cérémonial pour déshonorer posthumement l'épouse morganatique. A cette farce funèbre, il appliqua son génie minuscule, étayé sur les précédents du protocole espagnol. Pour commencer, il décide que le corps de la duchesse partira seul pour Artstetten ; puis, malgré lui, quand on se résout à associer la morte aux funérailles de la Hofburg, il lui choisit un corbillard autre que celui de l'archiduc ; sur ce point-là aussi il sera obligé de céder ; son ultime vengeance sera de placer le cercueil de la duchesse plus bas que celui du prince et, sur cette bière, sa main perfide dépose, avant la cérémonie, une paire de gants blancs et un éventail, insignes ordinaires des dames d'honneur...

CHAPITRE XI

CHARLES ET ZITA OU LES NOCES DE LARMES

Voici le dernier empereur de la lignée, Charles Ier de Habsbourg-Lorraine.

Parce qu'il est peu connu en France, nous sommes portés à ne voir en lui qu'une ombre falote, pareille à quelque Romulus Augustule, en qui expire l'interminable suite des Césars.

Hélas, Charles a le nez moyen, le menton ovale, une moustache très 1914, il n'a pas la figure de son destin tragique, mais sous cet aspect banal d'agneau sacrifié, cet homme, qu'on prend pour un faible, nourrit trois idées fortes : la première, en pleine guerre, dès 1916, c'est la paix immédiate ; la deuxième, une constitution de son empire en un Etat fédératif à large autonomie ; la troisième, sa volonté d'être toujours prêt à répondre à l'appel de ses sujets. Les deux premières idées avortèrent, la troisième lui coûta la vie.

Charles est un des rares hommes qui, en un siècle profane, confèrent à leurs devoirs la qualité du sacré.

(Cela est si vrai qu'aujourd'hui il est question de le canoniser.) Sans ambition, sans vanité, sans l'ombre d'hédonisme, mangeant une cuisine impossible, buvant un vin qui fait faire la grimace à ses invités, indifférent même à la grandeur et à la gloire de la Maison, Charles ne connaît que son devoir royal, dont il doit compte à Dieu.

Empereur par la mort de François-Joseph, il sait la guerre perdue et veut immédiatement la paix, d'accord avec l'Allemagne si possible, sinon, ce qui est d'une audace inouïe, sans elle. Toutes ses rencontres avec Guillaume II sont des dialogues de sourds ; le kaiser est dominé par Ludendorff ; l'amiral allemand von Holtzendorf, délégué auprès du couple impérial, est presque grossier avec l'impératrice Zita, dont il sent l'hostilité ; elle lui répond sèchement : « Il est toujours facile de tenir, devant une table bien servie. » C'est que la misère, en Autriche, est atroce, Vienne en loques, en béquilles, Vienne affamée, où seuls, disent les Viennois, les chevaux de bois n'ont pas faim. Des files d'éclopés, de malades, de mutilés, font la queue, dans l'effroyable froid viennois. Les *Lipizaners,* les magnifiques chevaux blancs du manège impérial, orgueil des Viennois, sont, par ordre du jeune empereur, attelés à des tombereaux de charbon ; devenus noirs, déjà ils portent le deuil de la monarchie.

Charles est donc résolu à une paix séparée. Par l'entremise de sa belle-mère, la duchesse de Parme, il entre en contact avec son beau-frère le prince Sixte de Bourbon-Parme, marié à une très spirituelle et très charmante Française. Profondément français de cœur, le prince mène habilement les négociations ; Briand est au pouvoir et semble favorable, mais Briand tombe et la France est gouvernée par Ribot, un noble vieillard à tête de prophète, faux Gladstone, timoré et fourbe. *Ribot est une canaille d'avoir négligé une telle occasion* (Anatole France). Dès le début, Ribot s'en va tout conter à Sonnino, son collègue de la Consulta ; comme l'Italie a intérêt à la désagrégation totale de l'Autriche-Hongrie, Sonnino pose de si exorbitantes conditions que la négociation secrète échoue. Eût-elle réussi que la paix était signée dès 1916, des millions de vies humaines étaient épargnées et l'Europe échappait aux catastrophes hitlériennes et autres, dont nous ne voyons que le commencement.

Philippe Berthelot disait : « M. Poincaré sait tout et ne comprend rien ; M. Briand ne sait rien et comprend tout. » Clemenceau, devenu, après Ribot, le maître de la France, ne sait et ne comprend qu'une chose : « Il faut chasser les Habsbourg, monarchie papiste. »

Les peuples d'Autriche-Hongrie se fussent sans doute contentés du projet fédératif de l'empereur. Mais les gouvernements de réfugiés, constitués à l'étranger dès 1916, invoquant « l'esclavage de leurs frères de race », assiégeaient les Alliés et leur extorquaient des promesses qu'il fallut bien tenir en 1918. L'Autriche fut condamnée à mort, l'Autriche, ce *chef-d'œuvre de la diplomatie contractuelle* (Claudel), l'Autriche, dont Palacky, un socialiste pourtant, et un Tchèque, disait : « Si l'Autriche n'existait pas, il faudrait l'inventer dans l'intérêt de l'Europe et de l'humanité, car elle est le seul obstacle sûr contre les malheurs infinis d'une monarchie russe universelle. » On broya cette mosaïque délicate en éparpillant des morceaux de minorités malheureuses et brimées ; de nouveaux Etats naquirent, à qui on offrit l'indépendance et qui ne surent que faire de ce cadeau empoisonné.

La vieille Autriche de la Hofburg et des Habsbourg exigea la république.

Tout le monde abandonnait l'empereur. Rien n'est plus révélateur que le récit fait par le prince Louis Windischgrätz, un des fidèles de Charles et son ministre du Ravitaillement pendant la guerre ; il est convoqué à Schönbrunn par l'empereur ; il trouve le palais plongé dans les ténèbres ; pas une sentinelle, pas de *Leibgarde* (la garde du monarque), pas un laquais. Il est onze heures du soir. L'empereur est seul dans ce palais désert dont la splendeur a perdu tout sens, seul, sans courtisans, sans ministres, sans évêques. Dans le salon, dit des Gobelins, il est assis devant le bureau, celui de Napoléon après Wagram. « Il ont assassiné Tisza ; mon devoir est de partir pour la Hongrie, rétablir l'ordre. – Pourquoi risquer Votre vie, Sire ? N'y a-t-il pas, à Budapest, l'archiduc Joseph, héroïque soldat, suivi de troupes éprouvées ? – L'archiduc Joseph a perdu la tête ; il est manœuvré par Karolyi, le comte rouge ! »

Un soldat apporte d'un restaurant voisin un repas sommaire et Windischgrätz prend congé.

Le lendemain, Charles n'est plus seul ; Zita est avec lui ; cette impératrice a l'énergie d'un homme. Lorsqu'elle épousa Charles, sept ans auparavant, le pape prononça une bénédiction qui ressemblait plutôt à une malédiction : « Elle sera impératrice, hélas pour elle... » Mais cette impératrice était digne d'une aussi terrible infortune. Suivant son mari partout, assise très à l'écart, pour avoir l'air de ne se mêler de rien, mais se tenant au courant de tout, et le soir, installée dans le bureau de l'empereur, faisant le point, à l'abri de la malveillance et des espionnages, Zita n'a jamais peur.

Autour du dernier Habsbourg, c'est un concert de hurlements ; on exige son abdication et l'archiduc Joseph lui-même, porte-parole de Karolyi, la demande. Au téléphone, Charles répond froidement : « Je destitue le Premier ministre, comte Karolyi et le feldmarschall, archiduc Joseph. » (Ces deux fantoches, dangereux comme tous les fantoches avant-coureurs des révolutions, seront demain balayés par les communistes de Bela Kun.)

A leur tour, les ministres viennois, pleins de respect et de tristesse, supplient leur maître de céder à la volonté de la capitale. Le sort de la monarchie se joue en deux journées, le 10 et le 11 novembre 1918. A la proposition d'abdication, l'impératrice proteste, furieuse : « Tu n'as pas le droit d'abdiquer ! Je préfère mourir ici avec toi ! » Elle crie si fort qu'on n'arrive pas à lui expliquer que ce que demandent les ministres affolés, piétinant dans le salon voisin, en proie à la peur des masses rouges, ce n'est pas une abdication, mais un simple manifeste de l'empereur, déclarant qu'il renonce à toute activité politique et décide de vivre dans la retraite, jusqu'à la résolution définitive de son peuple.

L'impératrice se résigne, l'empereur signe, et le couple impérial, avec ses enfants, s'installe au château d'Eckartzau.

A Vienne, un conseil d'Etat dérisoire décréta la république et l'Anschluss. L'Anschluss, déjà !

Naturellement, les Alliés mirent vite fin à cette initiative ; mais les Etats successeurs demeurèrent impavides ; leur unique bête noire, c'étaient les Habsbourg !

On fit savoir à la famille impériale qu'elle n'était pas en sûreté à Eckartzau et qu'il lui faudrait quitter le sol natal.

Qui allait donner asile à ces persécutés ? La Suisse évidemment, seul pays de noble tradition hospitalière.

L'empereur Charles et les siens s'arrêtèrent sur les bords du lac de Constance, au château de Wartegg, qui appartenait à la duchesse de Parme. Le château était bourré, de la cave au grenier, d'altesses réfugiées qui avaient renoncé à leurs biens et pris la route de l'exil plutôt que de renier le chef de leur maison en reconnaissant la république.

Charles et Zita n'avaient aucune notion de l'administration d'une fortune ; d'autres s'en étaient occupés pour eux, fort mal, puisque, des biens colossaux de la Maison d'Autriche, ils ne surent pas divertir le moindre capital à placer à l'étranger. On ne sauva que des bijoux ; et pas longtemps, car un escroc, en qui on avait confiance, disparut en les emportant.

L'empereur détenait encore une valeur monnayable : des envoyés des Etats successeurs vinrent lui offrir cent quatre-vingt-quatre millions de francs suisses en échange d'une déclaration formelle par laquelle il renonçait, pour lui-même et ses descendants, à ses droits sur la couronne d'Autriche-Hongrie. L'empereur Charles choisit la pauvreté.

C'était encore une pauvreté relative : les banques suisses consentirent un prêt. Un riche industriel autrichien, le baron Veitschberger, mit quelques millions à la disposition des légitimistes autrichiens qui, de Suisse, préparaient la restauration.

La famille impériale, installée maintenant au château de Prangins, avait gardé autos, domestiques, secrétaires (le capitaine de corvette Schonta et le baron von Werkmann, auteur de l'intéressant récit intitulé *Le Mort à Madère).* L'empereur ne cessait de recevoir des visites d'hommes d'Etat, diplomates, grands seigneurs. Autour de lui se nouait un réseau d'informations. Il n'était pas malheureux, malgré la nostalgie de son pays ; peut-être eût-il même pu finir ses jours tranquillement en Suisse, si ses anciens Etats avaient retrouvé l'équilibre et la paix sans lui. Mais la Hongrie, à peine sortie du cauchemar Bela Kun, était gouvernée par une camarilla de profiteurs, autour du régent Horthy (cet étrange Magyar qui ne parlait pas un mot de hongrois). On regrettait, on réclamait les Habsbourg. En dépit de tous les avertissements, Charles s'entêtait à croire au loyalisme de l'amiral Horthy. Etre trahi par le héros de tant de batailles navales lui semblait impensable. Il se persuada que sa présence seule, avec le concours du régent, suffirait à rallier les légitimistes, l'armée et la grande masse de la population.

Le prince Windischgrätz, revenant de Paris par l'Orient-Express, vit entrer à Bâle, dans le compartiment voisin du sien, un jeune homme, la tête entièrement prise dans un bandage, qui descendit à Vienne et s'éloigna, soutenu par deux hommes ; pas un instant il ne se douta que ce pseudo-malade était son empereur et que commençait ce que l'on a appelé le *putsch de Pâques.* A Paris, le prince avait eu une entrevue secrète, en cabinet particulier, au restaurant Larue, avec Briand qui lui aurait dit : « La France ne s'opposera pas à une restauration en Hongrie, si elle réussit. »

Pouvait-elle réussir avec Charles, ce délicat, ce scrupuleux, ce malchanceux, devant qui les obstacles naissent spontanément : autos en panne, chemins de fer retardés, tempête de neige ?

Voilà l'empereur courant en auto de Vienne à Steinamanger (Szombathely), de Steinamanger à Budapest. Telle est sa foi dans Horthy qu'il va droit à son palais royal d'Ofen, traverse une antichambre de visages ahuris, entre dans son bureau où il confronte l'amiral, stupéfait et décomposé. Une discussion suivit, qui dura deux heures, au cours desquelles, l'empereur réclamant sa couronne et le régent la lui refusant, pour le moment, il fut décidé que Charles retournerait à Steinamanger et y attendrait les mesures que prendrait Horthy en vue d'une restauration.

Au retour, panne d'auto, interminable attente dans un froid glacial, rhume, début de pneumonie ; l'empereur s'alite, grelottant de fièvre.

A Budapest, le régent désemparé et que son âme damnée, le ministre Gömbös, exhortait à la résistance, recommandait à son entourage, qui déjà voyait sa marmite renversée, le secret sur la venue de l'empereur ; dix minutes après, tout Budapest savait la nouvelle. Les chefs légitimistes l'apprirent les derniers et se réunirent chez Windischgrätz, pour palabrer en présence de l'archiduc Albert. Or, cet archiduc était le fils de l'ancienne patronne de la comtesse Chotek, l'archiduchesse Isabelle ; née Crouy, elle comptait parmi ses aïeules une Arpad, de l'illustre dynastie qui avait régné sur la Hongrie jusqu'au XIIIe siècle. L'archiduc Albert n'était pas loin de se croire des droits à la couronne de saint Etienne, et déjà ses amis l'appelaient : « König Arpad ». Quel rôle joua-t-il ce soir-là ? Il s'est longtemps défendu d'avoir agi contre l'empereur. Le fait est qu'il courut à Ofen avertir Gömbös qu'un putsch légitimiste se préparait, cependant que Windischgrätz y courait de son côté, et trouvait l'amiral sanglotant : « Moi, un vieux soldat, j'ai trahi mon serment ! »

Ce fut une belle confusion ; des députés furent arrêtés. Il fallut bien avertir l'empereur que l'affaire avait raté, et qu'il ne lui restait qu'à retourner en Suisse.

Mais, là aussi, la situation s'était gâtée. Assailli de réclamations et de blâmes par toutes les puissances, grandes et petites, pour avoir laissé sortir l'empereur, le Conseil fédéral se défendit avec fermeté et dignité. Pourtant le canton de Vaud refusait l'asile. Où aller ? Aucun pays d'Europe, ni la France, ni l'Angleterre, ni le Luxembourg, ne voulait recevoir ces hôtes dangereux. C'est encore la Suisse qui accepta de les garder. Pour lui faciliter la tâche, Charles annonça qu'il ne demanderait qu'un permis de séjour de trois mois. Il lui fallut, en outre, donner sa parole de ne point quitter sa nouvelle demeure, le château de Hertenstein, dans le canton de Lucerne, sans en avertir la Confédération. L'empereur promit, mais avec une restriction mentale : ce chevalier chrétien, croisé pour une cause perdue, ne se refuserait jamais à l'appel de son peuple.

En octobre, l'aventure recommença. Dans le plus grand secret... (mais c'était le secret de Polichinelle). Toutes les chancelleries d'Europe savaient qu'une nouvelle tentative se préparait et, de Prague, Bénès, profitant des dissensions entre Alliés, vociférait, arrosait la presse, menaçant, promettant, exigeant.

L'empereur, accompagné cette fois de l'impératrice toute rayonnante, put alors s'envoler dans un Junker procuré par des fidèles et atterrir à Odenberg, où l'attendait ce même régiment loyaliste dont une menace de dissolution avait précisément causé le départ précipité de Charles ; le couple impérial fut accueilli avec transport.

A Budapest, la nouvelle de l'arrivée imminente de Charles fait subitement le vide ; pris de terreur, les partisans du régime Horthy partent se cacher, laissant seul l'amiral éperdu. Le président du Conseil, comte Bethlen, qui vacillait entre des discours monarchistes et des actes horthystes, prend le parti de tomber malade et de garder le lit ; le ministre comte Teleky, pourtant créateur du scoutisme en Hongrie, s'égare sur les routes ; le ministre des Affaires étrangères, comte Banffy, appelle au secours la Petite Entente, puis gagne précipitamment la campagne. Cependant que le régent Horthy, ne sachant à quel saint se vouer, fait seller des chevaux pour se porter en cérémonie au-devant de son souverain... mais au dixième kilomètre, change d'avis et rentre chez lui.

Pendant ce temps, l'empereur Charles et l'impératrice, entourés d'une armée fidèle et d'une population enfiévrée, avançaient lentement, trop lentement, au son des ovations, sous des pluies de fleurs, et arrivaient en vue de Budapest. Le régime Horthy était perdu. Gömbös le sauva ; il réunit en hâte un régiment obéissant, des élèves de Polytechnique, et les jeta contre les troupes de Charles ; devant un conflit sanglant, l'empereur recula ; il fallait donner l'ordre de tirer ; il refusa ; c'était la fin.

S'étant rendu au château du comte Esterhazy, il fut aussitôt gardé à vue. L'amiral Horthy qui, aux représentations du ministre d'Angleterre, avait répondu fièrement : « Pas un Hongrois ne consentira à tirer son sabre contre le roi », consentit, lui, après cette mômerie, à livrer son souverain au commandant de la flottille anglaise sur le Danube.

L'empereur et l'impératrice, seuls, sans escorte, furent transportés par le *Glowworm* jusqu'à Galatz et Sulina. Là, un chasseur de sous-marins, le *Cardiff,* les prit en charge.

Sur ce petit bateau de guerre où rien n'était prévu pour des passagers, où tout puait le pétrole, aucun confort, aucune marque de sympathie, aucun respect n'entouraient cet homme et cette femme innocents, que l'on traitait en criminels de droit commun. On ne leur parlait pas ; ils ne savaient rien de leur destination ; la mer était mauvaise et l'empereur souffrait horriblement ; l'impératrice supportait tout sans broncher. Seul, leur profond amour soutenait ces deux êtres précipités dans la ruine totale.

Le 19 novembre, après treize jours de traversée, le bateau arriva à Madère.

Là, du moins, le climat était doux, la population et les autorités, avec cette humanité si naturelle aux Portugais, avaient des égards pour les réfugiés. Le couple impérial se sentit revivre ; cinq de ses enfants l'avaient rejoint...

Napoléon, partant pour Sainte-Hélène, disposait d'une riche dotation ; il emmenait Las Cases, Montholon, Gourgaud, son valet de chambre, une nombreuse domesticité, son médecin. L'empereur Charles, lui, n'avait personne et ne possédait rien. La Conférence des ambassadeurs, qui, de Paris, avait ordonné sa déposition et son bannissement, ne s'était pas inquiétée de ses frais d'entretien ; c'était à qui ne les payerait pas ; on en discutait encore à Paris lorsqu'on apprit la mort de l'empereur.

Rien ne fut épargné au couple impérial. Leur fils, le petit archiduc Robert, menacé d'une opération compliquée et resté en Suisse, réclamait les soins de sa mère. La Confédération accorda son visa, les autorités portugaises fournirent le passeport, mais aussitôt retentirent les clameurs de la Petite Entente. Assourdis et terrifiés par ces cris, les Alliés firent preuve de leur habituel courage ; sur une injonction venue de Paris, le passeport fut retiré. L'ambassadeur de France à Berne, les ministres plénipotentiaires d'Angleterre et d'Italie s'efforcèrent d'obtenir le retrait du visa et de faire peur aux Suisses, en les rendant d'avance responsables de ce qui pourrait arriver. Le Conseil fédéral repoussa ces demandes, mais réglementa sévèrement le voyage : ordre à l'impératrice de se passer de toute escorte masculine, défense de pousser jusqu'à Wartegg, de recevoir des visites, obligation de séjourner à la clinique et seulement le temps nécessaire pour que le danger soit écarté. L'impératrice accepta tout. Elle put enfin débarquer, le 12 janvier, auprès de son fils, qui fut opéré le 14. Du moins, elle fut traitée avec une courtoisie parfaite par les Suisses, encore mal remis de l'indignation et des ennuis que leur avait causés le *putsch d'octobre,* mais trop humains pour ne pas souffrir de l'inhumanité des Alliés vis-à-vis de Zita.

A peine l'enfant opéré, les vociférations recommencèrent ; la presse de Prague, de Belgrade entra en ébullition ; injures et menaces pleuvaient ; l'impératrice décida de partir ; les conditions du voyage, telles que les imposait, de Paris, la Conférence des ambassadeurs, étaient si dures qu'elles auraient pu mettre en danger la vie d'une femme enceinte et malade. On lui interdisait tout arrêt ; elle devait voyager jour et nuit, faire de longues stations dans des gares, on lui refusait tout compagnon de voyage. Il fallut qu'un étranger neutre s'offrit pour porter sa valise. Du moins, le long du trajet, les Suisses et les Français, écœurés, témoignèrent à Zita leur sympathie et leur pitié. Enfin, à son passage à Madrid, elle fut traitée en souveraine ; le roi Alphonse XIII, chevaleresquement, lui fit rendre les honneurs.

A Funchal, l'empereur, demeuré sans ressources, avait dû quitter le *Reid's,* trop coûteux, et accepter l'hospitalité d'un gentilhomme portugais, qui offrit sa villa. Elle était située dans la montagne, sous un brouillard continuel. L'impératrice se dépensait sans compter. C'était la détresse absolue. Affaibli par les privations, l'empereur, qui avait pris froid, ne put résister : double congestion pulmonaire ; il appelait Zita dans son délire : « Rentrons en Autriche... Je veux retourner avec toi à la maison... » Mais le malheur n'a pas de maison.

Louis-Philippe, Napoléon III, le comte de Chambord, Guillaume II, tous ces exilés avaient eu des fins aisées, humaines, comparées à l'agonie de ce descendant de Charles Quint, à qui on ne pouvait rien reprocher. Charles, soutenu par Zita, dans cette brume froide, râlant dans une pièce démeublée à odeur de champignon moisi, au cœur de cet hiver sud-atlantique dont le prestige du nom de Madère cache mal l'abomination, tandis que Zita, à genoux, de ses doigts engourdis par des lessives à froid, essaye d'allumer les fagots mouillés ou de sécher les draps du mourant, toujours humides.

Il ne restait qu'un grand amour conjugal transi, contre quoi la misère et la mort ne pouvaient rien...

Le 1er avril 1922, l'empereur Charles, dernier de ces Habsbourg qui, pendant mille ans, avaient régné sur l'Autriche, rendait le dernier soupir. Dans l'uniforme gris de feldmarschall, la Toison d'Or au cou, après une cérémonie intime à l'église Senhora de Monte, il fut inhumé dans un cercueil de sapin, transporté jusqu'au cimetière sur une charrette à bras. Où étaient les huit chevaux noirs de la Hofburg tirant le carrosse funèbre sommé de la couronne impériale, entouré de quatre-vingts évêques, des trabans et des gardes nobles hongrois ? La dépouille de Charles n'a jamais revu la crypte des Capucins, aux cent quarante-quatre sarcophages pleins des ossements de l'Histoire ; dans la *kaisergruft,* l'exilé n'est représenté que par un buste ; son corps est resté à Funchal, parmi ceux des vieux colonels de l'armée des Indes, cuits au porto.

Mille ans d'Histoire qui tombent, comme cela fait peu de bruit...

A Madère, la Dame Blanche n'apparut jamais ; est-elle restée attachée à la Hofburg, comme Cerbère à sa niche infernale ?

⁂

La Dame Blanche n'avertira plus les rois de ce monde qu'il est temps de se tenir prêts ; c'étaient là ses manières d'autrefois. Désormais, elle ne préviendra plus ; il ne lui faut plus des personnages, il lui faut des masses ; elle veut apparaître à des millions d'humains ; c'est le *dernier cri* planétaire.

A la Hofburg et à Schönbrunn, son rôle est fini ; là, même les ruines ont péri ; il n'y a plus rien : des portraits dans les cadres, des mites dans les lampas, des lustres sans bougies, des fauteuils de damas cramoisi ouvrant en vain leurs bras dorés, des poêles rococo sans feu. Ces choses se sont arrêtées au bord du trou ; mais les êtres, empereurs, archiducs, chambellans, heiduques, sont tombés au fond, dans l'absolu silence qui suit les accidents mortels. La Hofburg, désormais, c'est la Vallée des Rois.

TABLE DES MATIÈRES

Achevé d'imprimer sur les presses de l'imprimerie Brodard et Taupin
58, rue Jean Bleuzen, Vanves. Usine de La Flèche,
le 29 juin 1984
6765-5 Dépôt légal juin 1984. ISBN : 2 - 277 - 21619 - 4
1er dépôt légal dans la collection : mai 1984
Imprimé en France

1619
★ ★ ★

Editions J'ai Lu
27, rue Cassette, 75006 Paris
diffusion France et étranger : Flammarion